갓바위에서
세상을 보다

갓바위 등반 1000회 기념/모산 김동진 회고록

갓바위에서 세상을 보다

인쇄 | 2021년 5월 20일
발행 | 2021년 5월 30일

글쓴이 | 김동진
펴낸이 | 장호병
펴낸곳 | 북랜드
　　　　06252 서울 강남구 강남대로 320, 황화빌딩 1108호
　　　　대표전화 (02)732-4574, (053)252-9114
　　　　팩시밀리 (02)734-4574, (053)252-9334
　　　　등록일 | 1999년 11월 11일
　　　　등록번호 | 제13-615호
　　　　홈페이지 | www.bookland.co.kr
　　　　이-메일 | bookland@hanmail.net

책임편집 | 김인옥
교　　열 | 배성숙 전은경

ISBN 978-89-7787-993-5 03810
ISBN 978-89-7787-994-2 05810 (E-book)

값 18,000원

갓바위에서 세상을 보다

모산 김동진 팔순 기념 회고록

북랜드

觀山戲海

孔子登東山而小魯 登太山而小天下 故 觀於海者 難爲水
遊於聖人之門者 難爲言 (孟子 盡心章句上)

孔子께서 東山에 올라가서는 魯나라가 작다고 하시고 泰山에
올라서는 天下가 작다고 하시니 때문에 바다를 본 자에겐 물 되기가
어렵고 聖人의 門下에 노니는 사람에겐 말 되기가 어렵다

팔순에
갓바위 1000번이라

올해는 나이 팔순八旬이면서 결혼 50주년이 되는 해이다. 세월이 정말 빠르다. 백세시대라고 말들은 하지만 팔순도 오래 살았다고 실감하면서 천지신명天地神明에게 감사드린다.

평소 갓바위 약사여래불 부처에게 삼배三拜를 올리면서 늘 감사의 인사를 드린다. 제1배는 오늘도 부처님을 친견親見하도록 건강을 주심에 감사드리고, 제2배는 우리 가정을 화목하게 해주심에, 제3배는 자식들 모두 잘 거두어 주심에 고맙다고 인사를 올린다.

가족들에게도 고맙게 생각한다. 내자內子의 알뜰한 살림살이로 아들딸들 잘 키워주었고 자식들도 반듯하게 잘 자라서 제때 짝을 만나 가정을 꾸리고 손자 손녀 열두 식솔들이 화목하게 가까운 곳에 모여서 잘 사는 것도 천복天福이라 생각된다.

그리고 청도의 두메산골에서 태어나 평생을 살아오면서 일가친척 훌륭하신 스승님들 동창생을 비롯한 좋은 친구들 그리고 공직의 선후배 동료들이 모두 도와준 덕분으로 이날까지 잘 살고 있음을 고맙게 여긴다.

이제 내 인생 노을길에서 갓바위에 올라 세상을 돌아본다. 생애를 구분한다면 먼저 대학을 마칠 때까지 공부하며 배우는 기간, 다음 군 복무 취직 결혼을 시작으로 정년퇴임까지 열심히 일하며 봉사하는 기간으로 인생의 제일 황금기, 그리고 퇴임 후 인생 제3기인 노년이다.

초년 인생은 어려웠지만 훌륭하신 어머니 덕분으로 두 번씩이나 휴학하면서도 기어이 최고학부까지 공부를 할 수 있었다. 하늘나라에 계시는 엄마에게 다시 한번 고맙다고 인사를 올린다.

중년에는 공무원으로 국가와 민족을 위한답시고 열심히 일하다 보니 잠깐 사이에 정년퇴임에다 환갑 진갑이 넘어 버렸네. 공직 생활은 농촌지도직을 시작으로 농업직, 행정직을 하면서 녹색혁명, 새마을사업, 사회복지, 문화재, 지방자치, 민족중흥, 조국근대화, 산업화, 민주화의 단어들을 모두 현장에서 직접 체험하면서 38년간 국가와 민족을 위하여 영광스러운 공무원으로 봉직하고 고향에서 부군수副郡守로 정년퇴임할 수 있었던 것을 큰 보람으로 생각한다.

인생 제3기의 노년인 지금도 개미 쳇바퀴 돌 듯 배우기도 하고 농사짓고 산도 오르면서 즐겁게 살아가는 백수이다. 퇴임 이후 3년간 대학 강의, 4년의 지방법원 조정위원, 10년 만에 논어를 비롯한 사서四書를 일독一讀한 것과 사회문화대학과의 인연으로 새로운 배움의 길은 노년의 복福이리라.

　공직을 퇴임하면서 갓바위 등산을 시작하고 매주 한 번씩 올라 18년 차인 올해 2021년 5월 19일 바로 부처님 오신 날에 갓바위를 1,000번 올랐다. 매주 수요일 갓바위를 오르는데 세월이 흘러 갓바위 등산 회수가 500회를 넘어서고 또 매일신문에 나의 갓바위 등산 기사가 크게 보도가 된 이후에는 갓바위 1,000회를 꼭 해야겠다는 새로운 욕심이 생겼다. 그 당시 대충 계산 해 보니 갓바위 1,000회를 할 때쯤 나이 팔순과 맞을 것 같았는데 지금이 바로 그때라. 팔순八旬의 석탄일釋誕日에 갓바위 1000번이 되네.

　이 세상에 태어나서 한평생을 잘 살다가 책 한 권을 남기려고 갓바위를 포함한 평생의 산행 실적과 살아온 삶의 족적을 책으로 만들고자 작정하고 이태 전부터 자료를 모으고 글을 쓰기 시작했다. 그런데 평소에 글 쓰는 사람도 아니고 능력도 없이 대들다 보니 책 한 권 만들기가 힘들고 어렵다는 것을 절감한다.

　책의 내용은 학창 시절, 공직생활, 퇴임 후의 노년기로 구분하여 살아온 이야기와 그리고 갓바위와 산 이야기를 실어본다. 틈틈이 써본 글 몇 편에다 갑년에 만든 책『모산여록牟山餘錄』과 칠순에 만든『증보모산여록增補 牟山餘錄』을 바탕으로 하여 메모와 자료 사진을 뒤적이며 기억을 총동원하여 살아온 흔적을 코로나19 기간 동안에 정리를 하였다. 그러다 보니 글 쓰는 시차 때문에 내용이 중복되고 중첩이 많다.

대하천간 야와팔척 양전만경 일식이승大廈千間 夜臥八尺 良田萬頃 日食二升이라. 넓고 큰 집이 천간이라도 밤에 잠자리는 여덟 자이고, 좋은 밭이 만 이랑이라도 하루 식사는 고작 두 되라. 명심보감 성심편에 나오는 말이다. 그렇다 나는 부자는 아니다. 그러나 잠잘 초옥이 있고 양도糧道할 전답도 있고 연금도 있어 남은 인생 즐겁게 웃으며 사는 일만 남았다. 여생지락이라 사는 날까지 건강하고 즐겁게 살 따름이라.

마지막으로 책을 만드는 데 도움을 주시며 격려해 주신 고마운 분들에게 감사드린다.

2021년 5월

차례

1장

가족과 내 고향

나와
가족들

나는 고향인 경상북도 청도군 화양면 송금동 434번지에서 아버지 김태현泰字 鉉字과 어머니 김복조淸道金氏 福字 祚字의 장남으로 태어났다. 김해김가金海金哥로 시조 김수로왕金首露王의 73세손世孫이며 파조金海金氏 京派 派祖이신 목경牧字 卿字 할아버지의 23세손이다.

할아버지는 계실啓字 實字; 1888~1954로 평소에 법이 없어도 살 사람이라고 동네 사람의 칭송이 자자하던 좋은 인품을 가지신 분이었다. 늘 하시는 말씀이 "남 되도록 해야 한다"라고 더불어 사는 사회에서 모범 시민이 될 것을 바라셨던 것으로 기억하는데 정말로 나에겐 좋은 '할배'셨다. 나의 국민학교 시절엔 학생은 공부만 잘하면 된다고 집안일은 못 하게 하였는데 6학년 때 그만 아버지도 안 계신 상태에서 돌아가셨기에 청천벽력같은 일을 당하기도 했다.

할머니는 동래정씨東萊鄭氏 鄭字 分字;1885~1944로 내가 세 살 때 돌아가셨는데 사진도 한 장 없어 할머니의 얼굴도 모른다.

아버지泰字 鉉字; 1923~1950는 나의 기억으로는 다섯 살 전까지는 모르겠고 그다음 아홉 살 때까지 중요한 일 몇 가지만 생각날 정도이다. 아버지는 어린 나이에 6년간 기차 통학을 하면서 경산공립보통학교를 졸업하고 2년 후인 열여섯 살 때 어머니와 결혼을 하고 1942년에 아들인 내가 태어났다. 그 후 대동아전쟁大東亞戰爭이 한창일 때 일본군대日本軍隊에 나가서 중국의 동정호洞庭湖(둥팅호) 부근에서 군대 생활을 했다고 들었다. 그리고 그곳에서 해방(일본군의 항복)을 맞았는데 일본 본토나 동남아 쪽에서 군대 생활을 한 사람은 모두가 해방되던 그해에 고향으로 돌아왔다. 아버지는 머나먼 동정호에서 고향까지 오는데 일본인으로 오해와 질시를 받아 가면서 구걸하며 수천 리를 걸어오느라고 일 년이나 늦은 이듬해 즉 1946년도에 귀향하셨다. 죽은 사람이 살아왔다고 밤중에 가족과 집안사람들은 말할 것도 없이 온 동민들이 함께 울고불고 하던 일이 다섯 살 난 나의 기억에 지금도 어렴풋이 생각난다. 그것이 해방 때의 나의 기억이다.

어머니는淸道金氏 福祚; 1922~1993 경산군 압량면 여천동麗川洞 출신으로 외조부淸道金氏 錫字 中字와 외조모金海金氏 道字 和字의 2남 5녀 중 3녀로 태어나 열일곱 살에 아버지와 결혼하고 스물한 살 때 내가 태어났다. 어머니 나이 스물아홉에 아버지가 보도연맹에 연루되어 가출 후 행방불명이 되었다. 그 후 여자 혼자의 몸으로 어렵게 농사를 지으면서 어려운 살림에 시동생과 아들을 최고학부인 대학까지 교육을 시킨 근방 동네 사람들이 다 알아주는 훌륭한 어머니였다.

金海
金氏
京派文簡公世譜 首編

二十二世	二十三世	二十四世	二十五世	二十六世	二十七世

啓實 계실

字ᄂ啓三이요 一八
八八年戊子八月三
十日生이라 一九五
四年甲午十二月九
日卒이며 墓ᄂ養陽邑松
里에 있고 配ᄂ東萊鄭氏요 分이
니라

室이라
辛이며 墓ᄂ夫와合
合窆丑坐이며 有床
石이라

子泰鉉 태현

父에 萬辰이라 一九四
九三年癸酉八月一
日卒이며 墓ᄂ夫와
合窆丑坐中이며 有
床石이라 配ᄂ淸道金氏요福祚
며 一八八五年乙酉
七月七日生이요 父
에 萬辰이라 一九五
二年壬戌
四年甲午
十日生이라 一九五
○年庚寅
一月二十一日卒이
라 一九二三年癸亥十

子東鎭 동진

配ᄂ慶州崔氏요 蓉姬라 一
九四五年乙酉十月十八
日生이요 父에 太奉이라
六日生이라 大邱專門大
學을 卒業하다

農科大學과 行政大學院
五日生이라 慶北大學校
員統計電算擔當官家庭
儀禮擔當課長慶北道藝
衛課長慶州議會專門委
福祉靑少年課長을 歷
任하다 大統領表彰과錄
郡守를 歷任하고 停年退
任하다

北道廳係長을 歷任하고
永川淸道郡室課長과 慶
地方書記官으로 昇進하
里地方行政事務官으로
을 卒業하며 行政學碩士
學位를 取得하고 農學士
一九四二年壬午七月十

子南逸 남일

婿鄭在勳
嶺南大學校를 卒業하고
東萊人
經濟學士라

女宵廷 유정
一九七六年丙辰二月十
女鄭旦雅
子鄭圭元
嶺南大學校를 卒業하고
金寧人

婿金浚泳
一九七四年甲寅四月十
五日生이라 嶺南大學
校를 卒業하고 農學士라

女南珠 남주
一九七二年壬子三月二
十七日生이라 晩星女子大學校를
卒業하고 女子大學位를
取得하다

配ᄂ星州李氏요智恩이며
一九七二年壬子十月十
五日生이라 大邱大學校法
政大學을 卒業하고 行政
學士며 損害査定士라

一九四二年壬午七月十
日生이라 慶北大學校

子在鴻 재흥

女在利 재리
一九九九年己卯十
三十日生이라
一月三日生이라

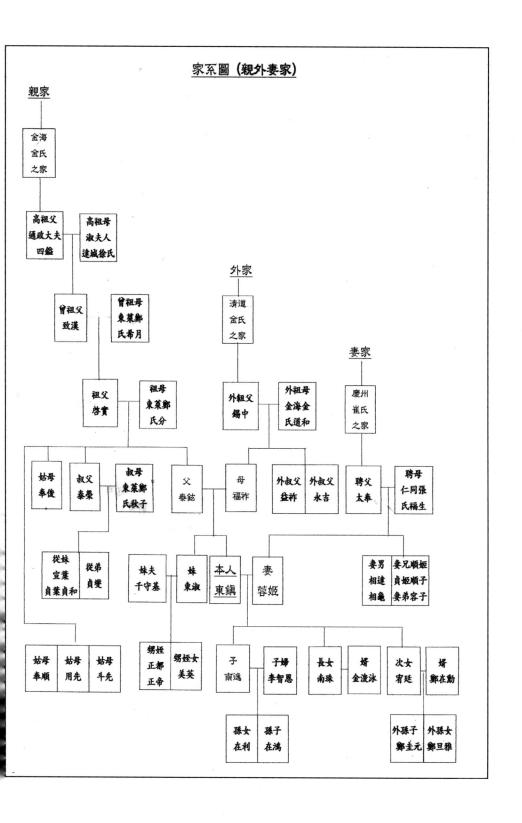

家系圖 (親外妻家)

그러다 며느리 사위 다 보고 친손자 외손자들 속에 살다가 일흔 두 살의 연세에 한 많은 여자의 일생을 마치고 하늘나라로 가셨는데 저승에서 아버지를 만났는지는 소식이 없다. 꿈속에서라도 연락을 주었으면 하는 심정이다.

이제 나의 식솔들 이야기다. 먼저 나는 서른 살에 경주최문慶州崔氏의 장인崔 太字 奉字과 장모仁同張氏 福字 生字의 2남 5녀 중 4녀인 최용희崔蓉姬와 혼인을 했다. 나이는 세 살 아래이고 대구효성여자고등학교 출신이다. 아들 하나에 딸 둘을 두었다. 소위 부잣집 딸이 나의 집으로 시집와서 너무 고생을 많이 시킨 것 같아 항상 미안하게 생각한다.

아들 남일南逸은 1972.10.10일생(음력 壬子年 9.4)으로 대구대학교 법정대학 행정학과를 졸업하고 회사원으로 청구주택에 3년쯤 근무하다 현재는 손해사정사로 손해사정사무소를 운영하고 있다.

며느리 이지은李智恩은 1972.3.27일생(음력 壬子年 2.13)으로 대구효성여자대학교 자연대학 화훼학과를 졸업하고 전업주부다.

손녀 재리在利는 1999.11.3일생(음력 己卯年 9.26)으로 현재(2021) 영남대학교 사범대학 영어교육과 3학년에 재학 중이다. 손자 재홍在鴻은 2003.9.30일생(음력 癸未年 9.5)으로 현재 대구 남산 고등학교 3학년에 재학 중이다.

　장녀 남주南珠는 1974.4.15일생(음력 甲寅年 3.23)으로 영남대학교 자연자원대학 식품가공학과를 졸업하고 공무원으로 동북지방통계청에 근무하고 있다. 사위 김준영金浚泳은 1972(壬子年) 4.24일생(양력 6.5)으로 영남대학교 자연자원대학 식품가공학과를 졸업하고 Weby net 회사를 경영하고 있다.

　차녀 유정宥廷은 1976.2.16일생(음력 丙辰年 1.17)으로 대구과학대학교 측지학과를 졸업하고 현재 어린이집에서 남편을 도우고 있다.

사위 정재훈鄭載勳은 1975.7.23일생(음력 乙卯年 6.15)으로 영남대학교 상경대학 무역학과를 졸업하고 SK제약 회사에 다니다 현재는 어린이집을 운영하고 있다.

외손자 정규원鄭圭元은 2005.5.29일생(음력 乙酉年 4.22)으로 현재 대구경신고등학교 1학년에 재학 중이다. 외손녀 정단아鄭旦雅는 2009.6.15일생(음력 己丑年 5.23)으로 대구동성초등학교 6학년에 다니고 있다.

가족은 나를 포함해서 모두 12명인데 넷 집이 모두 가까운 데서 건강하고 무탈하게 오순도순 잘살고 있음을 천지신명에게 감사하다고 생각한다.

보도연맹과
청도군 민간인 희생사건

역사에 가정이라는 말은 없지만, 보도연맹과 6·25전쟁 두 단어가 없었더라면, 그 둘 중에 적어도 한 단어라도 없었으면 나의 인생에서 전반기의 불행은 없었을 테고 소위 나의 생애가 달라졌을 것이다.

나의 선친은 1950년 6·25전쟁 당시 고향에서 농사를 지으면서 구장區長: 오늘날의 里長으로 마을에 진입한 빨갱이들의 활동을 신고하지 않았다고 경찰에서 조사를 받던 중 강압으로 보도연맹에 가입되었다. 6·25전쟁이 발발하자 보도연맹원이라는 이유로 청도경찰서에 구금되었다가 경산 코발트 광산에서 불법적으로 집단 희생되었다.

나는 한평생을 보도연맹의 자식이라는 불명예의 멍에를 쓰고 살았다. 그래서 보도연맹과 청도군 민간인 집단희생사건의 진실을 살펴본다.

보도연맹 | 1948년 12월 시행된 국가보안법에 따라 '좌익 사상에 물든 사람들을 사상 전향시켜 이들을 보호하고 인도한다'라는 취지와 국민의 사상을 국가가 나서서 통제하려는 이승만 정권이 대국민 사상통제를 목적으로 1949년 6월 5일에 조직했던 대한민국 반공단체로, 공식적으로는 국민보도연맹이라고 부른다. 보도연맹의 회원 수는 1950년 초 30만 명이 넘는 것으로 집계되었다. 결성 목적은 첫째 대한민국 정부의 절대 지지, 둘째 북한 괴뢰정권의 절대 반대 타도, 셋째 공산주의 사상의 배격 분쇄, 넷째 남북노동당의 멸족파괴정책 폭로분쇄, 다섯째 민족 세력의 총력 결집 등의 강령으로 요약된다.

1950년 6·25전쟁이 발발하자 대한민국 국군과 경찰이 국민보도연맹원이나 양심수 등을 포함해 수만 명으로 추산되는 민간인을 살해했다고 추정되는 대학살 사건으로 보도연맹학살사건保導聯盟虐殺事件이라고 한다. 오랫동안 대한민국 정부가 철저히 은폐했고 금기시해 보도연맹이라는 존재가 잊혀 왔지만, 1990년대 말에 전국 각지에서 보도연맹원 학살 사건 피해자들의 시체가 발굴되면서 보도연맹 사건이 실제 있었던 사건임이 확인됐다. 2009년 11월 진실화해를위한과거사정리위원회를 통해 정부는 국가 기관에 의해 민간인이 희생되었다는 것을 확인했다고 밝혔다.

진실화해를 위한 과거사정리위원회

2005년 5월 3일 대한민국 국회에서 통과된 진실화해를 위한 과거사 정리 기본법에 따라 2005년 12월 1일 출범한 위원회로 항일 독립운동, 일제강점기 이후 국력을 신장시킨 해외동포사, 광복 이후 반민주적 또는 반인권적 인권 유린과 폭력 학살 의문사 사건 등을 조사하여 은폐된 진실을 밝혀 과거와의 화해를 통해 국민통합에 이바지하기 위해 만들어진 대한민국의 국가기관이다.

진실화해위원회는 한시조직이기는 하지만 국가인권위원회처럼 독립적인 국가 기관으로서 입법, 사법, 행정 3부 어디에도 속하지 않고 독자적으로 업무를 수행하는 위원회로 독립위원회의 성격을 지닌 위원회다. 2010년 6월 30일 4년 2개월 만에 조사를 마무리

하고 활동을 완료했다. 진실화해위는 국가로부터 피해 사실이 확인될 경우 국가의 공식 사과와 피해자의 명예회복을 위한 적절한 조치를 해 줄 것으로 국가에 권고해 오기도 했다. 진실화해위는 조사 활동이 만료됨에 따라 종합보고서를 작성해 2010년 12월까지 대통령과 국회에 보고하고, 12월 31일 해산하였다.

청도군 민간인 집단희생사건

6·25전쟁 전후(1949. 2 ~1951. 2) 많은 청도 주민들이 빨치산과 내통하였거나 남로당 가입, 국민보도연맹원 등의 이유로 헌법에 보장된 생명권과 재판받을 권리 등 하등의 법적 절차도 없이 국민의 생명과 재산을 보호해야 할 국가공권력(국군, 경찰, CIC 등)에 의해 최소한 586명 이상 집단 살해된 민간인 희생사건이다.

2005년 "진실 화해를 위한 과거사정리법" 제정 시행에 따라 2006년 9월 20일에 불법적으로 자행된 당국의 민간인 집단희생사건의 진실을 밝혀서 희생자인 아버지의 원혼을 위로하고 한평생 보도연맹의 자식이라는 불명예의 명예를 쓰고 국가의 공무원으로 정년으로 퇴임한 본인의 명예를 회복하고자 진실화해를위한과거사정리위원회에 진실규명을 신청하였다.

2008년 7월 17일 진실위원회에서는 이 사건에 대하여 "국민의 생명과 재산을 보호해야 할 경찰과 국군에 의해 발생한 사건으로 비록 전시로 국민의 기본권이 제한되는 시기이기는 했지만, 민간인들을 좌익혐의 또는 좌익혐의자의 가족이라는 이유로 연행하여 적법한 절차 없이 집단 살해한 것은 명백한 불법행위이며 헌법에 보장된 국민의 생명권과 재판받을 권리를 침해한 것이다"라고 진실을 규명하였다.

글을 맺으면서 | 2009년 청도군 민간인 희생 사건의 유족 132명은 피해배상 국가소송을 제기하여 2014. 5. 21 대법원에서 승소 판결로 국가배상도 받았다.

그동안 유족들은 사회적 냉대와 멸시, 연좌제 등 수많은 불이익을 감수하며 대부분 가장을 잃은 슬픔 속에서 통한의 삶을 살아왔다. 비록 때가 늦고 국가배상도 미흡하지만 "희생자의 명예회복"이란 자긍심을 되찾았으니 다시는 이 땅에 이러한 비극들이 재발하지 않도록 전쟁의 상처와 인간 생명의 존엄성을 일깨워 화합과 상생, 관용과 통합의 정신으로 통일국가 건설과 지역사회 발전을 위해 매진하여야 할 것이라고 6·25전쟁 전후 민간인 희생자 청도군유족회원들은 다짐하였다.

2016년 11월 24일에 청도군의 지원과 유족헌금과 성금으로 청도 곰티재 정상에 6·25전쟁 전후 민간인 희생자 추모위령탑을 건립하여 준공 제막식을 했다.

마지막으로 집단희생을 당하신 청도군의 영령님들이시여!

하늘이 무너지고 땅이 꺼지는 참담하고 억울한 심정 누구에게 하소연하겠습니까마는 이제는 모든 원한을 다 잊으시고 영면하시기를 두 손 모아 거듭거듭 비옵니다.

어머니의 유품

나의 어머니는 경산군 압량면 여천동麗川洞 출신으로 외조부淸道 金氏 錫字 中字와 외조모金海金氏 道字 和字의 2남 5녀 중 3녀로 태어나 열일곱 살에 아버지와 결혼하고 스물한 살 때 내가 태어났고 어머니 나이 스물아홉에 아버지가 보도연맹에 연루되어 가출 후 행방불명이 되었다.

외가는 우리와 같은 농사 집이지만 능금 농사를 짓는 과수원도 있었고 논농사도 많이 짓는 부잣집으로 머슴도 둘씩이나 있는 대가족의 집이었다. 외할아버지는 공부는 많이 하지 않으나 언해는 잘하시는 분으로 외가에 가면 사랑방에서 외할아버지와 함께 잠자리하는 경우가 많았는데 매일 첫새벽에 일찍 기침하시고 부지런하시어 새벽 쇠죽을 끓인 후에는 언문 소설을 초성 좋게 늘 읽

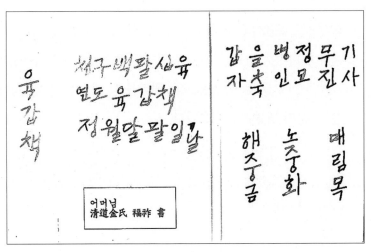

어머니 글씨, 1986년

으시곤 하셨다. 할아버지와 함께 온 가족들이 인품이 좋아서 마을에서 다들 좋아하셨다. 시골에서 외종형 두 사람이 서울대학교를 졸업할 정도로 공부도 잘하는 집이었다.

그런 환경에서 자랐던 어머니는 형편이 어려운 우리 집으로 열일곱 살에 시집와서 아버지와 행복하게 살아보지도 못한 채 스물아홉 나이에 보도연맹사건으로 아버지는 가출 후 행방불명이 되어 끝내 돌아오지 못하여 일찍이 청상으로 살아야만 했던 여인이었다. 그러나 사람이 부지런하고 인품이 좋고 어질었으며 어려운 살림살이에도 시동생을 최고학부인 대학까지 공부시켜 대학교수가 되게 하였고 아들도 대학까지 공부시킨 훌륭한 여성이었다. 총기가 좋아 계산에도 밝았었는데 덕택에 아들인 나도 수학을 잘할

중학교 때 어머니가 무명베로
손바느질해서 직접 만든
교복을 입고 있다.

어머니 시집올 때 장롱, 1939년

수 있었던 것으로 짐작이 간다. 전혀 글을 배운 바 없었는데 소위 뒷글을 주어서 국문해독의 수준까지 되어서 농사를 지으면서 아라비아 숫자가 아닌 순수 한글로 매일 일기와 가계부를 쓰셨다.

바느질 솜씨가 좋아서 내가 중학교 시절엔 감물을 들인 무명베로 직접 교복을 지어서 입기도 했다. 마을 어른들의 도포도 어머니가 지었고 동네에서 초상이 나면 수의壽衣도 어머니 몫이다. 그 외에도 우리가 어릴 때 동네의 잔치가 있으면 술, 밥, 묵, 단술 등 특수 음식의 부조도 어머니의 손을 빌린다. 여자의 몸으로 안일은 말할 것도 없고 남자들이 하는 농사일 등 바깥일 처리 즉 일머리도 어머니가 특출하다고 했다.

노후에는 아들 며느리와 딸 사위 친손자 외손자들과 잘 지내시

거울, 1939년   라디오, 1966년   아버지 보통학교 때 시계,
                                                1932년

다 한창 호강하며 더 사실 일흔두 살의 나이에 기구한 운명의 여성
으로 한 많은 생을 마감하고 하늘나라로 가셨다. 어머니 아니 엄마
오늘따라 더 보고 싶어지네. 영면永眠하시기를 기도드리면서

　어머니가 시집올 때 가져오신 이불, 장롱, 경대, 내가 군대 생활
할 때 사드린 니비코 트랜지스터라디오, 어머니가 직접 쓰신 육갑
책글씨, 그리고 아버지 보통 학교 기차 통학 때 사용하던 괘종시계
등 유품을 사진으로 본다.

父主前上書
(아~ 아버지!)

이제는 말할 수 있다 | 아버지! 하늘나라에 계시는 아버지에게 제가 이 세상에 태어나서 글자를 배운 후 80이 다 된 나이에 늦게서야 처음으로 글을 올립니다. 시대적으로 조국 광복과 6·25전쟁을 전후한 이념 갈등으로 역사의 소용돌이에 휘말려 어린 나이에 아버지를 잃고 대한민국의 국가공무원으로 정년 퇴임을 할 때까지 한평생을 보도연맹의 자식이라는 멍에를 쓴 채로 큰소리 한번 못 하고 살아야만 했습니다. 늦게나마 진실이 규명되어 명예라도 회복되었음은 그나마 다행으로 생각합니다.

그러나 억울하게 살아온 한평생을 누구에게 하소연하겠습니까만은 "이제는 말할 수 있다"라는 심정으로 지나온 가족사와 청도군 민간인 집단희생 사건을 아버지에게 알려드리고 또한 기록을 자식과 손자들에게 확실하게 알림으로써 과거의 왜곡된 역사를 바로잡고 다시는 이러한 비극이 이 땅에서 발생하지 않도록 하고자 감히 이 글을 올립니다.

아버지의 이력서

우선 제가 알고 있는 아버지의 이력을 간추려 소개합니다. 아버지께서는 1923년 癸亥 음력 11월 21일 김해김씨경파金海金氏京派文簡公로 시조 김수로왕金首露王의 72세손으로 태어났으며 명命이 길라고 돌[石]에 팔았다 해서 아명兒名은 돌이乭伊요 휘자諱字는 태泰字 현鉉字 이시다. 어린 나이에 6년간 기차통학을 하면서 경산공립보통학교를 졸업(1936. 3. 19)하고 2년 후인 열여섯 살 때 어머니淸道金氏 福祚와 결혼을 하고 1942년에 아들인 저를 보았습니다.

그 후 태평양전쟁이 한창일 때 일본군대에 나가셔서 중국의 동정호洞庭湖(둥팅호) 부근에서 군대 생활을 했다고 들었습니다. 그리고 그곳에서 해방을 맞았는데 일본 본토나 동남아 쪽에서 군대 생활을 한 사람은 모두가 해방되던 그해에 고향으로 돌아왔는데 아버지께서는 머나먼 동정호에서 고향까지 오는데 일본인으로 오해와 질시를 받아가면서 구걸을 하며 수천 리를 걸어오느라고 일 년이나 늦은 이듬해 즉 1946년도에 오셨다. 죽은 사람이 살아왔다고 밤중에 가족과 집안사람들은 말할 것도 없이 온 동민들이 함께 울고불고하던 일이 다섯 살 난 저의 기억에 지금도 어렴풋이 생각이 납니다.

아버지의 졸업장(1936년 경산공립보통학교 졸업)

보도연맹과 6·25전쟁 발발

우리 집에도 행복이 찾아옵니다. 농사도 정상적으로 지으면서 1947년도와 1948년도에 저의 동생들도 연년생으로 둘이나 태어나고 할아버지를 모시고 일곱 식구에 머슴까지 있었고, 아버지께서는 마을(청도군 화양면 송금 1구)의 구장(오늘날의 里長)까지 맡으셨습니다.

1949년도 가을에는 저도 국민학교에 입학을 합니다. 그러나 이게 웬일입니까? 구장이신 아버지는 밤에 잠자리를 방에서 주무시지 못하고 부엌 바닥에 가마니를 깔아 이부자리를 하고 그 위에 어머니가 솔가지를 덮어 줍니다. 세상이 달라져 갑니다. 청도 땅 두메산골인 우리 동네에 밤에는 산 손님(빨갱이) 낮에는 경찰이 찾아와서 청도경찰서로 수없이 연행되어 수사를 받고 구타를 당하는 생활이 반복되다가 끝내 아버지께서는 마을에 잠입한 빨갱이들의 활동을 구장으로서 신고하지 않았으며 또한 사상적으로 문제가 있다 하여 경찰서에서 수사를 받던 중 경찰의 강압 때문에 자수하게 되고 보도연맹에도 가입하게 됩니다.

자수하고 보도연맹에도 가입한 이후 6·25전쟁 발발 이전까지는 짧은 기간이나마 빨갱이 활동도 주춤하고 경찰들도 간섭이 적어 우리 마을과 우리 집도 비교적 평화롭게 잘 지내게 됩니다.

1950년 6월 25일 북한의 남침으로 6·25전쟁이 발발됩니다. 전쟁이 일어나자 전쟁 전 좌익에 협조하였다는 혐의로 요시찰대상으로 분류되어 경찰의 관리를 받아오던 사람들과 경찰의 강요와 협박 때문에 국민보도연맹에 가입한 사람들이 6·25전쟁 발발과 동시에 전국적으로 실시된 예비검속에 의해 군경과 우익청년단에게 연행되어 청도경찰서 유치장에 일시 구금되었습니다.

1950년 7월 초순쯤 어느 날 아침 청도경찰서에서 열차 편으로 강제이송당하여 우리 고향역인 남성현역에 정차 중이었습니다. 아버지께서 열차에서 내려서 학교에 가는 초등학교 일 학년짜리 저를 부르시더니 "진鎭아! 대구로 간데이~."라는 말만 남기고 헤어진 것이 부자간에 이 세상에서의 마지막 만남이었고 영결종천永訣終天이고 그것이 임종일 줄을 그때는 몰랐습니다. 그 후 대구형무

소를 거쳐 경산 코발트광산에서 불법적으로 집단 학살당하였다고 하니 이 무슨 청천벽력이란 말입니까? 하늘이 무너지고 땅이 꺼지는 참담하고 억울한 심정 필설로는 못 하겠습니다. 할아버지께서 명命이 길라고 이름까지 돌이乭伊로 지으셨다는데 할아버지를 두시고 먼저 가시다니 명운이 그리도 짧더란 말입니까? 그때가 아버지 연세 스물여덟에 어머니 스물아홉, 저는 아홉 살 어린 나이에 아비 없는 자식이 되고 말았습니다.

고난의 가족사가 이어진다

아버지 없는 집에 스물아홉의 청상인 어머니께서 새로운 가장이 되어 할아버지를 모시고 농사일과 온갖 가정사를 도맡아서 하시는데 살림살이가 말할 수 없이 어려웠습니다. 낮에는 고된 농사일에다 밤이면 슬픔과 괴로움 외로움에 늘 울곤 하는데 저도 같이 울다가 잠이 들곤 한답니다. 그러다 한밤중에 마을에 개라도 짖어 대면 혹시나 아버지라도 오시나 싶어 울음을 그치곤 하면서 틈만 있으면 원근 불문하고 점을 보러 다니곤 했는데 몇 년을 두고 하도 점을 많이 봤고 또 많이도 속아 왔기에 우리 집에선 그 이후로는 지금까지도 점을 보는 일은 절대로 없습니다.

　1953년도에는 6·25전쟁이 종전되었으나 아버지께서는 돌아오지도 않고 그 이듬해엔 할아버지께서 세상을 떠시니 정말로 하늘이 무너지는 것 같더군요. 그러나 오직 자식 하나만은 남부럽지 않게 잘 키우시겠다는 훌륭하신 어머님 덕분에 저는 학업을 계속하여 중학교 고등학교와 최고학부까지 마칠 수가 있었습니다. 집안 형편이 하도 어려워서 대학까지 졸업은 했지만 두 번씩이나 휴학을 해야 했습니다.

경북고등학교 2학년을 마치고는 일 년 동안 농사를 지었고 대학 4학년 때에는 등록금을 마련하지 못해 군대에 입대하여 3년간 군대 생활을 하고 제대를 한 후 다시 대학 4학년에 복학하여 결과적으로 4년이나 늦게 대학을 간신히 졸업했습니다.

또 학창 시절에는 보도 연맹의 자식이라는 멍에 때문에 두 번의 고비도 있었는데 고등학교 3학년 때는 대학 등록금 부담을 덜기 위해 육군사관학교로 가려고 마음을 먹었으나 신원조회에 이상이 있으므로 불가하다는 첫째 고비를 당했고 경북대학교 농과대학 3학년 때는 학교를 마치고 장교로 입대하려고 ROTC(학군단)를 지원하여 3개월 정도 군사훈련을 받다가 신원조회 문제로 포기를 한 일이 있었습니다.

아버지의 제사 관계를 말씀드립니다. 실제로 아버지께서는 1950년 6·25전쟁 발발 후 7월 초에 출가하신 이후 끝내 생사에 대한 소식이 없었으므로 장차 어차피 제사는 모셔야 하겠기에 제삿날을 어떻게 결정하느냐에 대한 여러 가지 안이 있었습니다. 즉 출가한 7월 초로 하느냐 아니면 중구절(음력 9월 9일)에 하느냐 등을 집안 어르신들을 모시고 의논한 결과 쉽게 결론을 낼 수가 없어 저의 의견으로 아버지의 생신일을 기제사날로 정하여 1964년부터 음력 11월 21일에 제사를 모셔오고 있습니다.

새 역사가 열리다

지금까지 80년 가까운 인생을 살아오면서 지나온 세월을 돌이켜보면 일찍이 아버지를 여의고 역사의 희생자로서 전쟁이 남긴 유족의 한과 설움을 되씹으며 슬픈 가족사의 주역으로 어린 시절을 지냈습니다.

그러나 훌륭하신 어머님의 의지로 어려운 살림살이에도 학업을 계속하여 최고학부까지 어렵사리 마치고 일찍이 영광스러운 대한민국의 국가공무원이 되고부터는 저에게도 새로운 역사가 시작됩니다. 초창기에 새마을운동과 조국 근대화의 기수로서 민주화운동의 선봉에서 일하고 또 일하며 뒤도 돌아보지 않고 열심히 살아왔다고 자부합니다. 경상북도 울진군에서 출발하여 월성 영일 포항 구미 영천 청도 등지에서 직원 계장 과장직을 하다가 경상북도 도청에 들어가서 계장 과장 국장을 거쳐 40여 년 공직생활의 마지막을 고향인 청도군청에서 부군수로 정년퇴임을 하였습니다.

1971년 12월 19일 경주최씨慶州崔氏 가문의 최용희崔蓉姬 양과 양가 친지 친구 등 많은 하례객의 축복 속에 결혼하였습니다. 아들 남일과 딸 남주, 유정 3남매를 두었는데 모두 최고학부까지 공부를 마치고 제때에 성혼을 시켜 지금은 손자들까지 열두 식솔들이 가까운 곳에서 화목하게 다들 잘 살고 있습니다.

어머님께서는 젊은 시절에는 고생도 많이 하셨습니다마는 노후에는 손자들 돌보시며 잘 사시다가 1993년 음력 8월 1일 72세에 하늘나라로 가셨습니다. 유택은 보리절 선산 아래에 아버님과 합장으로 특히 아버지는 초혼장招魂葬으로 모셨사오니 부디 영면하시기를 비옵니다.

저도 정년 퇴임 이후에는 서라벌대학 겸임교수도 하고 청도 공영사업공사 사장 경상북도민방위 소양교육강사, 대구지방법원 청도군법원의 민사조정위원, 또 봉사단체인 국제로터리 3700지구 청도로터리클럽 회장 등등을 맡아 10여 년 활동하다 최근에는 모두 그만두었습니다.

현재는 소일 삼아 평생교육기관인 대구사회문화대학에 적을 두고 일주일에 두 번씩 나가면서 공부도 하고 등산을 하면서 농사도 짓느라 일주일에 한 번씩은 고향 집에 다니면서 자식들 모두 분가시켜놓고 내외간에 일상으로 소일하며 건강하고 즐겁게 잘 살고 있습니다.

국가가 모든 진실을 규명하다

청도군 민간인 집단희생 사건은 6·25전쟁 전후(1949.2 ~1951.2) 많은 청도 주민들이 빨치산과 내통하였거나 남로당 가입, 국민보도연맹원 등의 이유로 헌법에 보장된 생명권과 재판받을 권리 등 하등의 법적 절차도 없이 국민의 생명과 재산을 보호해야

36

할 국가공권력(국군, 경찰, CIC 등)에 의해 최소한 586명 이상 집단 살해된 민간인 희생 사건입니다.

2005년 "진실 화해를 위한 과거사정리법" 제정 시행에 따라 유족 132명은 진실규명을 신청하여 2008. 7. 17 과거사정리위원회로부터 본 사건은 "명백한 불법행위로 헌법에 보장된 생명권과 재판받을 권리를 침해한 사건"으로 결정되어 희생자들의 명예를 완전히 회복하였고, 2009년 피해배상 국가소송을 제기하여 2014. 5. 21 대법원에서 승소 판결로 국가배상도 받았습니다. 그동안 유족들은 사회적 냉대와 멸시, 연좌제 등 수많은 불이익을 감수하며 대부분 가장을 잃은 슬픔 속에서 통한의 삶을 살아왔습니다.

비록 때가 늦고 국가배상도 미흡하지만 "희생자의 명예회복"이란 자긍심을 되찾았으니 다시는 이 땅에 이러한 비극들이 재발하지 않도록 전쟁의 상처와 인간 생명의 존엄성을 일깨워 화합과 상생, 관용과 통합의 정신으로 통일국가 건설과 지역사회 발전을 위해 매진하여야 할 것이라고 6·25전쟁 전후 민간인 희생자 청도군 유족 회원들은 다짐하였습니다.

그리고 청도군의 지원과 유족헌금과 성금으로 청도 곰티재 정상에 6·25전쟁 전후 민간인 희생자 추모위령탑을 건립하여 2016. 11. 24 준공 제막식을 거행하였습니다.

위령탑 참배(청도 곰티재) 2019년

이제는 영면하시옵소서

아버지!

난생처음으로 통탄지사와 70여 년이란 긴 세월에 걸친 슬픈 가족사를 편지로 쓴다는 것이 무척이나 어렵습니다. 아버지! 글을 마치면서 분명히 말씀드릴 수 있는 것은 이제는 저도 남부럽지 않게 잘살고 있습니다.

어릴 적에는 시대를 잘못 만나 어렵게 살아왔습니다. 그러나 국가공무원으로 사회생활을 하고부터는 나름대로 잘 살아왔으며 앞에서도 말씀드렸듯이 정년퇴임 후에는 아들딸 모두 분가시켜 큰 걱정 없이 저의 식솔 12명이 모두 집 가까이서 오순도순 잘 살고

38

있답니다.

비록 때가 늦고 미흡하지만, 국가가 진실규명을 통하여 그들의 잘못을 인정하여 희생자 명예회복과 국가배상을 일부 받았고 지방정부의 보조로 억울한 죽임을 당한 영령들의 원혼을 추모하기 위한 위령탑도 건립되었습니다. 하늘이 무너지고 땅이 꺼지는 참담하고 억울한 심정 누구에게 하소연하겠습니까마는 이제는 모든 원한을 다 잊으시고 영면하시기를 두 손 모아 거듭거듭 비옵니다.

마지막으로 목놓아 불러봅니다. 아버지~ ~ ~

戊戌年 晚秋 小子 東鎭 謹 上書

(경북행정동우 제21호 2018)

가족 12명이
미국을 다녀왔습니다

올여름에 우리 가족 열두 명이 함께 미국을 여행하였다. 나는 미국을 몇 번이나 다녀온 적이 있으나 집사람內子이 미국 구경을 한 적이 없어 동부인同夫人으로 미국 여행을 하려고 했는데 집사람의 발바닥 건강 문제[足底筋膜炎症]로 보행에 불편이 있어 여러 해를 미루어 오다가 올해에는 우리 내외가 아닌 전 가족이 함께 미주 관광을 강행하게 되었다. 가족은 본인(김동진)과 집사람(최용희), 회사를 하는 아들(김남일)과 며느리(이지은) 중3인 손녀(김재리) 초등 5학년인 손자(김재홍), 공무원인 큰딸(김남주)과 벤처사업을 하는 큰사위(김준영), 작은딸(김유정)과 회사원인 작은사위(정재훈) 초등 3학년인 외손자(정규원) 그리고 유치원에 다니는 여섯 살의 외손녀(정단아) 등 모두 열두 명이다.

가족 대부분이 미국 여행은 처음이라 미국을 상징하는 수도 워싱턴 DC와 세계 제일의 도시 뉴욕, 그리고 나이아가라 폭포를 비롯하여 캐나다의 토론토, 몬트리올과 퀘벡으로 이어지는 하나투어 여행사의 관광 상품이 있어 미주 동부 일주 코스를 택하게 되었다. 나는 캐나다의 몬트리올과 퀘벡을 제외하면 똑같은 코스를 세 번씩이나 가게 되었다. 기간은 손자들의 여름방학에 맞추어 열흘

간으로(해외여행의 성수기는 학생들의 방학 기간이라는 것도 이번에 처음 알았음) 경비는 전액 할아버지가 부담하고 기간에 맞추어 모두 휴가를 얻도록 각자가 조치하도록 하였다.

드디어 2014년 7월 25일 새벽 2시에 동대구 터미널에서 경북고속 리무진 버스를 타고 인천을 향하여 달린다. 이른 새벽이라 어린 손자들이 걱정되었으나 처음으로 가는 해외 나들이에 마음이 들떠 기분들이 매우 좋아 보인다. 네 시간여를 달려 인천국제공항에 도착해서 여행 질차를 모두 마치고 공항 식당에서 아침 식사를 했다.

인천에서 미국 휴스턴까지 대한항공편으로 | 인천국제 공항에서

대한항공편으로 7,000마일을 13시간이나 날아서 미국 휴스턴의 조지 부시 인터콘티넨털 국제공항George Bush Intercontinental Airport, IAH에 도착했다. 휴스턴Houston은 미국 텍사스주의 가장 큰 도시이며, 미국 전체로는 네 번째로 가장 많은 인구가 사는 도시이다. 세계 최대의 메디컬 센터인 텍사스 메디컬 센터의 소재지이며 미국 항공우주국NASA의 존슨 우주센터가 있다. 휴스턴의 IAA 공항에서 환승을 하려고 3시간을 기다려서 미국의 유나이티드 항공United Airlines 비행기로 갈아타고 다시 3시간 40분 만에 뉴욕의 라과디아 공항La Guardia Airport : LGA에 내렸다.

여행 첫날 새벽 2시에 대구에서 출발하여 버스로 4시간, 비행기로 17시간, 탑승대기 6시간, 무려 27시간 만에 뉴욕에 도착하였다. 시차로 인해 결과적으로 아침에 출발 제날 저녁에 목적지에 도착했다.

미국(美國, United States of America) | 1492년 콜럼버스가 신대륙을 발견한 이래, 유럽 강대국들의 식민지였으나 1776년 7월 4일 '독립선언'을 발표하고 비로소 13개 식민지를 '주州'로 하는 미합중국을 탄생시켰다. 현재는 본토의 48주에 알래스카와 하와이를 합친 50주, 그리고 컬럼비아 특별구(수도 워싱턴 DC)로 이루어진 세계에서 가장 큰 영향력을 행사하는 연방공화국이다. 미국의 인구는 현재 3억 일천만 명으로 중국, 인도 다음으로 세계 3위이며 해마다 인구가 증가하고 있다.

뉴욕(New York) | 대륙 동부해안에 있는 뉴욕은 맨해튼, 브루클린, 퀸스, 브롱크스, 스테이튼 아일랜드의 5개 독립 구로 나누어져 있다. 이중 뉴욕 관광의 중심지인 맨해튼은 동쪽으로 이스트강, 서쪽으로 허드슨강, 남쪽으로 위쪽 뉴욕만에 둘러싸인 기다란 섬으로 맨해튼이 뉴욕으로 알려져 있을 정도이다. 유명한 쇼핑가와 세계 경제의 중심지로 불리는 월스트리트, 예술, 문화의 중심지인 브로드웨이 등 뉴욕을 대표하는 모든 것들이 모여있는 곳이다.

뉴욕 월가에서 손자들과

　뉴욕은 하늘 높이 치솟은 빌딩들, 일류 박물관과 공연예술극단,
금융, 패션, 미술, 출판, 방송, 연극, 광고의 중심지로서의 명성을
지니고 있다. 뉴욕은 한마디로 세계 경제, 문화의 중심도시이다.
뉴욕의 인구(2011)는 8백만 명이다

　뉴욕의 맨해튼 시내 관광으로 미국 관광이 시작된다. 먼저 금융
밀집 구역, 세계 금융시장의 중심가인 월스트리트Wall Street 5번가
에서 황소상과 뉴욕주민과 관광객들로 항상 붐비는 뉴욕의 쇼핑
거리 소호SOHO, 미국의 독립을 기념하기 위해 세워진 자유의 여
신상을 가까이서 느낄 수 있는 훼리 탑승으로 관광하고, 뉴욕의 대

표적인 관광지 엠파이어 스테이트 빌딩 전망대에 올라 뉴욕을 한눈에 내려다보고, 록펠러센터, NBC 방송국, 자랑스러운 우리나라의 반기문 사무총장이 근무하는 UN 본부를 관광하고 센트럴파크에도 들러서 걸어도 보고 휴식을 취했다.

세상에 자유의 불빛을 던지는 이 멋진 자유의 여신상Statue of Liberty은 전 미국을 대표하는 상징이자 뉴욕에서 가장 잘 알려진 명소이다. 엠파이어 스테이트 빌딩Empire State Building은 아직도 미국의 고층빌딩을 상징하는 건물로, 높이가 440m이며, 1931년에서 1977년까지 세계에서 가장 높은 빌딩이었다.

센트럴파크Central Park는 맨해튼 가운데에 있는 커다란 정방형 공원으로 뉴욕을 사람이 살 만한 곳으로 느끼게 하는 곳이라 하는데 우리 대구의 달성공원보다 별로인 것 같았다.

워싱턴 D.C.(washington D.C.)

미합중국의 수도이며 명실상부한 국제 정치, 외교의 중심지이다. 워싱턴 D.C.라는 이름은 미국 초대 대통령 워싱턴과 디스트릭트 오브 컬럼비아District of Columbia, 컬럼비아 지구 안에 감춰져 있는 사람 즉 바로 콜럼버스를 상징하는 명칭이다. 뉴욕과 필라델피아에 이어 1790년에 세 번째 수도로 확정, 1800년에 옮겨왔다.

총면적 162㎢로 약 57만 명이 거주하고 있다. 공무원과 법률가

와 흑인이 많은 도시 워싱턴은 시 인구의 72%가 흑인으로 구성되어 있다.

워싱턴 D.C.의 여행 코스는 먼저 국회의사당US Capitol은 안에까지 들어가지는 못하고 앞에서 기념촬영만 했다. 미국 국회는 개점 휴업이나 장외투쟁하는 국회의원은 없다고 한다. 스미소니언 자연사 박물관Smithsonian National Museum of Natural History은 특히 손자들이 좋아하고 보고 배울 것이 많은 곳이었으나 시간이 너무 부족하였다.

미국 대통령이 사는 백악관White House은 한국의 청와대에 비하면 규모가 작지만, 세계에서 가장 힘이 있는 나라의 대통령이 살고 있다.

　인민의, 인민에 의한, 인민을 위한 정부, 즉 게티즈버그 연설로 잘 알려진 미국 제16대 대통령 링컨을 기리기 위한 기념관인 링컨 기념관Lincoln Memorial과 미국의 초대 재무부 장관과 초대 부통령 그리고 제3대 대통령 제퍼슨을 기리기 위한 제퍼슨 기념관 Jefferson Memorial. 초대 대통령 조지 워싱턴을 기념하기 위해 만든 워싱턴 마뉴멘트Washington Monument 순으로 관광을 하였다.

　마지막으로 한국KOREA이라는 이름도 모르는 6·25전쟁에서 많이 희생된 미군 병사들(전사자 약 54,000명)을 기리고 있는 6·25전쟁 참전 기념공원Korean War Veterans Memorial에서는 머리가 숙어지고 숙연해짐을 느꼈다.

나이아가라 폭포(Niagara Falls)

세계에서 가장 유명한 자연관광지 중 하나로 캐나다와 미국 북동부와의 국경에 위치하고 있다. 캐나다 쪽의 폭포는 높이 54m, 폭 610m의 규모를 자랑하고 있으며 이 두 폭포의 사이에는 고트섬Goat Island(염소 섬)이 있다. 나이아가라 폭포는 남아메리카의 이구아수 폭포, 아프리카의 빅토리아 폭포와 함께 세계 3대 폭포 중 하나인데 셋 중에서 나이아가라 폭포가 미주에 있다 보니 우리나라에서 가 보기도 비교적 쉬운 폭포로 가장 잘 알려져 있다.

나이아가라 폭포 관광은 '안개 속의 숙녀호Maid of the Mist' 크루즈 탑승으로 시작된다. 모두가 초록색 우의를 착용하고 미국 폭포 American Falls에서 시작해 캐나다 폭포Horseshoe Falls까지 떨어지는 폭포를 가장 근접해서 느낄 수 있는 유람선 체험을 통해 나이아가라 폭포의 참모습을 느낄 수 있었다. 스카이론 타워Skylon Tower 전망대에 올라서는 스테이크 특식도 먹고 나이아가라 야경도 구경하고 '나이아가라' 아이맥스I Max 영화도 감상했다. 미국 쪽 나이아가라에서는 제트보트 탑승 체험도 하였다. 나이아가라는 연간 세계 각지에서 1,200만 명이 넘는 관광객이 자연의 위대함과 웅장함을 감상하러 방문하는 국제적인 명소이다. 나이아가라 폭포의 장대함은 물론 나이아가라 주변 관광 또한 대단했다.

주변의 작은 도시와 마을들, 유기농(전 지역 농민들이 함께한다고 함)을 하는 과수원과 농장에서 과일도 사고, 역사 깊은 아이스 포도주 공장을 견학하며 시음도 하였다. 그리고 세계에서 제일 작은 교회, 나이아가라 공원의 지름 12m에 이르는 세계에서 가장 큰 꽃시계

도 보았다,

캐나다(Canada) | 북아메리카 최북단의 연방국이며, 수도
는 오타와이다. 동쪽에는 대서양, 서쪽에
는 태평양, 북쪽에는 북극해가 접해있다. 전 세계 국가 중 러시아
에 이어 국토 면적이 두 번째로 크다(1위는 러시아이며 캐나다, 미국, 중
국, 브라질 순임). 10개의 주와 3개의 준주로 구성되어 있다. 아름다
운 자연환경을 자랑하는 국가이다. 캐나다의 인구는 3,300만이다.

5대호의 하나인 온타리오호에 위치하며 면적 632㎢에 약 350만
토론토(Toronto) | 명의 인구가 사는 캐나다 최대의 도시이며,
캐나다의 경제, 통신, 운수, 산업, 교육의 중
심지이며 특히 중국과 이탈리아계가 주도적 역할을 하고 있다.
토론토에서는 먼저 시청으로 가서 구시청사와 신시청사 그리고
주의회 의사당을 관광 후 CN 타워를 차창 밖으로 보면서 토론토
대학교로 향했다. 토론토 대학교University of Toronto는 캐나다 최
대 규모이자 북미에서 하버드와 예일 다음으로 세 번째로 많은 1
백만 권 이상의 장서를 보유한 44개의 도서관 시설을 갖추고 있
다. 토론토대는 현재까지 10명의 노벨상 수상자, 캐나다 총리 4명,
캐나다 총독 2명, 해외 국가 원수 4명 및 대법원 대법관 14명을 배
출했다.

48

토론토대학에서 여성단합대회

천섬(Thousand Islands) | 캐나다와 미국의 경계를 이루는 세인트로렌스강 위에 있는 수많은 섬 (1,614개 섬)으로 이루어진 곳으로 유람선을 타고 섬 위에 세워진 아름다운 집과 그림 같은 풍경을 한 시간 동안 감상할 수 있었다.

몬트리올(Montreal) | 1976년 8월 1일, 제21회 몬트리올 올림픽 대회에서 양정모 선수가 레슬링 (자유형 페더급) 부문에서 한국 사상 숙원의 첫 금메달을 딴 그날의 감격을 잊을 수가 없는 도시이다. 면적 2,815㎢에 약 300만 명의

인구가 살고 있으며 지금도 '북미의 파리'로 불리우며 프랑스풍이 느껴지는 도시이다.

한때는 캐나다의 경제적 요충지로 부상하였고 올림픽 개최도시였으나 지금은 토론토 도시에 밀려 인구도 줄어들고 도시가 사양화되는 느낌을 받았다.

샤토프론트낙 호텔

몬트리올 구시가지의 최대 볼거리 노트르담 광장과 자끄 까르띠에 광장 그리고 몬트리올의 대표공원 몽로얄 공원을 관람하고 공원 안에 있는 세계 두 번째 규모의 성 요셉 성당St. Mary Church을 이벤트로 참배하였다.

퀘벅(Quebec) | 캐나다 퀘벅주의 주도이다. '캐나다 속의 프랑스' 퀘벅 도시Quebec city라고 한다. 도시의 인구는 51만 명이다. 퀘벅주는 캐나다 동부에 있는 주로 프랑스계 주민들이 많이 거주한다. 프랑스어가 공용어로 쓰이며 캐나다에서 영어가 공용어가 아닌 유일한 주이다. 세인트로렌스강 하구에 강폭이 갑자기 좁아지는 지점에 있으며, 퀘벅이라는 지명은 '강이 좁아지는 곳'을 뜻한다. 퀘벅에서 가장 유명한 명소는 구도심 근처에 있는 샤토프론트낙 호텔, 퀘벅 주의회, 퀘벅 주립미술관, 문명 박물관 등이 있다. 샤토프론트낙 호텔은 2차 세계대전 당시 미국의 루스벨트 대통령과 영국의 처칠 수상이 이곳에서 회담을 했는데 이때 노르망디 상륙작전이 결정되었다고 한다.

퀘벅 관광은 먼저 퀘벅 도시에서 동쪽으로 10km 지점에 있는 몽모렌시 폭포Montmorency Falls로부터 시작이 된다. 나이아가라 폭포 구경을 먼저 한 터라 큰 감흥은 없었지만, 높이로만 보면 몽모렌시 폭포가 83m로 나이아가라 폭포보다 30m나 더 높다. 폭포는 세인트로렌스강 바로 옆에 자리하고 있어 폭포수는 바로 세인트로렌스강으로 흘러 들어간다.

　퀘벡에서 시내 관광은 세인트로렌스강이 흐르는 퀘벡 중심부 절벽에 있는 샤토프런트낙 호텔과 이쁜 상점들이 늘어서 있는 프티 샹플랭, 화랑가, 구시가지의 골목길 산책로를 관람하였다.

우드버리 아울렛　│　이번 관광 여행의 마지막 코스이다.
　　　　　　　　　　공식 명칭은 우드버리 공동 프리미엄

퀘벡 몽모렌시 폭포(아들네)

아울렛Woodbury Common Premium Outlets으로 뉴욕 주변의 아울 렛 중 가장 유명하고 인기 있는 곳으로 Gucci, Chanel, Burberry, Celine, Armani, Fendi, Etro, Adidas, Calvin Klein, Nautica, Guess, Polo Jeans 등 240여 개 매장에 상품이 무궁무진하다. 대 부분 30%~50% 이상 할인 판매하고 있으며 한국인 관광객뿐만 아 니라 뉴욕을 방문하는 전 세계 사람들이 한 번쯤은 꼭 들른다고 한 다. 특히 젊은 여성들이 선호하는 것 같았다.

귀국길에 오르다

마지막 날 이른 새벽에 호텔에서 짐을 챙겨 공항으로 향했다. 집 나서면 고생 이라더니 어린 손자들이 안쓰럽다. 뉴욕의 라과디아 공항LGA에서 아침 6시에 UA 항공편으로 3시간 반을 날아서 휴스턴에 도착한 다. 나갈 때와는 역 코스로 휴스턴의 조지 부시 국제공항(IAH)에서 대한항공편으로 15시간을 날아 온다. 기내에서 어른들은 잠을 자 는 둥 마는 둥 하는데 어린애들은 재미있게 왔다 갔다 하면서 (우리 로서는 다행히 기내 여석(餘席)이 많다) 잘 놀고 버티어 낸다. 두어 번 나 오는 기내식을 잘도 처리하고 덤으로 승무원이 주는 빵도 널름널 름 받는다. 손자들이 돌아다니니 승무원 아가씨가 일행이 몇이냐 고? 열둘이다, 하니 가족 5명은 종종 보는데 이렇게 많은 가족이 함께 움직이는 경우는 처음 본단다. 시차時差 때문에 결과적으로 이틀 만인 8월 3일 오후 4시 인천국제공항에 전원이 무탈하게 도착하였다. 인천공항에서 오랜만에 순수한 우리 음식으로 저녁 식사를 맛있게 먹었다. 올해 7월부터는 KTX 열차가 인천국제공항역을 출발하여 동대구역까지 직행할 수 있어 아주 편리하게 이용할 수 있었다. 시차로 말미암아 새벽 6시에 미국에서 비행기를 타고 그 이튿날 저녁에 집에 도착했으니 돌아오는 데만 꼬박 이틀이 걸린 셈이다.

마치면서 ┃ 미국과 캐나다는 한마디로 선진국이다. 차창 밖으로 가도 가도 끝이 없이 산도 보이지 않는 광활한 대지, 잘 가꾸어진 농토와 농작물, 띄엄띄엄 나타나는 농가마다 농사용 경비행기가 보인다.

선진국일수록 일차산업인 농업이 발달해 있다. 우선 식량 자급률을 보면(2010) 호주-176%를 비롯하여 프랑스-164%, 미국-150, 캐나다-143, 영국-82%인데 한국은 26%이다. 자원이 풍부하고 산업이 골고루 발전하고 있으며 국민소득도 높은 경제적인 부국富國임이 확실하다. 경제적인 부국인 데다 우리나라처럼 불장난을 일삼는 북핵 위험도 없고 국가 원수元首를 원수怨讐로 호칭하는 국회의원도 없고 세월호다 뭐라면서 개점 휴업하고 장외투쟁만 일삼는 국회도 없는 것 같아 부럽기 그지없다.

여행 중에 7·30 재보선이 있었는데 11:4라는 소식이 날아올 때는 "아! 그래도 하늘이 우리 대한민국을 버리지는 않았구나!" 하는 안도의 숨을 쉬며 기분이 좋았음은 나만의 삐딱한 생각(?)일까. 나의 눈에 비친 이들 나라의 농업, 농촌과 행정, 정치는 정말 선진국임을 각인시켜 주었다.

이번 여행은 우리 가족 12명이 10일 동안 미국, 캐나다 2개국 9개 주를 비행기로 14,000마일을 날고 육로로 2,100마일을 달려 장장 16,100마일의 오랫동안 잊지 못할 뜻깊은 대장정이었다. 해외 나들이를 여러 번 했는데 공무公務로 갈 때는 주로 혼자 갔고 그외 부부동반 여행도 여러 번 했으나 전 가족동반全家族同伴 여행은 이번이 처음이다. 아들딸들과 손자들에게 모처럼 아버지 노릇 할 아버지 노릇을 한 것 같다. 먼 훗날 할아버지는 없어도 손자들에게는 추억으로 남아 있겠지…….

특기할 것은 집사람의 건강이 미국행 비행기를 타고는 이상하다 하여 시간 나는 대로 기내를 돌아다니면서 체조도 하고 몸을 푼다고 하더니만 여행 마치고 여태껏 별 이상이 없는 걸 보면 세상만사가 일체유심조一切唯心造라 마음먹기에 따라…….

앨범의 편집후기 | 여행을 마치고 며칠 만에 나의 생일에 맞추어 선물로 아들(김남일)이 "미국 동부 & 캐나다 완전일주 10일"이라는 앨범을 만들어 왔는데 앨범의 편집 후기를 여기에 실어본다.

"미국 동부 & 캐나다 완전일주 10일"

"우선 다치거나 아픈 사람 없이 건강하게 무사히 이번 여행을 마치게 되어 무엇보다도 다행하고 행복한 일이라 할 것입니다.

10일 동안 12명의 가족이 모두 함께한 미국 캐나다 여행은 우리 가족들에게 평생 잊지 못할 추억으로 남을 것입니다.

무엇보다도 이번 여행을 있게 해 주신 아버님께 거듭 감사의 말씀을 올리며 부족하나마 우리 여행의 추억을 한 권의 앨범으로 준비해 보았습니다.

앞으로도 항상 이날을 기억하며 우리 가족이 더욱 화목할 수 있도록 기원합니다.

2014년 8월 5일 김남일 외 9명 올림

(문화대학 제16호, 2015)

56

내 고향
송금리의 지명

내 고향은 경상북도 청도군 화양읍 송금리이다. 고향의 지명을 정리해 본다. 우선 청도군淸道郡은 2읍 7면으로 9개 읍면에 212개 리里인데 청도읍淸道邑, 화양읍華陽邑, 각남면角南面, 풍각면豊角面, 각북면角北面, 이서면伊西面, 운문면雲門面, 금천면錦川面, 매전면梅田面이다.

화양읍에는 동상, 서상, 교촌, 신봉, 동천, 합천, 범곡, 송북, 소라, 고평, 진라, 삼신, 다로, 송금松金, 유등, 토평, 눌미 등 17개의 법정리法定里가 있다. 고향이란 여러 가지 이론이 있겠으나 선삼대先三代가 살아오고 자기가 태어나서 자란 곳을 말한다. 내 고향은 청도 땅 두메산골 나월산촌蘿月山村 송금리이다. 나월산촌이란 소나무 겨우살이蘿가 피어있는 사이로 달月을 본다는 뜻으로 첩첩산중의 산골이란 뜻이다. 그렇다. 내 고향은 앞산과 뒷산이 가까워서 긴 장대로 걸칠 수 있다는 그런 곳이다. 초등학교도 들어가기 전에 대여섯 살 때 우리 집에서 앞산을 쳐다보니 하늘이 산에 닿아 있었다. 어린 생각에 하늘을 붙잡아 보려고 앞산으로 기어 올라갔으나 산꼭대기에 오르니 하늘은 다시 저 멀리 달아나고 말았다. 여러 동네를 달아나다 가장 멀리 있는 산에 하늘이 걸쳐져 있는 것이 아닌

가? 그 산이 나중에 알고 보니 청도의 남산이더라. 초등학교 때 애
국가를 배우다가 2절에 나오는 "남산 위에 저 소나무"의 남산은 창
밖에 보이는 우리의 남산인 줄로 알았다. 그런데 남산은 아무 데나
있는 산이 아니란다. 한 나라의 도읍지 남쪽에 있는 산이 남산이란
다. 우리나라의 서울에 있는 남산, 경주의 남산, 개성의 남산은 이
해가 되는데, 청도의 남산은 잘 모르겠다. 세월이 흘러가니 청도에
도 옛날에 이서국伊西國이 있어서 이서국의 도읍지 백곡佰谷土城의
남쪽에 남산이 있다는 것을 알게 되었다.

　우리가 사용하는 말 중에서 어머니 고향 모교라는 단어는 언제
들어도 정감이 가는 말이다. 어릴 때부터 오랜 세월을 살았던 마
을, 그러나 요즘은 객지[大邱]에 살면서 아무도 가르쳐 주지는 않았
지만, 지금이라도 늘그막에 옛날 기억을 더듬어 가며 고향 지명을
정리하면서 고향 생각을 해 본다.[1]

　첫째 송금松金이라는 명칭은 우리 동네는 여러 자연부락으로 이
루어진다. 그중에서 좀 큰 마을로 옛날에 금金이 났다는 골짜기로
금곡金谷 마을인데 한글로 발음하니 쇠골로 부르다, 쑥골로도 부른
다. 다음으로 소나무 정자가 있었다고 솔정松亭마을, 솔쩡으로 부
른다. 두 동네를 합쳐서 솔정松亭의 송松과 금곡金谷의 금金을 합성
하여 송금松金의 명칭이 되었다.

---

1) 지명을 우리 고향의 사투리[方言]로 표현하니 양해 바람

58

금곡마을은 송금 1구로, 솔정 등 다른 마을은 합쳐서 송금 2구로 구장제區長制를 하다가 한국 동란 이후에 합동이 되어 송금동松金洞으로 부르다가 현재는 송금리松金里로 바뀌었다.

또 다른 마을로 골이 깊어 크게 조용하다고 한적골大寂谷, 옛날 조선 시대에 성현역省峴驛-都察訪이 있었다고 관아동官衙洞, 등의 명칭이 있었다.

한적골엔 대적사大寂寺라는 절이 있다. 대적사는 신라 헌강왕 2년憲康王, 876 보조선시普照禪師; 804 - 880가 창건한 사찰로서 고려 초 보양국사寶壤國師가 중창하고, 조선 숙종 15년(1689년) 성해대사性海大師, 춘해 대사春海大師 등이 주석한 바 있으며, 임진왜란 때 화재로 소실된 사원을 다시 중창하는 등 전란 때마다 큰 피해를 보았으나 조선 인조 13년(1635년) 경 중건된 대적사 극락전大寂寺 極樂殿은 보물 제836호인 문화재로 지정되어 있다.

또 모산牟山이 있다. 모산(보리 牟, 뫼 山)은 옛날에 절[寺]이 있어서 보리뫼 절로, 보리절로 불렀다. 할아버지가 태어나신 곳인데 금곡金谷마을의 제일 동쪽 산록의 칠부능선七部稜線에 있는 곳인데 옛날에 제일 호수戶數가 많을 때는 진주강씨晉州姜氏, 순흥안씨順興安氏, 김해김씨金海金氏들 20여 호가 살았으나 한국 동란 전후에 소개령으로 본 동리로 모두 하산하였다. 모산牟山은 본인의 아호雅號로도 사용하고 있다.

마을의 지명에는 먼저 다리걸이 생각난다. 동네 가운데를 흐르는 도랑 위에 큰 돌 여러 개를 얹어 다리를 놓았다. 이것을 돌다리 걸(껄)이라 했다. 동네 사람들은 '걸'이란 접미사를 어떤 곳의 지점을 이름하여 불렀다.[2]

큰집이 있던 다리걸(다리껄), 샘 우물이 있다고 새미걸(새미껄) 장이 섰다고 장터껄이 있었다.

또 깊은 안 골짜기에 있다고 골안[谷內], 골안에 있는 전답을 골안 밭, 골안논, 골안못이라 한다. 고염나무가 있다고 깨양골, 오리나무가 많이 있다고 오리밭등(오리밭디이), 절이 있었다고 절골, 옛날에 복숭아밭이 있었다고 도오밭桃花田, 그리고 마을의 당집堂집; 神堂이 있는 곳을 당골(당터 당떠)로 부른다. 큰굼도 있다. '굼'은 지대가 낮고 깊은 골을 굼이라 하는데 큰 골짜기로 우리는 큰굼언덕이라 부른다.

우리 동네는 산으로 둘러싸였는데 산을 넘어가는 길목에 재(고개)가 몇 개 있다. 경산으로 넘어가는 청도 경산의 경계 지점에 있는 재는 솔정재, 큰고개, 보리절고개가 있고 청도읍으로 넘어가는 신암고개新岩 德巖도 있다.

일제강점기 초기에 경부선 철도가 부설되면서 우리 동네에는 굴(터널)이 뚫린다. 경부선에서 그 당시로는 가장 긴 굴로 남성현 터널이다. 처음에는 단선으로 기차가 다니다가 경부선이 복선이 되면

2) 견일영, 「산수화 뒤에서」. 수필미학사, 2013, p13

서 터널도 다른 위치에 새로 두 개를 뚫으면서 쌍굴이 되었다. 단선 터널은 자동차가 다니는 터널로 사용하다가 1950년대 말에 새로 솔정재를 넘는 신작로를 개설하면서 폐터널이 되었다. 최근에는 폐터널이 청도감와인터널로 바뀌어 청도소싸움경기장과 용암온천과함께 유명한 관광지가 되고 있다. 터널을 만들 때 터널 벽면을 깬돌로 만들었는데 공사에 사용한 돌[石材]을 멀리 10km 거리의 청도 용각산龍角山에서 인력으로 목도질을 해서 운반하였다. 이 길을 목도길이라 하는데 현재까지도 상당히 큰 산길로 남아있다. 터널 앞의 지명을 굴 앞에 있다고 지금도 '굴아페'라 부른다. 또 터널에서 상시로 흘러나오는 물 처리를 위한 수로가 있는데 이름하여 굴도랑이라 한다.

우리 송금리에는 전술한 대적사大寂寺 절과 청도감와인 터널, 송금교회가 있다. 이웃 마을인 다로리茶路里는 차茶가 난다 하여 다방 동네라 부르며 경부선 기차역인 남성현역南省峴驛, 약사사藥師寺, 보건진료소가 있다. 삼신1리는 새로 형성된 마을로 새마 신촌으로 불리며 화양읍남성현출장소, 남성현초등학교, 심인당회관, 삼신교회, 직행버스정류소가 있다. 삼신2리는 조산박이라 부르는데 청도 용암온천, 소싸움경기장, 소싸움테마파크, 청도농협, 남성현지소. 남성현교회가 있다. 용암온천은 용이 승천한 바위 용바위를 상징하여 용암온천이라 하는데 온천수가 나는 곳은 예로부터 가마골[釜谷]로 부르는 지명이다.

내 고향
청도

새고향 언제 들어도 좋고 떠올리기만 해도 마음 설레며 어머니만큼이나 마음을 포근하게 감싸주는 말이다. 고향이란 태어나서 자란 곳, 조상 때부터 대대로 살아온 곳, 시골, 향리라고 설명되고 있다. 그렇다 고향이란 적어도 선삼대先三代가 살아오고 자기가 태어나서 자란 그곳이라고 보면 맞을 성싶다. 누구나 고향이 있다. 그러나 고향이 있어도 가지 못하는 사람들도 있다. 흔히들 실향민이라고 휴전선 이북에 고향을 둔 사람이나 댐공사 등으로 고향이 물에 잠긴 사람들을 말한다.

고향에 살고 있을 때는 고향을 느끼지 못하고 지나는 수가 많지만, 고향을 떠나 타향에서 사는 사람은 늘 고향을 그리워하기 마련이다. 도회지에서 사는 사람은 늘 고향을 생각하며 살지 않는가. 향수 이 얼마나 정감 어린 말이더냐 심지어 동물도 고향을 그리워하기에 수구초심首丘初心이라 하지 않든가. 고향에 관한 시는 얼마며 고향 노래는 또 얼마나 많은가. '고향 땅이 여기서 얼마나 되나…' '저 산 넘어 새파란 하늘 아래는 그리운 내 고향이 있으련마는…' 고향이 그리워도 못 가는 신세…' '고향무정, 고향만리, 고향의 강' 등등… 이 모두가 고향을 그리며 읊조리는 소리가 아니더냐.

62

내 고향은 두메산골 경상북도 청도다. 하기야 '청'자가 들어간 곳치고 산골이 아닌 곳이 없다. 해당 지역 사람들에게는 미안하지만 대강 훑어보면 내 고향 청도를 비롯하여 청송, 경남의 산청, 충청도의 청양, 함경도의 북청 등등 이상하게도 '청'자만 들어가면 산골이 되고 만다.

청도는 9개 읍면에 인구5만의 경북 최남단에 위치하여 경남 밀양과 인접한 산간 벽촌이지만 "길에 물건이 떨어져 있어도 주워가지 않는다[道不拾遺]"라는 미풍양속을 기진 자랑스러운 고장이다. 산천 경관의 아름다움이나 순후한 인심 말고도 오랜 역사와 빛나는 문화 전통이 있다. 아득한 상고에는 강대국 신라와 맞겨룰 수 있었던 부족국가인 이서고국伊西古國의 터전이었고 삼국시대에 이르러서는 신라가 통일의 대업을 성취하는 데 기틀이 된 화랑정신의 근본 사상을 이룬 세속오계도 이곳 운문사에서 원광 국사가 창제하였다. 조선조에 연산군의 폭정을 규탄하는 절의와 주옥같은 문장으로 조의제문弔義帝文을 사초에 실은 것으로 말미암아 무오사화에 희생된 탁영 김일손濯纓 金馹孫 선생도 우리 고장이 낳은 고절孤節이다. 이렇듯 청도는 산자수명 산 높고 물 맑은 곳으로 예로부터 벼슬에서 물러난 양반들의 정착지가 되어 현인 달 사들을 많이 배출한 명향이요 또한 문향으로 다른 고을에 비교하여 단일 성씨가 한마을을 이루고 사는 집성촌이 많은 것도 특징이다. 청도의 인맥은 옛날은 말할 것도 없고 현재까지도 이어져 조그만 고을에서 수많은 인물을 배출하여 경향 각지 각계각층에서 활약하고 있다.

우리 청도는 역사와 전통의 고장이기에 유형무형의 문화적 유산도 곳곳에서 찾아볼 수 있다. 운문사에는 석등, 청동호, 사천왕석주, 석조여래좌상, 원응국사비 등 불교 문화재가 많다. 흔히들 우리나라에서 가장 오래된 석빙고 하면 경주를 연상하는데 실제론 청도석빙고石氷庫가 현존하는 최고最古의 석빙고이다. 그리고 자계서원 선암서원을 비롯한 서원 제사 사암들이며 읍성 산성 등 수없이 많은 문화유산이 군내 각지에 산재하고 있다. 운문사雲門寺는 서기 567년에 창건된 청도의 대표적 신라 고찰로써 명승 관광지이며 비구니승가학원으로도 유명하다. 이에 덧붙여 무형문화재에서도 풍각의 차산농악과 지신밟기 민요 농요 동요며 내방가사와 구비전설에 이르기까지 부지기수다. 최근에는 청도소싸움을 자랑할 수 있다. 소싸움은 하나의 볼거리일 뿐만 아니라 대자연 속에 자연과 인간과 동물이 교감하는 야외축제로 소의 늠름한 힘을 자랑하고 정정당당하게 한판승을 가르는 우리 민족의 농경 정서가 듬뿍 밴 고유의 전통민속놀이다.

청도는 산이 많아 소위 영남알프스의 주봉을 이루는 가지산을 비롯해 운문산 문복산과 억산, 그리고 청도의 진산인 남산 용각산 화악산 철마산 비슬산 선의산 등 명산들이 즐비하고 경작지는 상대적으로 적은 편이다.

그래서 특산물도 산과 관계가 많다. 우선 옛날부터 널리 알려진 청도감淸道盤柿이 유명하다. 모양이 둥글고 납작하고 크며 수분이 많고 감미로운 맛이 있고 감 씨가 없는 것이 특징이다. 전국 어디에도 이렇게 씨 없는 감은 생산되지 않고 오직 청도에서만 자라고 청도의 감 묘목을 타지방에 옮겨 심으면 변종이 되어 감 씨가 생기고 모양도 달라진다. 군내 각처에 감이 없는 마을이 없어 가을철이면 온 고장이 감밭이 되고 심지어 감나무를 가로수로 활용하고 있다. 경산에서 청도로 넘어오다 보면 남성현 재에서 약 6㎞에 걸쳐 도로 양편에 감나무를 심어 가로수로 잘 가꾸어 놓았으니 이 또한 청도 관문의 명물이 되고 있다. 또한, 복숭아를 특산물로 들 수 있는데 경사진 산지를 개간하여 야산 정상까지 복숭아나무를 심어 복사꽃 피는 봄철에는 온 산천이 홍도화로 뒤덮이며 전국 최대의 복숭아 생산지로 소득도 대단하다. 그 밖에도 미질이 좋은 청도 쌀이며 풍각고추, 최근에 유명해진 한재미나리, 열무 등이 청도의 특산물로 꼽히고 있다.

이러한 자랑스러운 내 고향 청도도 다른 농촌과 마찬가지로 산업화 현상이 가속되면서 인구의 도시집중으로 말미암아 빈집만 늘어나고 젊은이는 도시로 나가고 아기 울음소리마저 끊어져 늙은이만 남은 텅 빈 농촌이 되어 그 옛날 오순도순 서로 도우면서 살던 풍속이 사라져가고 있어 안쓰럽기 그지없다.

그러나 내 고향 청도는 대도시와 가까이 있어 도시 근교농업과 문화 관광지로 살기 좋고 소득 높은 전원마을로 발전해 가리라 믿

으며 청도가 낳은 시조 시인 이호우(이영도 문인과 남매임)의 '팔조령'
을 소개하면서 고향 자랑의 붓을 놓는다.

팔조령 높은 고개 그대 넘어가신 고개
두견의 울음보다 더 겨운 설움 안고
어제도 그 고개 올라 진달래를 꺾었다

(2007.01. 경북중고등학교 총동창회지 경맥 제68호).

청도의
소싸움

대도시 사람 중에도 고향이 농촌인 사람이 많다. 젊은 축에 드는 세대들이야 잘 모르는 경우가 있겠지만, 이순을 바라보는 우리 친구 들 중 농촌에서 자란 사람은 한두 번쯤은 소를 먹이러 다닌 기억이 있게 미련이다. 강변이나 산기슭에 소를 풀어 놓으면 무리를 지어 풀을 뜯고는 어린 주인이 놀이에 정신이 팔려있어도 소들은 각각 제집을 곧장 찾아간다. 소먹이는 재미 중에 가장 큰 재미가 싸움을 붙이는 것이다. 같은 무리 황소 간에는 서열이 정해져 있어 싸움이 잘되지 않지만, 이웃 마을 소라도 나타나면 제법 소싸움다운 싸움이 벌어지기도 한다. 소먹이는 일은 어린이들의 일이지만 소싸움을 붙인 일을 어른이 알면 혼이 나기 때문에 비밀로 하기 마련인데, 농사철에 소가 싸움에 힘을 소진하는 것을 어른들이 싫어하는 것은 당연하다.

그러나 농사일이 마무리되는 추석 이후가 되면 어른들 간에도 심심풀이로 소싸움을 붙이기도 한다. 이때의 소싸움장은 물이 다 빠진 저수지가 제격으로 처음에는 이웃 간의 황소끼리 싸움을 붙이지만, 승부에 따라 열이 오르면 마을 간에 소싸움이 벌어지기도 하며, 이렇게 어우러진 소싸움은 이듬해 봄에 본격적인 큰 난장으로 발전하게 된다. 농촌에서 농우의 역할은 잘 알려져 있고 얼마나 크고 힘 좋은 황소를 기르느냐는 그 농가 가세의 척도가 되기 때문에 농부들이 소싸움에 대한 열정은 대단하여 콩죽을 쑤어 먹이는 것은 기본이고 귀한 한약재도 먹여가며 신명을 내는 것이다. 이렇게 해서 소싸움에 우승이라도 할라 치면은 몸통에 오색천으로 띠를 둘러 품을 내며 마을로 돌아올 때도 풍물을 잡히고 마을 입성을 하며 즐거워하는 것이다. 당연히 오색천 띠는 황소의 뿔 감기(쇠머리 뿔 주변에 감아 코뚜레가 필요 이상으로 충격을 주는 것을 방지하는 것)를 울긋불긋 장식하게 되고 이 장식이 있는 황소가 이끄는 달구지에 쌀가마를 가득 싣고 시장으로 나가기도 한다.

각설하고. 청도의 소싸움은 신라 때부터 시작되었다는 설이 있을 정도로 오랜 세월 이어져 온 민속놀이다. 일제 강점기에는 농민들이 너무 많이 모이는 것을 두려워한 일제에 의해 행사가 잠시 중단되었다가 6. 25전쟁 이후에 소규모로 부활한 것을 민선 자치 시대가 시작된 직후 청도군에서 본격적으로 관광상품으로 개발하여 가장 한국적인 민속관광 상품으로 자리 잡게 되었다.

3월 중에 5일간 열리는 축제에는 전국의 내로라하는 투우가 2백두 이상 출전을 하게 되고 연인원 30만 명이 넘는 관광객이 운집할 뿐만 아니라 일본, 홍콩, 미국, 중국 등의 외국 관광객까지 몰려온다. 혹시 청도의 소싸움축제를 잘 정리정돈 된 볼거리로 생각하고 찾게 되면 오산이다. 소싸움축제가 열리는 장소 자체가 청도

천변인 데다가 이 축제 자체가 원래 난장 행사이기 때문에 획일화된 다른 지역 축제와는 달리 다양한 장터의 정취와 막걸리, 장국밥, 엿장수가 관객과 어우러지는 난장 축제이다.

물론 다양한 편의시설을 두루 준비하지만, 막걸리 한 사발을 들이키고 친구 간에 어느 소가 이길 것인지의 내기를 걸면서 신나게 응원을 해야 제멋이 살아나는 것이다. 모든 경기에는 흥행이 있어야 신명이 나는 법이니까 이 점에 착안한 것이 청도 상설 소싸움장으로 지금 본 군의 화양읍 삼신리 8암온천 앞에 조성공사가 한창이다. 2002년 월드컵 이전에 개장할 예정인 이 상설 소싸움장에서는 당연히 경마나 경륜처럼 승자투표권(경마의 마권과 같은 성격)을 발매하고 다양한 승부를 맞추면 배당금을 줄 것을 계획하고 있다.

청도 소싸움축제의 또 하나 큰 이벤트는 한·일 소싸움이다. 일본 소가 출전하여 한국의 황소와 한판 대결을 벌이는데 전체 관중이 완전히 열광하여 응원하는 함성은 청도천이 떠나갈 듯하다. 일본 싸움소는 검은색인데 일본에서 싸움소로 개량한 것으로 우람한 덩치와 함께 크고 날카로운 뿔을 자랑한다. 우리 한국에도 예전에는 검은 소가 있었으나 도태되어 멸종되었고 간혹 칡소라 불리는 검은색과 황색 털이 섞인 놈이 있는 정도로 지금은 칡소의 종자 보존을 위해 노력 중이다. 일본의 싸움소가 검은색이므로 일본 소가 모두 검둥이는 아니다. 주종은 황우이고 검은 소는 싸움소로 개량한 교잡종이다. 일제 강점기 때에 한국 황소 중에서 형질이 우수한 놈을 골라 일본으로 보내기 위해 수의과학검역원에서 혈청을 뽑아 질병 유무를 검사하여 병이 없고 우수한 종모우, 종빈우가 대거 일본으로 건너갔으며, 대부분 문화와 문물이 그러하듯이 일본의 화우和牛도 한국 소의 우수한 형질이 전파된 것이다.

한국 소를 육용으로 기를 때에는 550kg 내외가 되면 도살하게 되는데 싸움소는 800kg 정도가 되어야 제 몫을 한다. 간혹 1톤에 달하는 거구도 나타난다. 북한에도 유명한 싸움소가 있는데 통상 고집불통을 뜻하는 벽창호의 어원인 벽창우의 산지인 평안북도 벽동, 창성지방의 소가 유명하다. 근래까지 오월 단오절에 수풍댐 인근에서 소싸움이 있었다고 하여 남북 소싸움 이벤트를 추진하였으나 구제역을 우려한 부처 이기주의에 의해 좌절된 바가 있다.

소싸움에서 어느 소가 이길 것인지 내기를 하게 되면 신명도 한층 더하고 경기 자체가 재미있어지는데 소싸움 전문가들이야 한 눈에 어느 소가 이길지 알아보지만 일반 관중은 승부를 가늠하기가 여간 어렵지 않다. 좋은 싸움소는 우선 목둘레가 굵어야 힘을 쓸 테고 다리가 짧고 눈과 귀가 작은 놈이 잘 싸운다. 또 머리통이 다소 작은 듯한 것이 좋고 뒤쪽보다 앞쪽이 발달한 놈이 이길 확률이 높다. 그리고 아주 재미있는 현상은 목덜미 털이 곱슬머리 털인 놈이 싸움을 잘한다. 싸움장에 들어서는 소는 단번에 싸움장인 것을 알아내고 앞다리로 모래를 긁어서 등에 끼얹으며 시위를 벌인다. 이때 큰 울음을 울면서(고래 뺀다고 한다) 날뛰는 소는 어김없이 싸우기도 전에 도망가기 마련이다.

소들은 싸움이 시작되기 전에 서로 노려보면서 눈빛과 위세로 기선을 제압하려 하고 싸움이 붙으면 승부를 내기 전에는 절대로 떨어지지 않아 인위적으로 싸움을 떼기가 어렵다. 소싸움은 대자연 속에서 자연과 인간과 동물이 함께 교감하는 한 바탕의 야외축제이다. 격렬히 싸우는 호적수끼리는 한 시간 이상도 싸우는데 이때 싸우는 중에 뿔이 빠지는 경우까지 있다. 그러나 싸움으로 인해 생명을 잃는 경우는 없으며, 그렇게 격렬히 싸우는 중에도 주인이 다치지 않도록 소가 배려하기 때문에 응원하는 주인이 다치는 경우도 아주 드물다. 하기야 황소가 사람에게 덤빈다면 당해낼 재간이 없을 테지만 사람에게 한 번이라도 덤빈 소는 즉시 도태되기 마련이어서 사람을 해치는 소는 거의 없다. 소싸움의 승부는 정말로 깨끗하고 분명하다. 변명도 비굴함도 없다. 사력을 다하여 싸우다가도 자신이 없는 소가 기회를 봐서 머리를 돌려 달아나면 경기는 끝이 나게 된다. 우리 인간들이 이점은 소들에게서 꼭 보고 배워야 할 성싶다.

우리나라가 뚜렷한 사계절과 수려한 산천 그리고 우수하고 아름다운 문화유산을 자랑하고 있지만, 세계 각 곳에서 오는 관광객은 관광할 것이 많지 않음에 적이 실망을 한다고 한다. 서울에 궁궐에 아름답지만 중국의 고궁에 비교하면 규모 면에서 떨어지고 불국

사 석굴암이 아름답지만, 고도 경주 관광 자체가 너무 정적인 관광으로 옛 유물을 보는 것에서 그치니 한국의 역사와 전통을 잘 이해하지 못하는 외국 관광객이 감흥을 느끼기에는 무언가 부족하다. 그러나 청도의 소싸움축제를 본 외국 관광객들은 한결같이 "원더풀"을 외치며 이제야 한국의 진정한 풍물을 접했다고 하며 좋아한다. 주한 외교사절 부인회에서 단체로 청도 소싸움을 관람하고는 "한국에 온 지 10년 만에 처음으로 한국의 풍물과 농촌의 멋을 알게 되었다."라고 격찬을 했다.

이제 곧 상설 소싸움장이 개장되면 약간의 도박성을 가미한 본격적인 관광상품화가 이루어질 것이고 세계인들이 스페인 투우를 구경하러 가듯이 청도 소싸움을 구경하기 위해 한국으로 몰려올 날이 반드시 있을 것으로 확신하고 있다. 이러한 일이야말로 바로 지방자치제의 목표이자 성과가 될 것이 틀림이 없다.

(2001.8. 경맥42보 제18호)

2장

즐거운 학창 시절

국민학교를 5년 반 만에
졸업하다

내가 살던 고향은 | 고향 집을 자주 찾는다. 내가 살던 고향은 경상북도 청도군 화양면 송금동 이다. 현재 내가 사는 대구 집에서 태어난 고향 집까지는 30km, 승용차로 40분이 걸리는 가까운 거리에 있다. 공직에서 정년 퇴임을 할 즈음에 옛집을 헐어버리고 조그마한 원룸으로 새로 집을 짓고 나머지는 텃밭으로 꾸며서 채소를 가꾸면서 소일거리로 농사를 한답시고 일주일에 한 번씩은 늘 다닌다. 일하는 둥 마는 둥 하다 점심 후에는 방에 누워서 창문을 열면 하늘과 맞닿은 앞산과 산골 경치가 한눈에 들어온다.

국민학교도 가기 전인 어릴 적 어느 날(아마 6살 때?) 하늘이 앞산에 걸쳐 있는걸 보고 그 하늘을 따보려고(잡아보려고) 앞산 꼭대기까지 힘들게 애를 써가며 올라가니 하늘은 점점 달아나고 멀리 또 하늘이 산에 닿아있네! 그 산이 나중에 알고 보니 청도의 남산이더라. 사실 난 국민학교 때 애국가 2절에 나오는 '♪♪남산 위에 저 소나무♪♪'의 남산은 청도에 있는 남산인 줄로만 알고 있었다. 긴 인생을 살아오면서 어릴 때 추억이 떠오르곤 한다.

나는 1942년(단기 4275년) 음력 7월 15일(호적 상엔 1943년 8월 15일)에 태어났다. 내가 태어난 1942년 8월 1일의 대구의 기온은 우리나라 기상관측 이래 가장 높은 섭씨 40도였다고 하며 이 기록은 현재까지 깨어진 바가 없다니 가장 더울 때 태어났다. 여덟 살이 되던 해인 1949년에 청도 남성현 국민학교에 입학하고 이듬해인 1950년에 6.25 6·25전쟁이 발발했으며 1955년에 국민학교를 졸업했다.

입학식과 홍시 │ 학창 시절 공직생활 사회생활 등 오랜 세월의 옛 추억을 더듬다가 국민학교 입학식 때의 일이 떠오른다. 갓을 쓰신 할아버지의 손을 잡고 난생처음으로 학교에 갔는데 입학식은 넓은 운동장의 한쪽 귀퉁이에 있는 느티나무 밑에서 아동들의 이름을 부르던 것으로 어슴푸레 기억이 난다.

우리 집에서 몇 동네를 지나서 학교가 있는데 학교 동네에 나의 고모 한 분이 살고 있었다. 입학식을 마치고 할아버지와 고모 집에 갔는데 나는 그때가 고모 집도 초행이었다. 고모 집 할아버지께서 사돈의 손자인 저에게 감나무에 달린 홍시를 몇 개 따서 주셨다. 우리 집에선 아직 홍시가 채 익지도 않았는데 빨간 홍시를 맛있게 먹었다. 사실 입학식보다 고모 집에서 먹은 홍시가 더 기억에 생생하다. 그런데 이 홍시 사건이 늘 풀리지 않는 의문 사항으로 남아 있었다. 왜냐하면 내가 알고 있는 상식으로는 입학식은 봄철에 하

1949년 9월, 남성현국민학교 제1학년 2반

는데 어떻게 고모 집에는 홍시가 있었는가? 또 하나의 의문 사항 즉 6·25전쟁이 입학 이듬해 6월 25일에 일어났으니 우리가 초등학교 2학년 때의 사건으로 알고 있었다. 지금까지도 우리 친구들 대부분은 2학년 때의 일로 알고 있다. 그런데 초등학교 1학년 때의 사건이란다.

국민학교를 5년 반 만에 졸업하다

정년퇴임 때쯤 갑년 기념으로 한평생 살아온 기록들을 정리하여 2002년도에 『모산여록牟山餘錄』이란 책을 만들면서 참고자료로 하려고 국민학교 학적부를 모교의 교장

강에서 잃어버린 친구들. 우측에서 정성규(금호강), 정복이(한강 양수리), 필자

선생님께 특별히 부탁하여 열람했었다.

나의 국민학교 학적부의 앞면에는 인적사항과 제1학년부터 제6학년까지의 학과성적과 석차까지도 기록되어 있었는데 난 우등상은 늘 받았는데 한 번도 1등은 하지 못했다. 일찍이 요절夭折한 멋진 친구 정복이 군이 공부를 너무 잘했기 때문이다.

제대하고 서울에서 회사 다니다 남한강과 북한강이 합류하는 양수리 한강변에서 야영하다 익사 사고로 결혼도 하지 못한 채 먼 나라로 일찍 갔는데 벌써 50년 세월이 흘렀건만 살아갈수록 너무나 그립고 보고 싶다.

학적부 이면에는 학년별로 성행개평性行槪評과 신체 상황 출결석

일 수 가정환경란에 가족 상황까지 상세한 기록이 있었다. 그런데 관심 사항인 입학과 졸업 일자가 눈에 띄었다. 단기 4282년(서기 1949년) 9월 1일 입학, 단기 4288년(서기 1955년) 3월 21일 졸업으로 기록되어 있었다. 학년과 학기제가 3학년까지는 9월 학기제이던 것이 4학년 때에 4월 학기제로 바뀌어서 결과적으로 3학년 과정은 반년 즉 7개월 만에 4학년이 되었다. 의문 사항 두 가지가 동시에 해결되었다. 입학식 때는 내가 알고 있던 봄철이 아닌 초가을이니 홍시가 있었고, 6.25동란은 국민학교 2학년이 아닌 1학년 2학기 때의 사건이었다. (2학년은 1950년 9월 1일에 시작)

결론적으로 내 국민학교 학창 생활은 6년이 아니라 5년 반만(정확하게는 5년 7개월) 공부하고 졸업을 한 것이다. 독자들도 각자의 학교 학년 학기제를 대입해 보면 모두가 어느 시점 어느 학교에서 반년을 건너뛴 것이라는 걸 충분히 짐작할 것으로 생각한다. (자기 의견 너무 고집하지 말기 바란다)

학기제學期制를 살펴본다

학기제란 한 학년을 몇 개의 일정한 기간으로 나누는 제도인데 국가별로 이 제도가 어떻게 정해져 있느냐에 따라 한 나라 전체의 교육 행정이 결정될 정도로 비중이 크다. 다만 나라에 따라 학기제의 운용이 다 다른데, 일반적으로 한 학년이 시작되는 달과 학기 수를 기준으로 학기제를 가른다. 즉 우리나라의 경우 현재는 3월 2학기 제이다. 보통 여름밖에 없는 국가들의 경우 학기의 시작이 뒤죽박죽이지만 계절의 차이가 나는 나라들의 경우 대부분 가을에 학기를 시작하고 있다. 거기서의 예외가 대한민국과 일본 그리고 북한이다. 일본의 경우 4월 3학기 제를 운영하고 있으며, 북한도 일본처럼 4월 학기제를 운영하지만, 일본과는 달리 2학기 제이다. 우리나라의 학기제의 변천사항을 시대별로 관련 문헌과 자료를 통해 살펴본다.

1) 일제 강점기 - 4월 학기제

일본이 한국을 합방한 초기에 식민정치 시대의 교육 틀을 마련하기 위해 1911년 8월 23일에 조선교육령朝鮮敎育令(칙령 제229호)을 공포한다. 그 뒤를 이어 같은 해에 조선 총독이 정하는 보통학교 규칙을 비롯하여 고등보통학교 여자고등보통학교 실업학교 사립학교 등의 규칙 및 학교 관제 등 관계법규를 공포하는데 각급 학교가 모두 똑같으며 1945년 광복까지 10차에 걸친 조선교육령 개정에도 학년 학기는 변함없이 4월 학기제와 3학기제를 시행하였다.

2) 미군정하의 학기제-9월 학기제

1945년 8.15 광복과 더불어 미 군정이 시작되면서 주한 미군정청은 1945년 9월 29일 재조선 미국 육군 사령부 군정청 법령 제6호로 "교육에 관한 조치"를 '제1조 공립학교의 개학 조선의 공립소학교는 1945년 9월 24일 월요일에 개학할 사事'라고 조선군정 장관 명의로 공표하였다. 그리고 1945년 11월 23일 구성된 조선교육심의회가 심의 의결한 교육이념 및 방침에 의하여 교육의 민주화와 교육 기회의 균등실현 등의 이상을 구현하기 위해 제반 정책을 제정 시행하는 등 대대적인 학제 개혁을 단행하였다. 실제로는 1946년 9월 1일부터 학년은 4월 학기제에서 9월 학기제로 학기제도 3학기제에서 2학기제로 하는 미국식 학제로 전면 개편 시행하였다.

3) 대한민국의 정부 수립과 신교육법의 제정-4월 학기제

1948년 8월 15일 대한민국의 정부가 수립되었다. 이에 앞서 5월 10일에 총선거를 통하여 성립된 국회에서는 헌법을 제정하여 7월 17일에 공포하였다. 정부가 수립되자 헌법정신에 바탕을 둔 교육법을 제정하여 1949년 12월 31일에 법률 제86호로 공포하였다. 교육법은 우리나라 교육의 이념 목적 행정체제 교육기관의 종

류와 계통 교육제도 등 중요한 사항을 규정한 기본법이다. 학년도 개시 시점은 9월에서 4월 학기제로 변경되었다. 그러나 6·25전쟁 등의 시대 사정 때문에 새로운 교육법 시행령이 늦게 제정되어 1952년도부터 9월 학기제를 4월 학기제로 개정하여 시행되었다.

4) 군사정부의 교육법 개정-3월 학기제

1961년 군사정부에 의해 현행 학기는 4월 1일을 학년 초로 하고 이듬해 3월 밀일 학년말로 하는 관계로 여름방학과 겨울방하이 각 학기 도중에 있게 되어 학기 중도에 수업을 중단해야 하는 폐단이 있으며 또한 학습상 좋은 계절인 3월은 입학시험, 졸업 행사 등으로 정상적인 수업을 시행할 수 없는 실정과 우리나라의 기후 특성상 학교 시설에 들어가는 난방비를 줄이기 위하여 각급 학교의 학년 초를 3월 1일로 하고 학년말을 이듬해 2월 말일로 하려는 것으로 교육법을 4월 학기제에서 3월 학기제로 개정하여 시행하였다.

5) 현행법제도-3월 학기제

교육법은 교육에 관한 법규범을 총칭하는 개념이다. 법규범은 법률과 규범을 포괄적으로 지칭하는 개념으로서 최상위 법규범인 헌법으로부터 비롯하여 자치 규범인 각급 학교에서의 학칙과 학급 내규까지도 포함한다. 이에 비하여 법령은 국회가 정한 법률과 행정 수반인 대통령이 정한 대통령령을 비롯한 행정명령을 한정적으로 의미한다. 1997년까지는 「교육법」(1949.12.31~1997.12.13)이라는 명칭의 법이 존재하였으므로 일반적인 교육법의 개념과 단일법으로서 교육법 명칭이 혼용되었으나, 1998년 3월 1일부터 「교육기본법」, 「초중등교육법」, 「고등교육법」이 제정되고, 과거의 「교육법」이 폐지됨으로써 용어상의 혼돈을 줄이게 되었다. 교육기본법 제9조의 규정에 따라 1997년 12월 13일 제정되어 1998년 3월 1일부터 시행하는 현행법인 초중등교육법과 이법 규정에 따라 1998년 2월 24일 제정되어 1998년 3월 1일부터 시행하는 교육법시행령에는 3월 학기제를 채택 시행하고 있으며 학기제도는 2학기제로 시행하고 있다.

글을 마치면서

내가 살던 고향, 국민학교의 입학식과 졸업 등 오랜 옛날을 회상하다가 학기제에 관한 글이 되고 말았다. 글을 마치면서 생각이 난다. 개인이나 나라도 힘이 있어야지 힘없고 작은 나라는 예나 지금이나 똑같이 살아남기가 어렵다는 것을 과거 역사를 통해서 보아왔다. 요즘도 평화니 통일이니 하고 말은 하지만 군사력이나 경제력이나 정신력이 월등히 강한 자만이 평화나 통일을 말할 자격이 있는 것이다. 잠깐 살펴본 학제나 학기제만 하더라도 국가가 힘이 없으니 일제 강점기가 다르고 미군정 시대가 다르다. 소학교니 보통 학교니 국민학교가 되었다가 지금은 초등학교로 되어있다. 학기제도 4월 학기

82

제 9월 학기제 3월 학기제로 이런 틈바구니에서 우리 또래들은 국민학교를 5년 반에 졸업했는가 하면 우리의 선배들은 6년 반에 졸업하는 사례도 있었다. 작금의 세태를 보면 소위 나라의 지도자라는 사람들이 조국과 민족의 미래나 대의大義는 아랑곳없이 사리사욕과 당리당략만을 위한 행동만 하고 있으니 나라를 잃은 과거의 역사를 다시 한번 되새겨 보기를 바라며 이 모든 것이 나 혼자만의 걱정이 아니기를 바랄 뿐이다.

(문하대학 제19호, 2018.10)

남성현초교 총동창회
창립총회

언제 보아도 항상 반가운 선후배 동문 여러분! 반갑습니다.

천고마비의 계절, 중추가절의 좋을 때 특히 추석 전날 공사다망하신 가운데도 짬을 내서 건강한 모습으로 이렇게 남성현초등학교 총동창회 창립총회에 참석해 주신 동문 여러분 고맙습니다.

저는 7회 졸업생 김동진입니다.

(6회 이상 선배님들 자리에서 한번 일어나시죠. 저 선배님들께 별도로 인사드립니다.)

오늘의 이 행사를 위하여 여러 가지를 준비하느라 애써오신 정수배 부회장과 이종근 총무, 서흥호 재무에게 감사드리며 특히 동창회 창립을 위해 남달리 애써주시고 협조해 주신 모교의 김응삼 교장 선생님께 전동문의 이름으로 감사의 말씀을 드립니다.

옛날 말에 하루는 길고, 한 달은 빠르고, 십 년 세월이 쏜살같이 지나가고, 사람 한평생 눈 깜짝할 사이라는 말이 있습니다. 세월이 빠르다는 이야기인 것 같습니다. 그렇습니다. 제가 7회 졸업생인데 졸업 후 벌써 52년의 세월이 흘러갔습니다.

우리 남성현초등학교가 1943년 6월 19일 개교가 되어 64년이 흘러, 내년이면 60회 후배가 졸업하게 된답니다.

올해 2월 현재 59회 졸업에 2,880명 동문이 고향과 대구 부산 서울 등 경향 각지에서 조국과 민족, 이웃과 지역사회를 위해 열심히 살고 있음을 볼 때 시골의 조그마한 우리의 모교가 자랑스럽게 느껴집니다. 그러나 8월 현재 우리 모교의 전교생이 24명이라니 혹시 분교나 폐교가 되지 않을까 하는 걱정이 되며 또한 너무나 서글픈 마음이 듭니다. 우리가 사는 이 지역이 개발되고 경제가 살아나서 실기 좋은 곳이 되어 인구도 늘고 모교의 재학생도 많아지기를 진정으로 기원해 봅니다.

우리가 언제 들어도 좋고 늘 들어도 정감 어린 단어가 있습니다. 즉 어머니, 고향, 조국, 모교, 특히 철모르고 뛰놀던 코흘리개 초등학교의 모교가 듣기 좋습니다.

호적과 국적은 바꿀 수가 있어도 학적은 못 바꾼다고 합니다. 아무리 바꾸고 싶어도 여기 있는 우리는 모두 남성현초등학교의 학적을 가진 동문으로 학적은 바꿀 수가 없다는 것입니다.

이러한 우리가 여태까지 총동창회가 없었다는 것은 부끄러운 일입니다. 20여 년 전에 한 번 결성이 되었다가 흐지부지되고 말았으니 현재까지 없는 상태입니다. 아마 청도군 내에서 총동창회가 없는 학교는 찾아보기가 어려울 것 같습니다.

늦은 감이 있습니다마는 모처럼 총동창회가 발족이 되었으니 전 동문의 적극적인 참여와 협조가 요망됩니다. 총동창회는 동문 상호 간 특히 선후배 간의 친목 도모와 상부상조 및 모교의 육성발전을 목적으로 하는 만큼 상호이해와 참여, 협조로 동창회의 활성화에 힘써 주시기를 부탁드립니다.

그리고 총동창회의 회장은 고향에 계시면서 젊고 재력도 좀 있고 선후배 간에 유대가 좋고 열성을 가지고 추진력이 있는 유능한 분이 맡아야 한다고 봅니다. 여러분들도 잘 아시다시피 저는 대구에 살면서 현직에서 퇴임하고 재력도 능력도 없는 사람인데 지난번 기별 회장님들이 참여한 이사회에서 회장을 맡아달라고 하였을 때 누군가가 한번은 맡아서 책임을 지고 기초를 닦아달라는 뜻으로 알고 회장이라는 중책을 수락은 했습니다마는 잘 해낼까 하는 걱정이 앞섭니다. 그러나 맡은 이상 열심히 하겠습니다. 여러 동문의 적극적인 협조를 당부드립니다.

오늘 창립총회에서는 지난번 이사회에서 마련한 회칙 안을 토대로 한 회칙제정과 임원선출 및 승인, 기타 토의사항, 그리고 기별 단합대회 순으로 회의가 진행되겠습니다마는 회의 진행에 협조해 주시고 동문 간에 정담을 나누며 모두에게 유익한 시간을 보냈으면 좋겠습니다.

끝으로 모교의 발전을 소원하면서 우리 후배들의 교육에 정성을 다하시는 김응삼 교장 선생님을 비롯한 여러 선생님의 노고에 다시 한번 감사를 드립니다. 내일이 우리 민족의 최대 명절인 추석입니다. 모두 추석 잘 쇠시고 즐거운 추석이 되기를 바랍니다.

오늘 우리 동문 모두와 이 자리에 참석하신 모든 분이 늘 건강하시고 가정이 평안하시고 하시는 일 모두가 만사형통 되기를 기원합니다. 고맙습니다.

(2007. 9. 24)

남성현 7회 동기생 기념촬영

영원한 배움터
우리 학교

　평소 남성현 꿈동이들을 사랑하시는 교장 선생님과 여러 선생님께 감사드립니다. 그리고 학교 발전과 자녀 교육을 위해 후원을 잘 해주시는 학부모 여러분께도 감사의 인사를 올립니다.

　어려운 교육 현장에서 아이들의 글쓰기를 가르치고 작품을 모으고 교육의 여러 모습을 담아 책으로 만드는 것은 쉬운 일이 아닙니다. 그러함에도 우리 모교에서 꿈동이들의 일 년 동안의 교육 활동 실적물을 모아 아홉 번째 남성현 학교 문집을 발간한다고 하니 정말로 고맙고 축하를 드립니다.

　생전에 한국을 사랑했던 '대지'라는 소설의 작가인 미국의 펄벅 여사가 6·25전쟁 후에 한국을 방문했을 때 입니다. 천년의 고도 경주를 방문하기 위해 기차를 타고 가던 중 감나무 끝에 달린 따지 않은 몇 개의 홍시를 보고는 '따기 힘들어 그냥 두는 거냐?'라고 물었답니다. '까치밥이라 해서 겨울 새들을 위해 남겨둔 것'이라는 설명에 펄벅 여사는 탄성을 지르며 "바로 이것이야. 내가 한국에 와서 보고자 했던 것은 고적이나 왕릉이 아니라, 이것 하나만으로도 나는 한국에 잘 왔다고 생각한다."라고 외쳤다고 합니다. 집에서 기르지도 않은 새들의 겨울 양식까지 챙기는 사람들! 그런 후덕한 사람들이 사는 곳 바로 우리 대한민국이요, 우리의 농촌, 우리의 고향입니다.

이렇게 인심 좋고 살기 좋은 우리의 고향이 산업화 도시화의 물결에 밀려 인구가 줄고 마을마다 아기의 울음소리가 끊어지면서 우리의 모교가 재학생이 줄어들어 폐교 대상이 되느니 어떠니 하여 늘 걱정을 해왔으나 최근 학생 수가 다시 늘어나며 위기를 벗어나게 되었다는 신문 기사를 읽고 그나마 다행으로 생각했답니다. 앞으로 우리 지역이 발전하고 살기 좋은 곳이 되면 인구가 늘고 학생 수도 많아져서 숲과 꽃이 아름다운 학교, 좋은 교육환경을 갖춘 멋진 학교가 되리라 기대해 봅니다.

새로 태어나는 문집은 아름다운 교정에서 꿈을 키우는 후배 여러분들의 모습과 솜씨로 여러분들이 자라난 먼 훗날에도 어린 시절의 옛 추억으로 길이 남을 소중한 것입니다. 앞으로도 계속하여 꿈을 키워나가기를 바랍니다.

끝으로 남성현초등학교의 영원한 발전과 후배 꿈동이들이 착하고 바르게 자라서 이 나라와 우리 겨레를 위하여 훌륭한 사람이 되기를 기원합니다. 문집 발간을 다시 한번 축하드리면서 김응삼 교장 선생님과 여러 선생님의 많은 노고에 감사드립니다. 고맙습니다.

(2007.12 남성현교 백일홍지 9호)

많이 읽고
많이 쓰고

사랑하는 후배 여러분의 꿈과 희망이 담긴 문집 발간을 진심으로 축하드립니다.

글을 잘 쓰는 비결이 무엇인가? 수많은 사람이 수많은 이야기를 합니다. 그중에서도 "글을 잘 지으려면 세 가지를 기억해야 한다. 말하자면 많이 읽고, 많이 쓰고, 많이 생각해야 한다." 지금 글쓰기 연습을 위한 모범 답안처럼 여겨지고 있는 이 가르침은 중국 송나라 대문장가인 구양수歐陽修, 1007~1072의 말입니다. 글 잘 쓰기가 워낙 어렵고 쉬운 일이 아니므로 평소에 큰 노력과 끈기가 필요하답니다.

우선 글을 많이 읽자면 책이 필요한데 책 이야길 하겠습니다. "책을 한 권 읽은 자는 책을 두 권 읽은 자에게 지배를 받고, 책을 두 권 읽은 자는 책을 세 권 읽은 자로부터 지배를 받는다."라고 우리나라 국립중앙도서관 한쪽 화강암 벽면에 깊숙이 새겨진 글귀가 있습니다. 백번 옳은 얘기고 이런 사실을 단적으로 입증해 보여주는 사례가 다름 아닌 미국이랍니다. 미국은 누구나 다 알듯이 지구상에 유일무이한 초 강대국가입니다. 한데 이 초 강대국가 미국의 힘은 막강한 군사력에서 나오는 것이 아니라 활자에서 나온다고들 말합니다. 가령 어느 날 갑자기 세계가 붕괴하고 말았다 하더라도 미국 국회도서관만 멀쩡하다면 복구는 시간문제라는 것입니다. 도대체 미국 국회도서관이 어느 정도나 되길래. 결론은 그것이 가능하다는 얘깁니다.

그도 그럴 만한 것이 우리나라 국가대표 도서관인 국립중앙도서관의 보유 장서가 현재(2006년) 600여만 권, 경제 규모 세계 2위 국가라는 일본의 의회 도서관이 1,200여만 권인 데 반해 미국 국회도서관은 자그마치 1억3천여만 권을 헤아린다니 우리의 20배, 일본의 10배가 넘는 장서를 자랑하며 미국 국회도서관의 서고 길이만 해도 서울-부산 간 왕복 거리에 맞먹는 무려 850㎞에 달할뿐더러 우리나라 관련 서적만 21여만 권이나 보유하고 있다고 합니다. 참으로 놀라운 장서 규모며 그 사회가 얼마나 다양한 지식을 보유하고 있는가를 보여주는 현장이라 할 수 있습니다. 그래서 미국은 초강대국이랍니다.

남성현의 후배 여러분! 힘내십시오. 다행히도 우리 주위엔 도서관도 있고 읽을 만한 책들도 많이 있으니 평소에 늘 많이 읽고, 많이 쓰고, 많이 생각해서 "앞으로 나는 적어도 나의 저서 한 권을 꼭 만들겠다"라는 각오로 노력하면 좋은 글을 쓸 수 있을 겁니다. 노력합시다. 꿈☆은 이루어집니다.

〈2008. 12〉 (남성현교 백일홍지 10호)

남성현국민학교
손기전 선생님

사람이 세상을 살아가는데 인연이란 것이 있다고 본다. 불가에서는 인연소기因緣所起라고도 한다. 나는 지금까지 살다 보니 나의 수준보다는 비교적 좋은 학교에 다녔고 그러다 보니 좋은 선생님의 가르침을 받았고 또 좋은 친구를 많이 만나 친구의 도움도 많이 받아 지금까지도 늘 고맙고 감사하게 생각하며 살고 있다. 인덕이 많다고나 할까 좋은 인연으로 현재까지도 이를 실감하며 살아가고 있다.

평소에도 늘 생각은 했으나 기록으로는 남기지 못했던 선생님 이야기를 하고자 한다.

'선생'이란 말을 사전에서 보면 남을 가르치는 사람, 교사, 선생님은 선생의 높임말로 풀이하고 있다. 세상을 평생 살아오면서 많은 선생과 각급 학교의 수많은 선생님이 계셨지만 나에게 특별한 인연이 있는 남성현국민학교 손기전孫基甸 선생님, 대구중학교 추복만秋福萬 선생님, 그리고 경북고등학교 이상열李相烈 선생님 등 세 분의 선생님이신데 학교별로 소개한다.*

---

* 추복만 선생님과 이상열 선생님은 별도 제목으로 소개한다.

먼저 남성현국민학교 손기전 선생님이시다.

남성현국민학교 5학년 때(1953. 4. 1) 담임 선생을 하시다 2학기 때에 6학년 담임으로 가셨다가 우리가 6학년 진학을 해서 다시 일 년을 담임으로 우리에겐 일 년 반을 가르쳤다. 선생님은 밀양손씨 密陽孫氏로 고향이 밀양군 산내면密陽山內이었으나 외가 곳인 청도 군 토평리淸道栢谷에서 성장하여 이서공립보통학교를 졸업하고 해 방 후 임시 교원양성 교육을 받고 교사로 출발하여 청도 대현초등 학교 교장으로 정년 퇴임을 하신 분이시다

우리를 가르칠 그 당시에 손 선생님은 고등고시 준비를 하시느 라 늘 공부를 하였는데 학교에서 20리나 떨어진 백곡 자택에서 다 니다가 숙직실에서도 자주 주무시곤 했다. 숙직실 방은 언제나 선 생님이 붓으로 쓴 헌법이나 중요한 법률 조문으로 도배를 하고 있 었다. 보통고시는 늘 합격이 되어있었고 고등고시도 예비고시는 합격하는데 본 고시는 끝내 소원을 이루지 못했다. 보통고시에 합 격했으니 교육행정직으로 가면 승진도 할 수 있었는데도 사도師道 만을 고집하였던 분이다. 평소에 국사와 시조를 많이 가르쳐 주셔 서 나중에 중등학교 때에 많은 도움이 되었다.

평소 인성교육에도 많은 지도가 있었다. 가정방문 때도 한 학생 도 빠짐없이 집집이 다니면서 학부모와 개별상담을 충실히 하였 다. 나의 경우는 아버지가 안 계신다고 졸업 후 대학에 다닐 때까 지도 일부러 방문하시어 개별 지도를 해 주시기까지 한 선생님이

었다.

한번은 특별한 이벤트가 있었다. 전체 학생 모두에게 도시락을 싸 오라는 선생님의 엄명이 있었다. 평소에는 점심시간에 학교 소재지 동네(삼신1동) 학생은 자기 집에 가서 점심을 먹고 오는 게 관례였다. 그러나 이번에는 예외 없이 모두가 도시락을 가져온다고 하였다. 그 시대는 사는 게 모두가 어려워서 쌀밥도시락이 어렵던 때였다. 또 도시락이 없는 학생도 있었다. 그래서 선생님의 특별지시로 "도시락은 사기 밥그릇에 그리고 밥은 쌀이 한 톨도 섞이지 않은 꽁보리밥으로" 싸 오도록 하여 가난한 학생들이 기죽는 일이 없도록 세심한 배려를 하였다. 다음 날 점심시간에 선생님이 직접 도시락 검사를 하였다. 그런데 몇몇 학생이 양은 도시락을, 그리고 또 몇몇 학생은 쌀밥을 가져와서 선생님에게 심한 꾸중을 듣고 그 다음 날은 일제히 '사기 밥그릇에 꽁보리밥'으로 통일된 도시락으로 선생님도 함께 식사를 한 일이 생각난다.

또 한번은 동요를 손수 작사 작곡하여 가르쳐 주시기도 했다.

"갈지라도 갈지라도 바다 또한 바다 하늘 끝에 닿은 물결 망망하도다 바다라도 건너라면 능히 건너리라 저어가세 저어가세 일심을 모아서……."

열심히 공부하라는 권학가勸學歌인 듯싶다.

선생님의 특별한 인연은 지금부터이다. 선생님이 5학년 여름 방학 숙제 이야기이다. 다른 숙제는 없고 한자 쓰기 숙제 한가지이다. 우리는 4학년 때부터 국어책에 한자를 괄호내서하여 배웠다. 즉 5학년 여름 방학 숙제는 4학년 1, 2학기와 5학년 1학기 국어책의 한자를 처음부터 끝까지 차례대로 국민학교 1학년 국어 공책(사각형 한 칸에 글자 한 자씩 쓰게 돼 있는 공책)에 20번씩 쓰는 숙제이다. 처음에는 별것 아니라고 생각했는데 예사 숙제가 아니었다.

방학이 끝나고 숙제 검사를 선생님이 직접 하시는데 공책이 사각형으로 칸수가 정해져 있으니 1회를 쓰면 어느 칸에서 끝이 난다는 것이 정해져 있기 마련이다. 검사에서 규정대로 안 쓰면 매를 맞는다. 여느 숙제는 한번 검사해서 제대로 안 되면 한 번의 매나 벌로써 끝이 나는데 우리는 20번 다 쓸 때까지 심지어 겨울 방학 때까지도 숙제 검사를 개별적으로 다 받았다.

이러한 방법으로 6학년 여름과 겨울 방학 숙제도 4학년~6학년 국어책 한자 쓰기 숙제를 똑같은 방식으로 반복했다.

6학년 겨울 방학 숙제를 마치고 3월 말에 졸업 때까지 한 달 동안은 별도의 한자 공부를 한다. 각자 자기 집에서 한자로 쓰인 문서 예를 들어 세금 영수증 청구서 호적초본 등기부 등본 등등 모든 문서를 다 학교에 가져오라 해서 전체를 모아 시험지 10페이지에 선생님이 등사해서 20번씩 쓰기 숙제를 졸업할 때까지 했다. 내용은 전술한 각종 한자 문서와 대한민국 대통령 이승만 부통령 함태영 각부장관 본적 주소 등의 내용이다. 졸업식 때까지 숙제 검사를 졸업생 72명이 모두 다 받았다. 그래서 우리 초등학교 동창생

오른편에서 두번째 선생님(손기전), 1955년

은 상급 학교 진학과 관계없이 남녀 모두가 생활한자는 능통할 수가 있었다. 나의 경우는 한평생을 한문이 아닌 한자는 아쉬움이 없이 살아왔다고 자부한다. 이것이 바로 손기전孫基甸 선생님이 저에게 주신 특별한 인연으로, 지금은 하늘에 계신 선생님에게 늘 감사를 드린다.

1955년 3월 21일 초등학교 졸업식을 마치고 정든 교문을 나와서 나는 대학까지 학업을 마치고 사회인이 되어서 1982년도에 나는 청도군의 간부 공무원으로 발령을 받는다. 청도군청 문화공보실장이 되어서 제일 먼저 손 선생님에게 인사차 찾아갔다. 선생님은 그동안 우리가 졸업 후 몇 년을 더 우리 모교에 재직하다 교감선생님으로 승진하여 청송 영일 등 경북 도내의 여러 곳에서 근무하셨단다. 내가 찾아갔을 때는 고향인 청도의 대전초등학교 교장 선생님으로 재직하고 계셨다.

교장실에서 인사를 드리고 교문 앞에 있는 가게로 이동하여 낮부터 밤이 이슥하도록 술을 마시며 지나온 30년을 이야기했다. 기억나는 것은 나에게 법정계통의 대학에 가서 고등고시를 하지 않았다고 심한 질책을 하셨던 일이다. 생각하니 아마 당신이 이루지 못한 고등고시의 한이 남아있는 듯했다.

또 한 가지는 선생님께서 위만 보면서 열심히 누력한 결과 평교사는 우리 학교와 전임지인 이서초등학교에서만 하고 교감도 남보다 일찍이 하고 교장 선생도 남보다 한발 앞서 하셨단다. 그 당시에는 보통 학교 출신으로 빠른 승진을 했다고 남들은 부러워했단다. 그러나 교감과 교장을 오래 하다 보니 소위 제자가 드물단다. 평교사 시절 담임 선생을 맡아(그것도 6학년 담임선생님) 가르친 제자만이 진짜 제자弟子라는 이야기를 들었다.

선생님은 청도 대현초등학교 교장으로 정년 퇴임을 하시고는 우리 동창회에 준회원(?)으로 빠짐없이 참석하시면서 노후를 즐기시다 칠십 중반에 생을 마감하시었다. 정말로 한평생을 열심히 사시다가 가신, 나에게는 영원히 잊지 못할 선생님이셨다.

대구중학교에
입학하다

　1955년(단기 4288년) 4월 2일 대구중학교에 입학하였다. 중학교
입학에는 나름대로 큰 사건이 있었다. 내가 국민학교 6학년 때에
숙부님은 경북대학교 사범대학 4학년 졸업반이었다. 입학시험 무
렵에 숙부님이 "중학교는 어느 학교로 갈라카노?"라고 물으셨는
데 "담임선생님이 경북중학에 원서를 내라 캅디더."라고 저가 대
답하니 첫 말씀에 "일마야 경북중학이 아무나 가는 학교가 아니다.
촌놈이 겁도 없이." 하시면서 학교로 담임선생님을 찾아가서 옥신
각신 오랫동안 다투셨단다. 사범대학생과 시골 학교 6학년 담임선
생님(손기전)의 다툼에서 경북중은 안 되고 다른 여러 학교를 고르
다가 대구중으로 낙점이 되면서 학교가 바뀌었다.
　결과적으로 남성현교에서 4명이 대구중에 응시해서 3명은 실
패하고 나 혼자만 합격이 되었다. 4대 1의 경쟁에서 480명이 합격
하였는데 상위 20명에 들었으니 고등학교 때는 3학년 담임선생님
(추복만)의 선택으로 경북고등에 응시를 한다니 숙부께서도 아무
말씀이 없었다. 대구중에 재학 때도 우등생은 하지 못했으나 종합
고사 때는 만점으로 표창장도 받은 일이 있었다.

　이 기회에 한가지 짚고 넘어야 할 것은 좋은 학교와 그렇지 못한 학교의 차이를 중하교에 다니면서 실감한 일이 있다는 사실이다. 초등학교 때 늘 일등을 하던 친구가 시내 모 사립중학교에 3년간 학비면제 장학생으로 입학하여 기차 통학을 함께 하며 공부를 하는데 2학년 때부터 친구의 실력이 떨어지는 것을 느끼게 되었다. 나중에 알고 보니 교과목의 진도가 떨어진다는 것이다. 이 친구는 잘할 수 있는데 다른 학생들이 못 따라오니 진도가 점점 늦어져서 학년 내에 정해진 교과서를 끝까지 다 배울 수가 없다는 것이다. 다음 학년의 교과서는 지난 학년의 교과서를 모두 배웠다는 전제하에 교과서 내용이 편성되니 점점 더 어려워지고 진도가 갈수록 뒤처져서 결과적으로 중학교 3년 동안 정해진 교과 내용을 다 못 배우고 졸업을 하게 된다. 이런 현상이 계속되면서 학교의 우열은 갈수록 심화 된다고 본다.

　나중에 친구는 고등학교도 좋은 학교를 못 다니고 대학진학은 경제적 형편도 어려웠지만 우선 실력이 안 되니 더 이상의 학업을

1학년 소풍
가창골, 1955년

계속 못 하고 말았다. 이러한 일은 다른 사람은 모르고 여태까지
나 혼자만 나름대로 알고 있었다고나 할까.

　대구중학 때는 통근 열차의 초기시대 기차 통학으로 기차의 연
착 관계 등으로 학교에 지각하는 경우가 아주 많았다. 학교 당국
에서도 기차 통학생의 지각은 어느 정도 양해해 주는 형편이었다.
지각도 문제였지만 아침에 등교하면 무슨 영문인지는 몰라도 수
업을 하지 않고 집으로 돌아가는 일이 자주 있었다. 시내 친구들
은 좋다고 집으로 가면 되지만 기차 통학생은 저녁의 통근차 시간
까지 기다려야 한다. 기억을 더듬어보니 그럴 때 친구 집으로 놀러
간 일이 몇 번 생각난다. 한번은 2학년 때 건들바위 능인학교 가는
쪽에 사는 박철부 친구 집엘 갔는데 점심에 반찬이 없다고 친구 어
머니께서 우동 국물을 사 와서 도시락밥을 말아먹었는데 그것이

인상에 남는다. 또 한번은 3학년 때인데 대봉국민학교 근방에 사는 송재소 친구 집에 갔는데 점심때가 되어서 점심을 차려왔는데 하얀 쌀밥에 찬이 너무 맛이 특이하고 좋아서 지금까지도 기억이 생생하다. 그 친구의 아버지께서는 그 당시 풍국주정의 상무로 계시면서 잘사는 집이었으며 나중에 경북고등학교에도 같이 다녔는데 대학은 서울대학교 문리대 영문과를 마치고 성균관대학 한문학과로 학사 편입하고 성균관대학교의 유명한 교수로 재직하였다는데 고등학교 이후 한 번도 만나보지 못한 친구이다.

36년 만에 만든
졸업앨범

우리 대구중학교 13회 동기생들은 졸업 당시 졸업 기념앨범을 만들지 못한 채 36년이 지난 올해에 앨범을 만들게 되어 그 내용을 간략하게 소개해 본다.[*]

단기 4288년 4월 2일 5대1이라는 어려운 입시 관문을 뚫고 480명의 준재가 청운의 뜻을 품고 대구중학교에 입학하였다.

---

[*] 동창회 총무를 맡아 나 혼자서 모든 과정을 주관하여 6개월 동안 추진하였음.

6·25전쟁동란 직후라 미8군이 주둔하여 사용하던 본 교사는 울타리 너머로 구경만 하면서 임시교사를 전전하며 수업을 하였다. 여름이면 용두방천에 칠판을 걸어놓고 공부를 하다가 단체로 멱도 감고 겨울이 되면 수성못 뒷산에서 토끼몰이도 하고 봄가을엔 고산골 가창골로 소풍도 가고 하던 3년간의 학창 시절이 지나고 4291년(서기 1958) 2월 25일 420여 건아가 졸업하여 대중의 제13회 졸업생이 됐다.

졸업식 때는 졸업장과 동시에 앨범도 가지고 졸업을 하기 마련인데 어찌 된 영문인지 우리는 여러 가지로 사정이 여의치 못하여 그 매우 흔한 앨범도 없이 졸업사진이라고는 선생님 단체 사진 한 장에다 반별로 찍은 단체 사진 한 장씩만 달랑 쥐고서 교문을 나섰다.

10대의 나이에 졸업한 후 세월이 흘러가고 강산도 몇 번이나 변하여 지명의 50대를 살아가는 우리 친구들은 현재 경향 각지 방방곡곡에서 나와 이웃 나아가 국가와 민족을 위하여 자기의 몫을 다하면서 열심히들 살아가고 있다. 동기 동창회를 결성하여 총회와 야유회 송년회 등의 행사를 치르면서 회원 상호 간의 친목 도모와 길흉사시에는 서로가 상부상조하면서 알차게 모임을 오래전부터 잘하고 있다.

지난봄에도 연례행사로 새로운 임원을 구성하여 이사회와 정기 총회를 개최하였다. 총회에서 여러 가지를 논의하던 끝에 회원명부에 사진을 넣은 회원 수첩을 만들자는 의견이 나와 토의를 하던 중에 기왕에 사진까지 첨부하여 만들 바에야 졸업 기념사진을 추가하여 앨범으로 만들었으면 좋겠다는 쪽으로 의견이 모였다. 그래서 졸업 당시 각반별로 촬영한 단체 사진과 현재의 인물사진을 모아서 사진첩을 만들기로 하고 사진 수집을 시작하였다. 그러나 막상 일을 시작하고 보니 말과 같이 쉽지가 않았다. 앨범 제작의 취지와 사진 수집 협조를 알리는 통지문을 여러 번 발송하고 개별적으로 전화로도 계속 연락을 하였으나 사진 수집이 쉽게 되지를 않았다. 우선 각반별 단체 사진 8장(3학년 1반에서 8반까지)을 모으기가 쉽지 않고 또한 인물사진 한 장씩을 모으는 데는 시간이 오래 걸렸을 뿐 아니라 그 과정은 정말로 힘들었다.

사진을 수집하여 편집을 시작하다 보니 우리를 지도해 주신 은사님들의 사진을 별도로 구하여 실었으면 하는 욕심이 생겼으나 사진 입수가 쉽지 않아 고심하던 중 우리보다 한 해 앞에 졸업한 12회 선배님들은 앨범을 만들었다는 이야기를 듣고 수소문하던 중 김정기 동문(大邱中 12회, 당시 다사고등학교 교감으로 재직 중, 필자와는 경북대학교 농과대학 원예학과의 동기동창임)으로부터 소중히 보관하던 앨범을 빌려서 선생님 35명의 사진 모두를 복사하여 수록할 수 있게 되었다.

우리가 졸업할 때 선생님은 문기석 교장 선생님을 비롯하여 이원형 교감 선생님, 김종석 교무주임, 이용학 훈육주임, 그리고 담임선생님으로는 3학년 1반의 조도해 선생님(수학 담당), 3-2 김문복 (생물), 3-3 최영준(역사), 3-4 정주영(물상), 3-5 이대봉(국어), 3-6 추복만(영어), 3-7 김병세(지리), 3-8 이창호(수학) 선생님 등이시다.

새로 만든 앨범의 편집내용을 보면 먼저 선생님 단체 사진과 개인별 사진을 맨 먼저 수록하고 그다음 각반별로 단체 졸업사진에다 현재의 개인별 사진을 3학년 1반에서 8반까지 각반별로 수록하고 입학 기념사진, 소풍과 경주 수학여행 기념사진, 그리고 요즈음 촬영한 동창회의 사진 즉 총회 송년회 야유회 사진 등을 정리하여 실은 후 맨 마지막으로 회원주소록을 첨부하였다.

이렇게 편집을 하다 보니 36년의 시차時差로 말미암아 단체 사진은 옛날 10대의 꼬마들 사진이요 개인별 사진은 현재의 반백의 머리에다 주름살이 진 초로의 인생들을 모아 놓았으니 흑백사진과 천연색사진, 아이들과 어른들의 사진으로 뒤섞인 고금 혼합 판의 희한한 사진첩이 되었다. 또한, 선생님들의 개인별 사진은 청장년의 사진이고 학생들의 개인별 인물사진은 초로初老의 사진이 되어버렸다. 한 번쯤은 들여다보면서 옛날의 추억들을 회상도 하고 친구들의 이름과 변해버린 얼굴들을 일치시켜 보면 그런대로 볼 만도 하리라.

유난히도 무덥고 길었던 지난여름의 더위도 잊은 채 모처럼 시작한 일인지라 우수작품을 만들어 보려고 욕심을 부려 보았지만, 결과는 170여 명의 사진만 싣게 된 빈약한 졸작이 되고 말았다.

졸업은 같이하였으나 유명을 달리하여 고인이 된 분도 많고 어디에 사는지 아무리 수소문을 하여도 행방을 알 수 없는 친구도 있어 명부작성과 사진 수록에 반타작도 못 하였으니 너무나 아쉽고 안타까울 따름이다. 36년이라는 시간적 장벽이 이렇게도 클 줄이야!

많은 친구의 격려와 협조에 감사를 드리며 지나간 먼 옛날의 추억들을 더듬어 보는 기회를 만들었다는 사실 하나에 스스로 자위해본다.

(1994. 12. 대구중학교 총동창회 동창회지 제5집에 실음)

대구중학교 추복만 선생님

추복만秋福萬 선생님은 대구중학교 3학년 6반(1957. 4. 1) 담임 선생님이시다. 추 선생님은 추계추씨秋溪秋氏로 대구중학교 제4회 동문으로 필자의 9년 선배이며 1952년 대구중학교를 졸업하고 경북대학교 사범대학 영문과에 입학하고 1956년에 우수한 성적으로 졸업을 했단다. 통상 관례에 의하면 사범대학의 경우 졸업성적이 우수하면 첫 교사발령은 그 당시 대구에서는 경북 중학이나 경

대구중 졸업사진 우측에서 선생님 사진 2번째 분이 추복만 선생님이시다

북고등학교에 발령을 받을 수 있었는데도 소문에 의하면 당신은
모교인 대구중학을 원했다는 것이다. 우리가 2학년 때 부임을 하
셨는데 우리가 3학년 때에는 나와 인연이 닿아서 담임 선생님이
되셨다.

　당시에 우리 학교의 3학년은 장학 방침인지는 모르겠으나 중간
고사 기말고사 등 성적과는 관계없이 일주일에 토요일을 제외한 5
일간은 매일 정규 수업 후에 한 시간씩 과목별로 돌려가며 시험을
치렀다. 시험종료와 함께 학생들이 서로 답안지를 바꿔서 즉석에
서 채점하였다. 학생들의 성적향상을 위한 방침으로 과외로 참고
삼아 치른 시험인데 이 시험 때문에 우리 반 학생들에겐 큰 우환이

생겼다고나 할까?

추 선생님께서는 우리의 선배이자 모교 출신 교사로서 위신도 있고 후배 사랑의 표시로 제자들의 성적향상에 남다른 신경을 쓰시는데 우리를 많이도 괴롭혔다. 우선 학생 개개인의 성적 수준에 맞는 점수대를 정해놓고 성적이 그 점수에 모자라면 점수 1점에 매 한 대를 종아리에 맞아야 하는데 그 매가 유명한 탱자나무로 만든 매인데 종아리엔 너나 할 것 없이 늘 시커무리한 멍 줄이 그려져 있었다. 신생님은 힉칭 시절 배구선수 출신이라 매질 요령도 토스하는 식으로 이력이 나 있는 분이시다. 어떤 때는 전원이 운동장으로 나가서 매 대신 군대식 기압이라고 쪼글뛰기도 하고 오리걸음을 걷기도 하였다. 요즘 같으면 체벌이니 어떠니 운운하면서 난리일 텐데 그때는 그런 벌을 많이도 받았다. 오랜 세월이 흐른 뒤에 동창회 때 직접 들은 이야기인데 선생님께서는 성적 올리는 데에는 매 이상이 없다고 하시었다. 나는 그런 매 덕분에 경북고등학교를 입학할 수 있었다고 생각하며 늘 고맙게 생각한다.

나는 개인적으로 그보다 더 귀한 선물을 선생님으로부터 받았다고 생각하는 한 가지가 더 있다. 추 선생님은 영어 과목 담당이시라 영어를 선물 받았다고 할까. 졸업 때가 가까워지면서 3학년 영어 교과서를 35과까지 다 배운 후에 우리 반에서만이지 싶은데 매일 한 과씩 외워 오도록 숙제를 주시는데 나는 덕택에 25과까지를 외웠겠다. 모두가 잘 알다시피 어학은 뭐니 뭐니 해도 외우는(암기) 것 이상이 없다고 생각한다.

결과적으로 나는 평생 영어를 할 때마다 추복만 선생님을 생각하며 항상 감사하며 좋은 인연을 잊지 못한다.

추 선생님께서 그 후 영천임고중학교 교장, 문경교육장을 하시다가 경상북도교육청 체육청소년 과장을 하실 때는 나는 경상북도의회에서 전문위원으로 근무하면서 자주 만나기도 했었다. 그 뒤에 경북체육고등학교 교장을 하시다 정년 퇴임을 하시고는 추계추씨 종친회 대구·경북 총회장을 맡아 소일하신다. 나에게 영어를 선물해 주신 선생님으로 기억하고 있다.

기차 통학
10년

초등학교를 졸업하고 1955년(단기 4288년) 4월 2일 대구중학교에 입학하면서 기차 통학 생활이 시작된다. 우리 집은 경부선 철도역인 남성현역 가까이에 있었다. 중학교부터 자취 생활도 했고 친척 집에도 있었고 또 대학 때는 가정교사로도 생활했지만 10년 동안 주로 기차 통학을 하면서 공부했다. 기찻길이 없었거나 통근 열차가 없었다면 아마 나는 중학교도 다니지 못했을 것이다. 그래서 기찻길과 통근 열차는 하늘이 나에게 준 큰 선물이었다. 중학교 입학식을 마치고 교무실에서 기차 통학 증명서를 발급받아 대구역에서 남성현역까지 3개월간 정기승차권을 발급받아 기차 통학으로 학교생활이 시작되었다. 정기승차권은 학생 신분으로 운임이 아주 저렴했다.

대구역에서는 3개 방향으로 철도 노선이 있는데 먼저 경부선 상행으로 대구에서 김천까지, 경부선 하행으로 대구에서 청도를 거쳐 삼랑진까지, 그리고 대구선으로 대구에서 영천을 지나 경주까지의 노선이다. 나는 경부선 하행열차로 우리 지방의 남성현역에서 출발하여 삼성 경산 고모를 지나 대구역까지의 60리 길에 약 한 시간 이상이 걸리는 기찻길을 왕복하며 통학했다.

동대구역은 1970년도에 신설되어 영업을 개시했으니 우리가 학교 다닐 때는 없었다. 기관차도 석탄을 사용하며 칙칙 폭폭으로 달리는 증기기관차였다. 증기기관차도 처음엔 일본에서 제작한 파시형 증기기관차가 운행되었고 1950년대부터는 미국에서 제작한 미카형 증기기관차가 운행되다가 1960년대 말부터 디젤기관차가 등장하면서 증기기관차는 운행이 중단되었다. 석탄을 사용하는 증기기관차는 석탄 가루가 많이 날리며 특히 우리 동네에 있는 남성현터널을 통과할 때는 약 5분의 시간이 소요되는데 객차 안에도 석탄 가루가 섞인 연기가 들어와서 손수건으로 코를 막는데 얼굴에 검정이 시커멓게 묻곤 하였다. 특히 여름철의 교복 상의는 흰색으로 기차 문에 닿기만 해도 시커먼 색으로 변하게 된다.

6·25전쟁 휴전으로 통근 열차가 다시 다니기는 했으나 객차도 처음엔 화물차를 개조해서 사용하였기에 의자는 긴 장의자로 되어있었다. 통근 열차로 학교에 다니자면 아침에 기차가 연착 없이 제시간에 도착해도 남성현역에서 대구역까지 보통 한 시간 이상이 소요되고 기차에서 내려 대구역에서 대봉동에 있는 대구중학교까지는 4.1km를 걸어서 한 시간이 소요되므로 집에서 학교까지 2시간 이상이 걸린다. 참고로 고등학교 때는 대구역에서 경북고(지금의 대구고등 자리)까지, 대학 때는 대구역에서 신암동을 거쳐 경북대학까지 모두가 십 리 길에 한 시간씩 소요되는 거리이다. 학교를 다녀오는 데 왕복 4시간의 긴 시간이 걸린다.

그 당시는 휴전협정 직후이고 준전시라서 철도 운영 전반을 미국 군인의 RTORailway Transportation Office 미군 철도운송사무소에서 관리하고 있어서 전반적으로 열차가 연착을 많이 하고 특히 통근 열차는 역에 정거할 때 대피선으로 넣어서 오랜 시간을 출발도 시키지 않는 일이 빈번할 때였다. 그래서 통학생들은 지각을 자주 하게 되어있다. 저녁 열차는 연착하는 사례가 아주 많아 밤중에 귀가할 때가 많았고 아주 심할 때는 새벽 5시에 귀가한 일도 있었다.

기차 통학을 하다가 중간고사나 기말고사 즉 시험 기간이 되면 지각이나 결석으로 결시를 예방하기 위해서 친척 집이나 친구 집에 며칠 동안 먹을 쌀을 가져가서 숙식하면서 시험을 치르곤 했다. 사정이 이렇다 보니 평소에 공부를 집에서 한다는 것은 불가능하고 아침저녁으로 복잡한 통근 열차에서 한 시간씩 공부하였다. 설상가상으로 우리 때 통근 열차에는 전깃불이 없어서 항상 가방에 양초와 손전등을 준비해 다녔다. 10년을 그런 식으로 공부를 하다 보니 습관이 되어 지금도 책이나 신문을 조용한 곳보다 버스나 지하철 차 중이나 지하철역 대합실에서 보면 눈에 잘 들어온다. 그래서 나는 열차나 버스로 여행을 할 경우는 일부러 읽을거리를 준비해 간다.

기차 통학할 때를 회상하니 몇 가지 생각나는 것이 있다.

중학교 때는 아침에 등교하면 무슨 일인지 아침부터 불시에 휴강하는 일이 자주 생겨서 이럴 때는 집으로 돌아가라고 한다. 시내에 사는 친구들은 집으로 가면 되는데 통학생은 언제든지 저녁 5시 30분에 출발하는 통근 열차뿐이다. 이럴 땐 시내 친구 집엘 가거나 아는 친척 집을 체면 없이 찾아가곤 했다.

또 어떤 때는 현재의 대구은행 본점 앞에 헌병과 경찰이 합동으로 근무하는 검문소가 있었는데 군인 아저씨에게 경산이나 청도까지 간다고 차편을 부탁하면 지나가는 화물자동차를 태워주기는 했다. 차에 올라타고 가다가 담티재 근처에 도착하면 모두 내리라고 하여 쫓겨 내리면 현재의 시지 지구를 걸어서 경산까지 갈 때도 있고 심지어 온종일을 걸어서 청도의 우리 집까지도 걸어간 일이

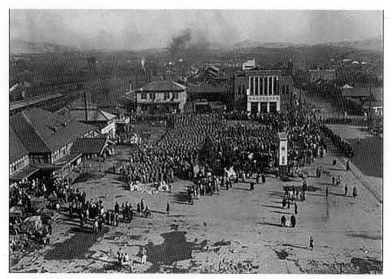
1950년대 대구역광장(왼쪽 대구역사, 정면 상공장려관, 오른쪽 도로가 태평로)

기억난다. 오후에 수업이 일찍 끝이 나면 시내 구경도 하고 주로 가는 곳은 대구역인데 대구역 광장은 아주 넓었다. 선거 때는 선거유세장으로 많이 사용되기도 했다. 동쪽의 현재 번개시장 쪽에는 대구 상공장려관이 있었고 서쪽의 현재 시민회관 쪽엔 통일로로 가는 도로는 아예 없었고 모두가 대구역 광장으로 연결되어 있는데 오늘날 시민회관은 그 당시 대구 공회당으로 염가로 운영하는 영화극장이었다. 극장에 처음부터 들어가는 것이 아니고 반쯤 영화를 상영하면 그 이후는 입장료를 받지 않는 공짜라서 그때부터 입장하여 영화를 보는 일도 종종 있었다. 그 후 공회당은 한때 KBS 대구방송국으로 사용하기도 했다.

중학교 1학년 때다. 현재 중앙로의 하나은행 터에 한국은행 대구지점이 있었는데 그곳이 네거리라서 교통순경이 수신호로 교통정리를 하는 것이 나의 눈에는 너무나 신기했다. 당시엔 대구에서 제일 넓은 도로의 중앙통인지라 교통이 복잡하여 순경이 시키는 대로 자동차가 가는 줄로만 알았다. 미리 자동차 운전사가 손을 내밀어 방향을 제시하는 걸 보고 순경이 신호한다는 것을 나로서는 한참 후에 알았다. 역시 촌놈은 촌놈이었다.

대구역 앞 중앙동의 대구극장 입구 근처에 USISUnited States Information Service라고 미국공보원이 있었다. 고등학교와 대학 때는 이곳을 많이 이용하여 공부도 하고 미국 잡지와 신문을 보기도 했다.

■ 열무장수 이야기 한 토막

고등학교 2학년 때 이야기다. 우리 고향의 여름철 특산물로 열무가 유명하였다. 열무는 청도읍과 구 경산읍으로 많이 팔려나갔는데 대구에도 김치용으로 또는 쌈밥용으로 많이 팔렸다. 어머니가 주로 머리에 이고 다니면서 팔았는데 큰 보자기엔 약 40단 정도를 포장할 수가 있었다. 어머니가 열무 장수를 하려면 하루는 열무를 장만하여 그다음 하루는 팔아야 한다. 이틀에 40단을 팔 수 있다. 계산상으로는 하루에 20단이다.

그런데 내가 아르바이트로 열무를 팔려면 보자기에 20단을 깨

끗하게 포장하여 어머니께서 고향 역까지 머리에 이고 운반해주
시면 내가 기차에 싣고 가서 대구역에서 내렸다. 옛날 중앙통의
상업은행(오늘날 대구문학관) 뒤에 반찬가게를 주로 하는 중앙시장
이 있었는데 그 시장의 김치가게에 납품하면 주인아주머니가 경
고 학생이 가져왔다고 특히 반갑게 받아 주었다. 그 이동구간까지
는 나의 가방을 삼성역에서 기차 통학을 같이하던 경북고의 권국
현 친구가 늘 들어 주곤 하였다. 오후에 하교할 때 중앙시장엘 가
면 아주머니가 잘 처리를 해서 열무 대금과 보자기를 챙겨 주셨다.
결과적으로 어머니께서는 매일 열무 20단을 장만하여 팔 수가 있
고 또 어머니가 대구에 오시면 온종일 저녁때까지 기다리다 기차
를 타니 그날의 농사일을 할 수 없는데 비해 내가 아르바이트로 하
니 매일 농사일을 할 수 있었다. 집안일도 도우면서 용돈도 벌 수
있는 아르바이트 경험도 생각이 난다.

기차통학을 같이한 친구들이 생각난다. 대구중학 때에는 삼성역
의 김봉현, 경북고는 청도역의 권영태, 삼성역의 권국현, 경북대학
때는 김천역의 조원환 등의 친구와 대구역에서 학교까지 열심히
걸어 다녔다.

기차 통학은 10년간이지만 고등학교 때 휴학도 하고 대학 때는
군 복무를 하는 등으로 1955년에 시작해서 1969년까지 기차 통
학을 했다. 시대가 바뀌고 세월이 흘러가서 사회가 전반적으로 안
정되고 발전함에 따라 통근 열차도 시설이 점진적으로 개선되어

디젤기관차에 객차도 일반의 비둘기호 수준으로 개량되었으며 열차 운행 시간도 비교적 정상 운행이 되었다.

서두에서도 말했듯이 기찻길과 통근 열차는 내 인생의 운명을 바꾸어 놓았다. 이 모든 것이 국가와 사회 구성원 모두가 노력하고 도와주었기 때문으로 늘 감사하고 고맙게 생각한다. (2018)

대구중 동창회장

평소 친애하고 존경하옵는 대구중학교 제13회 동창생 여러분! 공사 간에 바쁘실 텐데도 이렇게 많이 참석해 주셔서 감사합니다. 특히 함께 자리해 주신 사모님 여러분 고맙습니다. 또한 모두 건강한 모습으로 만나 뵙게 되니 반갑습니다. 계미년의 한 해가 저물어 가고 우리 동창생은 올해로써 우리가 모두 회갑을 넘긴 연배가 되어 주름살만 늘어만 가고 있는 현실입니다. 작년 이맘때 유니온호텔에서 송년 행사 때에 억지로 떠맡겨져서 동창회 회장직을 맡은 지가 엊그제 같은데 별로 한 일도 없이 벌써 한 해가 흘렀습니다. 세상이 빠름을 실감하게 됩니다.

돌이켜 보면 올해에는 우리 13회 동창회가 대구중학교 총동창회 집행부의 요직을 두루 맡았습니다. 지난 5월 29일, 이해봉 의원이 총동창회 제17대 회장에 취임했으며, 7월 1일에는 이길웅 회장이 총동창회의 수석 부회장에, 또 이정화 채형수 이종주 이 성 김정길 김동진 이렇게 6명의 회원이 추대 부회장에 선임되어 대구중학교 총동창회를 이끌어 가는 한 해가 되었습니다. 한편 이러한 경사가 있었는가 하면 김명한 하재칠 회원이 우리와 유명을 달리하는 슬픔도 있었습니다. 삼가 고인들의 명복을 빕니다.

지난 한 해 동안 동창회를 활성화하는 데 회원 여러분의 적극적인 협조에 감사드립니다. 정기총회, 하계야유회, 총동창회 체육대회 그리고 오늘의 송년 행사 등에 많은 회원님이 참석해 주셨고 특히 올해에는 행사나 모임 시에 당일 회비 없이 연회비만으로 동창회 운영경비에 충당했습니다마는 전 회원들이 연회비 납부에 적극적인 동참으로 원활한 동창회 운영을 할 수 있었기에 회장으로서 정말로 고맙다는 말씀을 드립니다. 앞으로도 동창회의 활성화를 위하여 누가 회장을 맡든 우리가 모두 모임에 적극적으로 참여해 주시고 회비납부를 잘해주시는 등 동창회 발전에 더더욱 협조하여 주시기를 당부드립니다.

이제 우리도 일부 자영업을 경영하는 회원 이외는 대부분 친구가 일선에서 퇴역하여 초로의 인생을 사는 것이 현실인 것 같습니다. 남은 여생을 살아가면서 그저 밥 먹고 살면서 가정에 큰 우환없고 자식들 건사 잘하는 등 보통 인생으로 살아가는 것이 행복이

116

대구중 13회, 오대산 월정사, 2014

아닌가 생각이 듭니다. 이렇게 살기 위해서는 무엇보다 개인적인 건강관리가 우리의 최우선 과제인 것 같습니다. 흔히들 우리가 늘 사용하는 농담 중에 학력 권력 재력 체력 즉 건강에 관한 이야기가 있습니다. 50대가 되면 학력 관계 배운 사람이나 배우지 못한 사람이나 다 같이 똑똑하고, 60대가 되면 권력 이야기 즉 높은 자리에 있었건 낮은 자리에 있었건 끈 떨어지고 나면 모두가 마찬가지, 70대가 되면 재력, 즉 돈 쓸데가 별로 없어 있는 자나 없는 자나 같고, 80대가 되면 체력 즉 건강의 한계 집에 누워 있으나 산에 누워 있으나 같다는 이야기입니다.

음담패설이긴 하지만 건강이 제일 중요하다는 이야기인 걸로 압니다. 건강해야만 친구 간에 우정도 나눌 수 있다는 게 평범한 진리가 아니겠습니까? 우리 모두 건강하게 오래 살 수 있게끔 평소에 규칙적으로 운동도 하고 스트레스 받지 말고 늘 긍정적으로 생활하도록 각자 노력해 주시기 바랍니다.

그리고 오늘 직접 양계장을 경영하면서 생산한 달걀을 우리 회원 모두에게 선물해주신 영천 서산농장의 김봉현 회원에게 정말 고맙다는 말씀을 드리면서, 우리 모두 박수를 한번 보내주시기 바랍니다.

끝으로 연말연시를 맞이하여 다사다난했던 계미년의 한 해를 잘 마무리 하시고 다가오는 갑신년의 새해에는 모든 일이 만사형통하기를 바라면서 이 자리에 참석하신 우리가 모두 늘 건강하고 가정에 행운이 깃드시기를 기원합니다. 감사합니다.

(2003. 12. 13.)

김봉현 형을
보내며

고 김봉현 형님!

형님의 별세를 슬퍼하며 모든 참석자가 비통한 심정으로 조의를 표하는 이 엄숙한 자리에서 전 청도군 부군수 김동진은 임의 명복을 빌며 삼가 머리 숙여 고별의 조사를 드립니다.

사람의 일생에 생과 사가 있음은 운명의 정칙이요 하늘이 정한 천리라, 비록 인력으로 막을 수는 없다고 할지라도 임께서는 어찌 그렇게 홀연히 영면하시니 참으로 하늘이 아득하고 인생의 무상함 더욱 절감하게 됩니다. 이미 예상은 했으나 평소에 그렇게도 오래 산다고 장담하며 희망하시더니 임의 부음을 접하는 순간 차마 그 사실이 믿기우지 않았고 '설마 그럴 리가 없다'라고 애써 부정하였지만 이렇게 임의 영면이 사실로 다가오니 하늘의 무심함을 한탄하게 되고 땅이 꺼지는 듯한 큰 슬픔을 가눌 길이 없는 것입니다.

이 글을 쓰면서 생각하니 목이 메 과연 이글을 내가 읽을 수 있을까 하는 생각이 듭니다.

대구중학교 입학식 때 갓을 쓰시고 참석하신 춘부장 어른부터 대구중 1학년 6반 반창생으로 경부선 열차에 몸을 실어 당신은 삼성역 나는 남성현역에서 기차 통학을 하면서 임과 나와의 인연도 시작이 되었습니다.

임께서는 명문 김해김씨의 후예로 이 세상에 태어났으나 가정형편과 시운이 불리하여 중학교만 졸업하고 학업을 중단해야만 했습니다. 그러나 여러 가지 여건이 불리한데도 일찍이 축산업을 시작 악착같이 노력하여 부자 소리를 들을 정도로 소위 자수성가를 하였으며 자식들은 모두 명문 학교를 졸업시켜 당신이 못다 한 공부의 한도 풀었습니다.

김봉현 형님!

형과 인연을 맺은 지 어언 54년 주마등같이 지나가는 추억들이 한두 가지겠습니까마는 1980년도 내가 영천군 문화공보실장을 할 때 영천 군청에서 형을 만나 안부를 물으니 중앙선 철도 변 정비사업으로 보기 흉한 양계장 슬레이트 지붕을 전부 뜯으라고 한다면서 태산 같은 걱정을 할 때 내가 온 힘을 다 쏟아 군수, 부군수와 담당과장에게 통사정하여 일을 해결했을 때는 얼마나 기뻤는지 모릅니다.

그 외 기회 있을 때마다 부부동반으로 국내 여행과 태국 홍콩과 중국 백두산 여행 등등은 이제는 아득한 옛이야기로 돌릴까요

내가 퇴임할 때 일을 그만두고 같이 퇴임했더라면 아마 건강도 챙기고 좀 더 오래 살지 않았겠나 하는 생각도 해봅니다.

한번은 나보고 청도군수로 출마하라기에 돈이 없어 안 된다니까 얼마만 하면 되느냐고 당신이 보태준다고 했을 때 난 군수 된 것과 같은 기분이었소

그리고 대구중 동창들에게 바친 임의 열정과 우애는 우리 모두의 본보기로 칭송이 자자하답니다.

오호통재라 모두가 지나간 이야기.

오로지 형님만을 바라보며 살아온 아내와 아직 부족한 것이 많은 아들딸은 어떻게 이 세파를 견디어 나가라고 그렇게 홀연히 영

면한다는 말입니까?

임의 영이시여! 이제는 불러도 한마디 대답 없는 임이시여! 자식과 아내와 형제자매 친구와 그리고 이 자리에 있는 모든 사람의 눈물과 한숨은 오늘 오월의 하늘을 뒤덮고 있나이다. 인명은 재천이라 조금 일찍 가고 늦게 가는 차이일 뿐 누구나 가야 할 길인 것은 엄연한 사실입니다.

저승이 있거들랑 부디 좋은 데 가시고 다음 세상에서 또 만납시다.

재천 하신 임의 영이시여! 부디부디 평안하게 영면하소서. 그리고 남아있는 가족들을 음우 하시고 명복 하옵소서.

우인 전 청도군부군수 김동진 근고

(2009. 5. 21)

싱가폴 주롱 새공원. 2003년

불영사 일운스님과. 2002년

경북고등학교
교사를 바꾸다

1958년 4월 2일 경북고등학교에 입학했다. 중학 입학 때 학교 선택에 어려움이 있었으나 고등학교 진학에는 담임선생님이 원서를 써 주시는 대로 가려고 하니 저의 학부모이신 숙부께서도 별말씀이 없이 입학시험을 치고 경북고등학교에 입학하였다. 그때는 경북고등학교가 소위 일류학교로 지칭이 되어 모두 부러워하는 학교였다.

고등학교 시절에 특히 기억에 남는 일은 학교 교사를 바꾼 일, 한국민주화운동의 도화선이 된 2.28 민주화운동, 그리고 나의 개인적인 일이지만 경북고등 2학년을 마치고 가정형편에 의한 자퇴 사건(결과적으로 이상열 선생님의 선처로 휴학 처리되었음) 등인데 자퇴 사건은 이상열 선생님과 부주전상서의 기록을 참고하도록 하고 우선 학교 이사 관계를 보면 이렇다.

내가 입학 때의 경북고등학교 위치는 대명동인데 오늘날의 대구고등학교 자리이다. 대명동 교사에 일 년을 다니다 2학년이 되면서 1959년 4월 경북고와 대구고의 교사를 맞바꾸었다.

내력은 이렇다. 당시 대구고등학교는 대봉동의 경북중학교 구내에서 개교하고 1958년 4월 12일에 입학식을 한 신설 학교로 우리 동기생이 대구고등학교의 1회 졸업생이 된다. 대구고등학교가 경북중학교 구내에서 개교하자 대구고보의 전통을 계승한 고등학교가 대구고등학교인가 경북고등학교인가 하는 정체성의 문제가 대두되었다.

대구고등학교를 대구고보의 전통을 계승한 학교로 인정하고 경북중학교와 동일계 고등학교로 간주할 때는 경북중학교와 대구고등학교의 교명이 달라서 동일계 고등학교로서의 일체감을 가지기 어려운 문제가 있었다. 또한, 경북고등학교가 경북중학교와 분리해서 독립한 1950년부터 대구고등학교가 개교한 1958년까지 약 8년간 전통의 단절이 생기는 것도 문제였다. 경북중학교와 떨어져 대명동에 터를 잡고 있지만, 대구고보의 전통을 계승하였다고 자부하고 있는 경북고등학교로서도 역사와 전통을 포기해야 하는 이 안을 수용할 수 없었다.

이러한 문제를 해결하기 위해 제안된 방안이 경북고등학교와 대구고등학교의 교사를 맞바꾸는 방안이었다.* 대명동의 경북고등학교를 대봉동의 경북중학교 구내로 옮기고 경북중학교 교사에 동거하고 있는 대구고등학교를 대명동으로 옮기자는 것이었다. 경북중학교의 학부모와 동창회에서는 이 안에 찬동하여 적극적으로 추진하였으나 경북고등학교 측에서는 대규모로 이사를 해

---

* 경북고등학교, 경맥 117년사 [1], 신흥인쇄(주), 2016, pp 260~261.

야 하는 번거로움이 있을 뿐만 아니라 넓은 터전에 신축한 새 교사
를 포기해야 하기에 주저하는 바가 적지 않았다. 그러나 역사와 전
통을 중시하는 동창회와 학부모들이 경북고등학교 측을 끈질기
게 설득하여 동의를 얻게 되었다. 이런 과정을 거쳐서 1959년 4월
10일에 경북고등학교가 대봉동 경북중학교 구내로 이전하여 합교
식合校式을 거행하게 되었다. 대구고보의 전통을 계승한 경북중학
교와 경북고등학교가 동일계 고등학교로서 한 울타리에 동거하는
통합의 시대가 열리게 되었다.

　경북고등학교와 대구고등학교가 교사를 교환하면서 대구고등
학교가 사용하던 백삼선을 경북고등학교에 이양하고, 경북고등학
교는 교모에 둘렀던 흰색의 굵은 띠를 대구고등학교에 물려주어
대구고보 이래 경북 중고등학교의 상징이었던 백삼선도 정리되었
다. 이에 따라 교표와 배지도 개정하여 12월 21일부터 사용하였
다. 삼각형 교표의 중앙에 '中' 자와 '高' 자를 넣어서 중학교와 고등
학교를 구별하고 배지에는 삼각형 좌우에 백삼선을 넣었다.

경북중학교와 경북고등학교가 한 울타리 안에 자리를 잡았지만 학교 행정의 책임자인 교장은 중고 2교장 체제로 5년간이나 지속하다가 1964년 4월 13일에 단일교장 체제로 되어 경북고등학교가 대봉동으로 이전하여 교사를 통합한 지 만 5년 만에 행정체계의 일원화가 이루어진 것이다.

이러한 교사통합의 일련의 과정에서 바로 내가 2학년 때인 1959년 4월 10일에 이사를 하게 되었다. 이사 때에 학교의 공통 물건이나 비품은 자동차로 운반하였으나 개인이 사용하던 책상과 걸상은 학생 개개인이 직접 손으로 들고 업고 목에 걸기도 하며 대명동 교사에서 대봉동 교사까지 약 1,500명의 학생이 정확히 4km 거리를 영선못으로 건들바위 옆으로 골목길을 돌아 돌면서 옮겼다. 요즈음으로서는 상상도 못 할 사건이었다.

그러나 나는 개인적으로 기차 통학을 하기에 대구역을 기점으로 도보 통학 길이 절반으로 줄어듦으로써 한결 가까우면서도 시간도 단축되어 좋아졌다.

경북고등학교
이상열 선생님

이상열李相烈 선생님은 경북고등학교 1학년 6반과 2학년 4반 (1958~1959)의 담임 선생이시다. 이 선생님과는 무슨 인연인지 2년 동안이나 나의 담임 선생님을 하셨다. 선생님은 1949년에 국립대구사범대학 생물과에 입학을 하였다. 1951년에 경북대학교가 종합대학으로 개편되어 사범대학, 의과대학, 농과대학, 문리과대학, 법정대학의 국립경북대학교가 되었다. 1953년에 이 선생님은 국립경북대학교 사범대학 생물과를 졸업한다. 대학 졸업 후 처음은 경상중학교에서 생물 교사를 하시다 경북고등학교로 오셨단다. 우리가 선생님의 수업을 받을 때 선생님은 언제나 학생의 얼굴은 보지 않고 늘 창밖을 보거나 교실의 천장만을 보면서 수업을 하던 모습이 기억난다.

2학년을 마칠 때쯤(1960년) 우리나라 최초의 민주화 운동인 역사적인 2.28민주 운동이 일어난 후 3학년에 진학을 하게 되는데, 이때 나는 개인적으로 심각한 고민에 빠진다. 나는 아버지를 일찍 여의고 작은아버지의 도움으로 공부를 하다가 숙부께서 미국 유학을 하시느라고 도움을 받을 형편이 못 되었다. 3학년 반 편성을 하는데 우리 학교는 당시에 3군(육해공군) 사관학교 후보생을 위한 특별반을 별도로 편성하여 일명 "장군반"이라 하였다. 나는 가정 형편상 대학에는 갈 수도 없어 별도의 등록금이 없는 사관학교를 생각해 보았다. 그러나 나는 아버지의 보도연맹사건으로 사관학교는 신원조회 상 절대 불가하단다. 그러니 대학에도 갈 형편이 못되고 당장 현재의 고등학교 공납금도 마련하기 어렵다. 결론은 학교를 자퇴自退하는 수밖에 없다.

어머니와 상의하여 학교를 그만두고 집에서 농사를 짓기로 작정을 했다.

마지막으로 학교에 가서 3학년의 새로운 담임 선생님에게 가정 형편상 학업을 계속할 수 없어 퇴학하겠다고 말씀드리고 교문을 나서는데 눈물이 앞을 가려 지금 현재도 그 당시의 상황을 기억할 수가 없다.

그 이튿날로 집에 있던 머슴도 내보내고 당장 나는 농부가 되었다. 통상의 농부가 되어 오만가지 농사일을 배워 가면서 몸소 모든 농사일을 모두 다 해내었다. 여름에는 소도 먹이고 겨울에는 깔비(소나무의 마른잎) 등 땔나무도 하였다.

1960년도의 세상은 2.28민주화운동에 이어 3.15 부정선거, 4·19혁명. 이승만 대통령 하야, 제2공화국 민주당 정부 등등 천지가 개벽하고 농사는 한발이 심하여 흉년이 들고 하는 등 세월의 변화가 많았다.

1961년 춘3월 나는 일등 농부가 되어 새해 농사 준비를 하고 있었다.

그러던 중 엽서 한 장이 날아왔다. 이상열 선생님의 자필 서신이었다. 상의할 일이 있으니 경북고등 교무실로 오라는 내용이었다. 그때는 우리 집엔 전화도 없었고 전기도 라디오도 없었던 시대였다. 교복도 없고 입고 외출할만한 의복도 마땅한 게 없었다. 완전 촌놈의 농사꾼 복장으로 선생님을 찾아갔다. 우선 선생님께서 인자하신 얼굴로 반갑게 맞이해 주셨다. 그다음은 큰 소리로 꾸지람뿐이다

"퇴학을 할라카마 내게 먼저 얘기를 해야지, 이놈아! 니 맘대로 퇴학을 해? 집에 소 있제? 소를 팔아라. 소 없으면 논이라도 팔아서 고등학교 졸업은 해야지. 경북고등학교가 어떤 학꾜데?"

그러고는 조용하게 설명을 해 주신다.

"내가 늦게 자네의 퇴학 사실을 듣고 교무회의 때 학생이 무슨 사정인지는 모르겠으나 지금은 퇴학 처리를 하지 말고 휴학으로 처리하여 일 년의 말미를 준 뒤 일 년 후에도 사정이 안 되면 그때 퇴학 처리를 하도록 하자고 조치를 해 두었으니 집에 가서 어머니와 의논해서 농사는 그만두고 우선 복학을 하고 학업을 계속하도록 해라. 어떤 일이 있어도 고등학교는 마쳐야 한다. 일 년만 고생하면 된다."

라고 말씀하셨다. 교무실을 나오는데 이번에는 감격의 눈물이 또 앞을 막는다.

1961년 4월 1일 경북고등학교 3학년 8반에 복학을 한다. 담임
은 김성한 선생님이셨다. 교복과 모자 책가방 등을 새로이 마련하
고 새로 공부를 하려니 어려움이 많았다. 그러나 나름대로 열심히
노력하고 주위 사정들이 그런대로 잘 풀려서 경북고등학교의 빛
나는 졸업장도 받았고 또 대학까지 가게 되었다. 그러나 대학 생활
은 처음엔 장학금으로 버티었으나 나중엔 어려워서 3학년을 마치
고는 군 복무를 하고 제대를 한 후 복학을 하여 4년이나 늦게나마
산신히 졸업은 힐 수 있었다. 이렇게 선생님의 도움으로 고등하교
중퇴자가 고등학교를 졸업하게 되고 대학까지도 마치고 영광스러
운 대한민국의 공무원으로 경북대 행정대학원에서 석사碩士도 하
고 고향의 부군수로 정년 퇴임을 할 수 있도록 즉 나의 인생행로를
완전히 바꾸어 주신 동춘 이상열東春 李相烈 선생님의 은덕은 영원
히 잊을 수가 없으며 감사하게 생각한다. 나는 퇴임 후에 선생님을
청하淸河의 자택으로 몇 번이나 찾아뵈었으나 늘 말뿐이고 보은은
옳게 하지 못하고 있다.

　이상열 선생님은 영해중고등학교 교장, 달성고등학교 교장, 경
북사대부속고등학교 교장, 의성교육청 교육장, 대구직할시 초대
학무국장 등을 역임하며 우리 교육계에 큰 발자취를 남긴 어른이
시다. 정년퇴임을 하고는 고향인 포항 청하 해강재 海崗齋에서 텃밭
을 돌보며 소일하시다 2020년 늦은 봄에 영면하셨다. 늦게서야 연
락이 닿아 산소와 자택을 상문하고 그 후에 묘소엔 한 번 더 둘러

이상열 선생님 93세 생신 기념 2018.4.10.

보고 왔다.

　포항은 나의 공무원 첫 근무지로 7년을 살았으나 선생님의 고향인 줄은 재직할 때는 몰랐고 퇴임 후에 알았으며 선생님의 재종再從弟 李相宗은 포항 재직 때에 가깝게 지내는 친구였으나 그것도 퇴임 후에 선생님의 자택을 방문할 적에 알게 되었다. 이 모두가 선생님과의 특별한 인연으로 옛날이야기가 되었네.

　선생님 감사합니다. 정말로 고맙습니다. 명복을 빕니다.

경북대학교
원예학과

고등학교를 휴학한 후 다시 복학하여 일단 고등학교는 졸업하게 된다. 졸업이 임박하고 입시 철이 되니 이번에는 어머니가 논을 팔더라도 대학은 마쳐야 한다고 한다. 3학년 복학하면서 이과반理科班에 편성이 되었는데 대학 진학을 하자니 서울엔 갈 수가 없는 형편이고 대구에서는 경북대가 종합대학교이고 그 외는 단과대학이고 마땅히 갈만한 대학 또는 학과가 없었다. 그래서 경북대로 결정하자니 갈등이 생긴다. 원예학과를 지원한 동기는 나름대로 여러 가지 사연이 있었다. 경북대학에서 이과는 의예과와 농과대학뿐이다. 담임선생님(경북고 3학년 8반 김성한 선생님, 화학)께서 "자네는 농촌 출신이니 농대가 어떻겠냐? 원예학과는 어떻냐?" 원예학과는 꽃[花卉] 키우는 데 아닙니까? "꽃 말고도 과수 채소 조경 등이 있다. 벼농사 위주의 농업이 아니다." 마침 미국 유학을 마치고 돌아오신 숙부께서도 "미국은 농촌도 잘살더라, 그리고 5.16 후 정부에서도 중농정책을 강조하니 어떠냐?" 서울농대 유달영 교수의 '유토피아의 원시림'과 '素心錄'을 읽은 것도 동기가 되어 결국 원예학과로 결정하였다.

1961년까지 대학입학 시험은 대학별로 단독시험으로 치르던 것을 1962학년도에는 대학입학 국가자격고사제로 전환하고 각 대학에서 실시하는 실기고사, 신체검사, 면접 결과도 선발자료로 이용하도록 하였다. 즉 국가고사 성적(선시험) + 대학별 고사로 하였다. 한 가지 특이사항은 학과별로 전국대학의 정원을 합산하여 해당 학과 정원의 100%만을 국가 고사에서 합격자로 결정하였다. 또 실업계는 동일계 고등학교(농업고) 출신자로 정원의 30%를 국가 고시를 치르지 않고 서류전형으로 선발하였다.

그런데 당시 전국대학 중 원예학과가 있는 대학은 경북대학교, 서울시립대학교, 동아대학교, 효성여대뿐이었는데 경북대는 1952년 우리나라 최초로 원예학과를 개설했다.

1961년에 전국적으로 대학이나 학과의 통폐합이 있었고(우리 경북대와 부산대학 간의 통폐합이 이루어졌음), 정원 조정이 있고 난 이후 우리가 입학하던 1962학년도의 경북대학교 전체의 입학정원은 550명이었다. 농과대학의 정원을 보면 농학과, 농화학과 수의학과는 25명씩이고 원예학과는 30명으로 105명이었다.

입학시험은 국가 고사에서 성적이 잘 나와서 무난히 통과하였다. 입학하고 보니 동일계 학교로 경남북의 농업학교 출신이 입학을 많이 했고 처음으로 실시한 국가 고사에 하향지원으로 경북고 부속고 등의 친구가 상당히 많이 보였고 부산대학과 통폐합 관계

132

로 부산 지방의 많은 학생이 유학을 왔다.

입학생 수가 적어서 1학년 교양학부 때는 의예과를 제외하고는 동일 캠퍼스 내에서 자주 만날 수가 있었다. 당시에 대구에는 경북대가 유일하게 종합대학으로 5개 단과대학이었고 그 외 대구대 청구대 효성여대가 단과대학으로 대구시 내 전체 대학생 수(입학생 수)가 천명 남짓 정도로 아주 적었다.

대학 시절에도 난 예부터 하던 대로 기차 통학을 했는데 특히 경북대의 신입생은 김천 쪽으로 조원환(지금은 고인, 농림부 서기관) 삼랑진 쪽은 나뿐(?)일 정도였다. 그 시절엔 대부분 친구가 못살았기에 객지의 친구들은 하숙하는 친구는 몇 안 되고 주로 자취생활 또는 가정교사로 학창 생활을 했다. 나도 가정교사를 몇 번 한 적도 있

원예학과 곤충실습을 마치고, 1964년

지만 주로 기차 통학이다. 거듭 밝히지만 기차가 없었으면 나는 겨우 중학교 정도쯤 졸업을 했을 것이다.

농번기가 되면 난 친구들을 우리 집으로 초청한다. 우리 집 보리 타작은 대학생 노력봉사단 몫이다. 우리 엄마가 지어준 이름 우기효(5.16장학생, 농협 가락시장 공판장장)는 큰머슴(공부도 잘하고, 일도 잘하고, 술도 잘 먹고)이다. 그때 노력봉사단원은 우기효를 비롯하여, 조원환(내가 청도 부군수 할 때 농림부 밀양종자보급소장으로 특히 같은 공무원으로 가장 끝까지 가장 오래도록 만났음), 송상홍(현풍중학교 교장), 신성련(중부대학교 교수) 이재우(울산비료 중역), 옥을태(고인 연세대 기획실장), 김화남(달성원예조합장) 등의 친구들이다. 김화남은 도화전桃花田(산골짜기에 있는 600평으로 제일 큰 밭임)에 보리타작을 하고는 시키지도 않는 보릿짚을 태우면서 신나게 불장난을 하다가 자기의 남방셔츠(가정교사하고 특별히 선물로 받은 고급품임)를 벗어둔 것을 모르고 태워 버린 일도 있었다. 친구들 내내 건강하시고 고인은 영면하시기를 삼가 빕니다.

기억에 공부 잘했던 건 모르겠고 그러나 3년 동안 장학생으로 나름대로 잘 버텼으나 4학년이 될 때는 뚝! 그리고 나의 하나뿐인 여동생이 고등학교 입학 때라 우리 집 형편으로 두 사람 공부는 힘이 든다는 생각에 군에 입대한다. 사실 군사 관계는 3학년 때 학군단(ROTC)으로 군사훈련을 3개월 정도 받다가 아버지의 보도연맹 사건 연좌제로 도중하차 했다. (끝까지 훈련을 받아도 졸업 때는 신원조회

의 이상으로 장교 임관을 못 하고 하사관이 된다고 누군가 귀띔을 해줌)

　논산훈련소 훈련 중에 들려오는 소식은 대학 동기생들이 수안 보로 수학여행 했다는 것과 송상홍 등 몇몇 친구들이 농번기에 우리 집 농사일을 도왔다는 이야기를 듣고는 눈물을 흘린 일도 있었다. 수학여행과 나는 인연이 없었다. 초등학교 때 2박 3일 일정으로 경주 여행을 다녀온 것이 전부다. 중학교 때도 못 갔고 고등학교 때는 휴학중이었고 대학 때는 군대에 입대하느라고 못 갔다.

　1963년 2학년 가을에 해인사로 간 1박 2일의 야유회가 생각난다. 그 시절에는 관광버스가 아닌 시외버스를 이용했고 관광지(사찰) 입장료도 없었다. 해인사 절 입구의 여관방 3개를 빌려서 여학생 한방 그리고 남학생은 한방에 5명 정도로 방 배치를 하고는 밤이 이슥도록 술을 먹고 자는 둥 마는 둥 하룻밤을 새웠는데 아뿔싸! 한사람이 이불 요에 그만 세계지도를 그리고 말았다. 그러나 장본인은 술에 취해 그 후에도 몰랐다. 아침 식사에는 너나없이 얼마나 밥을 많이 먹는지 또 반찬은 고기는 절 근방이라 한 마리도 없이 순 나물 반찬으로 얼마나 많이 주는지 정말 인심도 좋았다. 대학생들이라고 특별대우를 받았다.

　이튿날 오전에 천변에 자리를 잡아 놀고 있는데 2군사령부 소속 군인들 10여명이 대형 군인 버스(국방색)로 해인사 관광을 왔다. 어쩌다가 인솔자(중령)와 인사를 나누게 되었는데 대구로 갈 차편이 있나? 라고 이야기되어 오후에 대구행 시외버스를 이용할 예정이라고 대답했더니 자기네들의 버스에 빈 자리가 많아 우리를 대구까지 태워 주겠으니 같이 가자고 제의가 있어 고맙다는 인사를 하였다. 그리고는 돌아갈 차비로 술과 안주 기타 먹거리를 사와서 중령에게 대접도 하고 우리도 푸짐하게(?) 먹었다. 점심도 해결하고 오후까지 잘 놀다가 고령에 사는 송상홍과 안정웅 두 사람은 대구행 막차에 태워서 미리 출발시켰다.

우리 10여 명은 군인 버스 쪽으로 가서 버스에 올라타려고 하니 운전기사(하사계급)가 못 타게 한다. 우리는 중령에게 허락을 받았다고 이야기하니 운전기사는 군인 버스에 민간인을 태울 수 없단다. 중령에게 다가가서 기사가 못 타게 한다고 말씀드렸더니 중령이 와서 태워 주라고 기사에게 이야기한다. 태워 주라, 안 됩니다를 반복하다 중령이 기사의 귀때기를 한 대 때리는 사태가 되었다. 한 대 얻어맞은 기사는 군인 차에 민간인은 절대 태울 수 없다고 항변하며 말을 듣지 않는다. 결과적으로 우리는 타지 못하고 군인 버스는 출발해버렸다. 가을 날씨에 사방이 진작 어두워진다. 당시에는 전화도 없었다.

문제는 고령 친구에게 연락하고 고령으로 가야 하는데 방법이 없다. 주위 사람에게 물어보니 고령까지는 80리라 하는데, 산길을 이용하여 지름길로 가면 40리란다. 낯선 길에 지름길 사용은 불가하고 비포장도로를 걷기 시작한다. 도로엔 차량이라고는 없고 어쩌다 화물자동차가 오면 잘 부탁해보라고 주위 사람이 일러준다. 몇십

리를 걸었는지 걷다가 화물차가 온다 싶으면 미인계로 사내들은 몸을 숨기고 여학생 두 사람이 손을 들고 차를 세워 사정하곤 해서 몇 번 만에 고령 쌍림면 고곡동 송상홍의 집(도로변에 있는 과수원집인데 나는 그전에 한번 간 일이 있었음)까지 올 수 있었다.

새벽 한 시에 상홍이 형수가 지어준 저녁과 상홍 아버지가 과수원에 숨겨둔 막걸리로 배불리 먹고 어머니와 함께 날 새는 줄도 모르고 온갖 이야기꽃을 피웠다. 잘 자고 그 이튿날 오후에 고령에서 상홍이가 태워 준 대구행 버스에 몸을 싣고 고령 금산재를 넘어오면서 야유회의 대단원을 마친 일이 엊그제 같네.

경북대 졸업식(엄마, 숙모와 함께), 1969년

행정대학원

영천군 문화공보실장 때 일이다. 1980년 1월에 사무관으로 승진하고 봄 늦게 대구에서 친구들과 술 한잔하자고 만난 일이 있었다. 그 자리에서 대학원 이야기가 나왔는데 신성련 친구가 나에게 행정대학원을 하면 어떠냐고 이야기해 주었다. 1980년도에 경북대학교에 행정대학원이 특수대학원으로 개설되었단다. 야간으로 5학기제라는데 난 정보가 늦어 80년도에는 이미 늦었다. 그래서 내년도에는 한 번 도전해보라고 권유를 해주었다.

그 후에 행정대학원의 안내서를 입수하여 살펴보았다. "지역은 물론 전국의 각 기관에서 지도적 임무를 수행하는 경북대학교 행정대학원"이라는 목표로 경북대학교 행정대학원은 고등교육법 제28조의 취지에 따라 행정의 심오한 이론과 실제를 교수, 연구하여 지도자적 덕성을 갖춘 인재를 양성하기 위해 1979년 12월 5일 석사학위 과정 3개 전공(이론 행정, 도시 행정, 개발행정) 50명의 입학정원으로 설립 인가를 받아 1980년 3월 1일에 개원하였다.

1981년 2월에 입학시험이 있었다. 그런데 사무관 이상 행정 공무원의 시험은 2과목으로 영어와 행정학인데 행정학은 입학시험

138

으로 치고 영어는 유예하여 재학 기간에 경북대 어학연구소에서 특강을 받은 후에 영어 시험을 치도록 하고 있었다.

행정학은 내무부 연수원에서 특강을 받은 인연으로 사무관 승진 시험 때도 선택과목으로 했기 때문에 쉽게 시험을 볼 수 있었다. 행정학은 주관식 문제로 5문제가 나왔는데 답안 분량을 시험지 한 장에 다 써야 하는지를 감독관에게 질문하니 시험지는 원하는 대로 줄 테니 아는 대로 쓰라고 하였다. 그래서 나는 시험지 3장에다 상문의 답안 작성을 했다. 시험 점수가 잘 나와서 명색이 장학생으로 행정대학원 5학기 전 과정을 쉽게 마칠 수 있었다.

1981.03.02 신입생 60명이 입학했는데 난 등록 때에 도시 행정 전공을 선택하여 9명이 2년 반 동안 늘 같이 강의를 받았다. 야간 강의로 주 2회 출석하여 수강하는데 대구 시내 사람들은 업무를 마치고 퇴근하여 학교로 오면 되는데 난 영천서 오후 4시에 출발해야 강의 시간을 맞출 수가 있는데 당시에는 시외버스로 동부 정류장까지(1982년부터는 청도에서 남부 정류장까지) 와서 학교까지는 택시를 이용하여 이동하는데 늘 시간에 쫓기며 바쁘다. 강의를 밤 9시에 마치는데 학교를 나와서 저녁은 주로 단체로 먹는다. 도시 행정 전공은 학생 수가 적어서 항상 가족적인 분위기였고 강의 외적인 모임도 자주 있었다. 구성원 모두가 시 도청과 전화국의 간부 공무원과 공군 장교 2명이어서 언제나 협조가 잘 이루어졌다.

경북대 행정대학원은 법대 강의동을 사용하며 강의도 법과대학의 저명한 교수가 주로 맡아 하고 있다. 도시 행정 전공의 중요교과목은 행정학 이론, 행정법 원론, 지방재정, 지방자치론, 도시계획론, 도시교통이론 등이다. 몇 과목은 원서로 강의를 받고 과제별로 발표도 하여 인상 깊은 강의가 기억에 남는다.

마지막 학기의 논문작성과 발표 심사는 정말 까다롭고 어려운 과정을 거치면서 통과를 했기에 논문의 가치를 새삼 알게 되기도 했다. 특히 대학원에서 새로 배운 논문작성법은 학위 논문뿐만 아니고 두고두고 논문작성과 강의를 함에 큰 도움이 되었다.

행정대학원은 공부하는 공무원의 고급 공공 교육원 연수원 기능을 하며 지도자를 양성하는 곳이다. 실제로 학생은 주로 공무원들이다. 행정대학원이 마련한 프로그램과 강의 과목도 새로운 지식과 전문성 있는 정보 보급원의 역할을 하고 있다. 그리고 학생 상호 간의 폭넓은 교우관계도 개인의 발전과 처세에 많은 보탬이 된 것도 사실이다.

행정대학원의 초대 원장은 김병찬 교수인데 김 원장의 고집(?)이기도 하지만, 시원찮은 학생은 절대로 졸업을 안 시킨다고 평소에도 늘 이야기했지만 마지막 논문 심사는 아주 까다로웠다. 평소에 하는 이야기가 '여기는 사립이 아니라 국립대학이다. 등록금 내고 시간 때우기로는 절대로 석사학위를 안 준다. 꼭 명심해라'였

140

다. 엄포가 아니라 실제가 그랬다.

행정대학원의 연혁에 보면 1980년에 제1회생 58명이 입학하여 1983년 학위 수여식에서 15명만 석사학위를 받고 우리가 2회인데 1981년 3월 2일 60명이 입학하여 1984년 2월 25일 학위 수여식 때에는 14명만이 석사를 취득한 그것만 봐도 학위는 까다롭다는 것을 알 수 있다.

행정대학원을 비롯하여 여러 대학에서 개설하는 특수대학원에 내하여 한 밀씀 드린디. 우리 때는 못살아서 학교 가기가 정말로 어려웠다. 나도 중학교 졸업 즉 중졸이었을 텐데 기찻길이 있어서 공부했고 두 번이나 휴학하면서 억지로 대학까지 마치긴 했다. 공무원을 하다가 우연한 기회에 행정대학원과 인연이 닿아서 석사

울산 목도 야유회, 1982년

학위까지 받았다. 현직에 있으면서 공부를 한다는 것 또한 어려운 일이다. 남모르는 고생을 하면서 노력한 끝에 학력學力도 높였지만 사실은 학력學歷을 많이 높였다. 우리 사회는 학력 즉 간판을 많이 따진다. 군대에 가면 훈련소 소대 배치에도 학벌을 따진다. 내가 논산훈련소에 갈 때는 소대 배치를 위해 대졸 대재 대퇴 나오너라, 고졸 고퇴, 중졸 중퇴, 국졸, 무학까지 구별해서 호명한다. 그러니 대학원 석사는 대단하다. 석사학위 때문에 나는 퇴임 후에 서라벌대학의 겸임교수도 하게 된다. 실제로 경북도청에서도 기존의 정규 대학 출신보다 고졸 출신(방송통신대학을 졸업한)이 특수대학원을 더 선호한다. 방송통신대학이 생겨서 고졸 출신이 방송통신대학에 입학하여 열심히 노력하여 학사학위를 받고는 특수대학원에 입학한다. 특히 행정대학원을 선호한다. 고졸로 공무원에 임용되어 근무하면서 주경야독을 한 결과 학력은 물론 목말랐던 학력이 인상되고 당당한 행정학석사가 되어있는 자신을 보게 된다.

'행정학'과 나는 내무부 지방행정연수원 간부양성반에서 교육 중 행정학 강의를 받은 것이 인연이 되어 행정사무관 특별 승진 시험에 행정학을 선택과목으로 좋은 성적을 받았고 행정대학원 입학시험에서 행정학으로 우수한 성적을 받아 장학생이 되었으며 공무원 정년퇴임 후에는 서라벌대학(경찰복지행정학과)에서 겸임교수로 '행정학'을 강의할 줄이야! 보통 인연이 아니다.

3장

영광스러운 공무원

육군에
지원 입대

　1965년도 2월에 4학년 수강 신청을 해야 하는데 문제가 생겼다. 수업료 면제 장학생에서 탈락이 되었다. 고민을 하다 3월에 가정 형편이 어려워서 일단 군대에 가려고 3년간 휴학하기로 하고 병무청에 육군 지원서를 제출했다.

　마침 대학에서 같은 과 친구로 3년 동안 기차 통학을 함께한 조원환 친구의 집안 아저씨가 병무청에 근무하는 분이 있어서 고향 친구들(청도군 경산군)의 입영 예정 일자에 맞추어서 우리 마을에 사는 초등학교 동창생인 이봉수 친구와 함께 갈 수 있도록 해결되었다.

　사실 군대 관계는 사연이 있다. 대학진학 문제로 가정 형편상 등록금 부담이 없는 사관학교를 지원하려 했으나 아버지께서 보도연맹 사건에 연루되어 우선 신원조회에 문제가 발생할 수 있다 하여 포기한 적이 있다. 그리고 대학 3학년 때도 ROTC(학도군사훈련단)에 지원하여 군사훈련을 받다가 역시 신원조회가 어렵겠다는 이유로 포기하고 결국은 사병으로 입대하게 되었다.

경산중앙초등학교 교정에 집합

1965년 4월 20일 오후 2시 경산중앙초등학교 교정에 집합하여 현역 군인들의 인원 파악을 마치고 경산역까지 도보로 이동한 후 대기 중인 특별 군 수송 열차에 몸을 싣고 논산으로 출발한다. 따라온 입영자의 환송 가족들로 경산역 플랫폼은 인산인해를 이룬다. 전쟁 때는 군대에 가면 죽는 사람들도 많았으므로 정전이 되고 10년이 지났건만 이별하는 마당에 출발 기적 소리는 부모·형제들의 눈물바다가 되었다. 외동아들을 보내는 나의 어머니는 말해 무엇하리.

수백 명의 병력을 실은 특별열차는 대전을 거쳐 호남선의 논산역에 새벽녘에 도착한 후 도보로 훈련소까지 희미한 달빛과 함께 이동하였다. 여기가 수용연대란다.

논산훈련소 수용연대

수용연대에서는 신체검사를 받고 합격하면 훈련소로 배속받아 가는데(군대용어로는 팔려 간다고 한다) 나와 같은 지원병은 모든 것이 후 순위로 밀려서 늦어지는데 거기에다 모든 일정이 휴무로 돌입하는 공번기라는 것에 해당이 되어 늦어도 일주일이면 부대 배치가 되는데 나는 군번도 받지 못하고 2주일이나 허송세월을 하고(수용연대 체류 기간은 민간인 복장으로 군 복무기간에서 제외된다) 2주일 만에 배치를 받았다.

민간복은 고향으로 보내고 군복으로 갈아입고 군 인사 기록 카드를 받아쥐고 이제부터 군인이다. 수용연대에서 초등학교 동창생인 변덕만 형이 보초를 서고 있길래 만나고 인사를 했더니 자기 부대에서 제일 졸병이라 하더라. 우리보다는 선배이지만.

논산훈련소 25연대

1965년 5월 4일, 육군 제2 훈련소 제25연대 3중대 1소대, 군번 11450446, 병과 헌병, 국민의 4대 의무인 국방의 의무가 시작된다. 입대하기 전에 선배들에게서 들은 이야기 한 토막. "군대는 요령이다." 즉 군에서는 모든 집합이나 사역 차출에 뽑히지 않고 눈치껏 잘 피하는 것이 상책이라는 것이다. 여기서 나의 결론을 미리 말씀드린다. 내가 경험해 보니 아니다 무엇이든 시키면 시키는 대로 하고, 사역도 남보다 먼저, 뭣이든 선착순으로 먼저 나가는 것이 훨씬 낫다는 결론.

3중대 1소대 막사에 들어가서 선임하사와 인사를 나누고 향도 등 임원을 지명하는 순서다. 학력이 대졸 대학중퇴 대학재학인 사람 앞으로 나오란다. 미리 들어둔 요령에 따라 나는 나서지 않고 그냥 있었다. 선임하사가 소대 병력 인수 때 대재 이상이 5명이었는데 4명뿐이니 이상하다고 한다.

그래서 고졸 출신 한 명을 더 차출해서 향도와 분대장 4명을 지명했다. 우리 1소대의 향도는 배길한, 마산에 있는 해인대학(현재 경남

146

대학교) 출신이다. 향도가 사람은 좋은데 동작이 느려서 자주 기합과 꾸중을 들었다. 나와는 바로 논산훈련소 옆에 자리 배치가 되어 나중에는 친하게 되어 나와 향도를 바꾸자고까지 했다. 나는 그것도 큰 벼슬인데 아무나 하느냐고 농담도 했다. 향도 배길한 씨를 제대 후에 여러 번 만났는데 경남 창녕군청 병사계장을 할 때 경북 공무원교육원에 교육을 받으러 왔다. 나는 그 당시 교육원의 교무계장을 맡았을 때다. 우연히 지나치다 만났는데 안면이 많다 싶어 자세히 보니 군대 동기가 아닌가. 반갑게 퇴근 후 한잔하면서 옛이야기도 했고 내가 청도군 부군수를 할 때는 창녕군 부곡면장으로 이웃의 인접한 군으로 서로 오가면서 자주 만나기도 했는데 참 좋은 사람으로 기억에 남는다.

훈련소 기억으로는 25연대가 모범연대라면서 훈련소 본부 옆에 위치하여 높은 사람이 온다고 아침에 자주 가위로 도로변 잔디 깎던 일, 막사 안에 침상에 이(곤충)가 너무 많다고 선처해달라고 중대장에게 첫날 점호 때 건의를 했더니 이를 모두 잡아서 사이다병에 넣어 매일 반납하면 동량의 DDT 가루약을 보급하겠다고 하여 첫날은 잡아서 모은 이를 사이다병으로 한 병을 반납하니 DDT 가루 한 병을 보급해 주어서 모두 몸에 바르고 했다. 그런데 그 이튿날은 이가 없어서 사이다병을 채울 수가 없었다. 그날로부터 이틀을 전 소대원이 단체로 기합을 받은 일이 있었다.

1,000인치 사격에 불합격하여 철모 위에 M1 소총 총구를 거꾸로

붙여서 오리걸음으로 기합氣合 받던 일, 6월 중순에 철조망 아래로 통과하는 침투 사격 훈련으로 온몸이 땀과 흙으로 뒤범벅이 된 상태에서 목욕 실시 시간은 1분 30초를 준다. 머리도 씻지 못한 채 목욕 끝 한 일 등등이 생각난다. 또한, 대학 때 기차 통학 같이하던 친구 손득식 병장이 25연대 교도대에 근무하고 있었는데 사격 훈련 때 기합

논산훈련소(서무근 서태부)

을 다 받은 후에 알게 되었고, 연대본부 보급 반에 고향 친구 서상섭 병장은 화랑 담배를 수시로 보급해 줘서 많은 도움을 받았다.

육군통신학교 입교

6주간 논산훈련소에서 전반기 훈련을 마치고 6월 17일 배출대를 거쳐서 밤늦게 이동을 하는데 대전에 있는 육군통신학교로 가게 된단다. 나중에 안 사실이지만 군인의 이동은 언제나 야간에 한다. 통신학교에 한밤중에 도착하여 조금 눈을 붙이고는 기상하여 아침에 통신학교 대식당(취사 인원이 약 3,000명임)으로 가는 도중에 함께 입영한 마을의 친구 정복기를 행군 중에서 만나는데 인사는 나중에 하

148

자며 숟가락 한 개를 건네준다. 식당 안에 들어가니 식기에 밥을 배식하면서 숟가락을 주지 않는다. 숟가락은 각자가 준비해야 한단다. 나를 제외한 우리 일행 모두는 군번 인식표를 숟가락 대용으로 식사를 하는데 일주일 먼저 온 정복기가 숟가락을 건네준 이유를 알았다.

6월 21일부터 ROC(무선통신 운용코스) 제298기로 10월 23일까지 18주간 교육을 받는다. 일주일 먼저 입교한 정복기 군은 RRC(무선 수리반 코스)로 19주간의 교육인데 교육 종료는 나와 같이했다.

ROCRadio Operator Course는 무선통신으로 몰스부호Morse Code를 이용한 통신으로 글자의 장단 부호로 송수신하는 무전병을 양성하는 교육이다. 지식을 전달하는 것이 아니고 기능교육 즉 손으로 무전기를 치고 귀로 무전을 받는 교육이므로 매일 손으로 치는 무전병을 만들어 내는 것이다. 매일 매일 아니 18주간 늘 부호만 송수신하는 단순 교육으로 인간을 기계로 만드는 교육이다. 정말로 따분하고 지루한 인간으로서는 불쌍한 교육을 받았다. 한 번도 사용하지 못하고 썩히고 말 것을.

통신학교에서의 기억에 남는 일들….

왜 그렇게 배가 고픈지? 정식으로 배식 되는 식사로는 워낙 양이 적어 참기가 어려울 지경이었다. 초창기에 경산 출신의 전도상 친구와 저녁을 먹고 난 후 한적한 곳으로 가서 휴식하는데 기간병들이 파견근무로 일개 분대 정도로 텐트 생활하고 있었다.

큰 식기에 배식을 받아와서 식사하는데 언제나 밥이 남는 것을 보고는 체면 불구하고 밥을 좀 달라고 구걸을 하니 남은 밥이라며 기꺼이 주길래 얻어먹었다. 며칠을 그렇게 얻어먹다가 하루는 가니 밥이 없다면서 돌아가란다. 멀리서 보니 먹다 남은 밥그릇이 있어 저 밥이라도 먹겠다고 하니 먹다 남은 밥은 먹을 수 없다고 승강이를 하다 밥을 먹지 못하고 돌아왔다. 그리고는 다시 생각하니 얼마나 서럽고 치사한지 흐르는 눈물을 참을 수 없었다. 그래서 얻은 교훈으로 다음부터는 걸식을 하지 않았으며 또 어떤 경우에도 밥 트집 반찬 트집을 하지 않겠노라고. 그 결심으로 제대한 후로 결혼 생활 중 아니 평생을 지금까지도 살아오면서 식사에 대해 투정은 하지 않는다.

육군 제3사단 비행장

그러한 고생 끝에 10월 23일 드디어 장기간의 교육을 마치고 주특기도 무선통신병으로 바뀌어서 의정부에 있는 제101 보충대를 거쳐서 10월 28일 육군 제3사단 포 사령부 산하 제2913 비행대의 무전병으로 발령을 받고 실제로는 행정병으로 근무하면서 군대 생활이 편해졌다. 강원도 철원군 갈말면 지포리에 비행장이 있었는데 비행장이라 별도로 보초 근무만 하는 소대가 따로 있어 심지어 불침번 없는 군대 생활도 했다. 지금도 관광지로 유명한 산정호수 한탄강이 가까이 있다.

비행장 식구가 워낙 적어서(장교 11명, 하사관 포함 사병 18명) 아주 가족적인 분위기라 일과 후에는 민간인 집으로 외출도 자주 하였다.

철원도 평야 지대라 농사를 많이 짓는데 보니 주위 산천에 풀도 많아 퇴비가 많이 할 수 있을 텐데도 전혀 하지 않는다. 이유를 알아보니 정전이 되고 10년이 훨씬 지났는데도 전쟁 때처럼 농사를 알뜰하게 지어도 추수는 북쪽 사람들이 할지 우리가 할지를 모르기에 농사를 애를 써가며 짓지 않는단다.

그 후 10년도 더 지난 때에 내무부 연수원 교육 때 전방 시찰을 한 일이 있다. 때는 가을이라 동리의 창고마다 벼를 가득가득 쌓아 놓았다. 철원이 강원도 쌀소비량의 반을 생산한다고 한다. 농림부에서 대형의 댐과 못을 만들고 중장비를 투입하여 경지정리를 했다. 신체 건장하고 사상에 이상이 없다고 철원군수의 허가를 받으면 누구나 민통선 이북 지역에서 출입경작을 할 수 있어 쌀 생산량이 아주 많다는 설명이다.

첫 휴가 때 처음으로 서울 구경

1965년 11월 4일 비공식 첫 휴가를 15일간 얻었다. 철원에서 서울로 오는 길은 국도 제3호선(남해~초산선)으로 주변 경치가 아주 좋다. 그 당시는 물론 비포장도로다. 철원은 전쟁 전에는 이북 땅이다. 만세교네 승일교니 하면서 검문소도 아주 많다.

휴가길은 언제나 좋은 길 더욱이 첫 휴가다. 한시 빨리 고향으로 가고 싶으나 서울의 육군본부에 국교의 친한 친구 정복이 군이 제대 말년 병장이라고 꼭 오라는 것이다. 전방 부대의 일등병이 육군본부를 물어물어 찾아간다.

친구가 반갑게 맞이해 준다. 이런저런 훈련 받으면서 고생한 이야기를 간단히 나누고는 3일 정도 서울 구경을 하자고 한다.

친구의 소속이 육군본부 수송부 배차계이기에 우선 군용 지프 한 대에 운전병과 친구와 일행 4명이 서울 구경 아니 관광을 시작한다. 나는 전방으로 갈 때 서울을 거쳐서 올라갔지만 난생처음으로 서울 땅을 밟았다. 육본의 군용차이니 민간 승용차보다는 훨씬 편리했다. 우선 들른 곳만 나열해 본다. 동작동에 있는 국립묘지에 사병묘 장군묘역 대통령 묘를 둘러봤다. 중앙청 경복궁 덕수궁 창경원 독립문 서울역 남산타워에서 멀리 인천까지 구경했다. 장충단공원 실내체육관 동대문운동장 뚝섬 워커힐호텔(당시에는 호텔이 아주 귀했다) 주요 대학 캠퍼스(중앙대 서울대 동국대 고대 연대 한양대 등) 서울 전차도 타보고 이틀 동안 수학여행처럼 많은 곳을 구경했다. 군용 지프기에 아무 데나 주정차할 수 있었고, 수송부에 근무하기에 서울 구석구석 지리에도 밝아서 짧은 시간에 전체 서울을 두루 돌아볼 수 있었는데 서울에 살아 본 일은 없으나 평생 서울을 오가면서 서울의 중요 도로와 주요 지점 등 도시 랜드마크는 그때 경험으로 입력된 것이 지금까지도 생생하게 기억에 남아 있어 참고된다.

더 구경하자는 것을 마다하고 고향 집으로 간다니까 용산 역전 식당에서 술과 저녁을 배불리 먹고 군용열차를 미리 태워 주어서 실컷 한숨 자고 나니 대전역이라.

고향 남성현역엔 첫 새벽에 도착해서 집에 들어오니 그때도 어머니께서는 반가움에 눈물을 흘리시더니 그렇게 좋아하셨다.

남자들의 군대 휴가는 여자들의 친정 가는 것과 같다고도 한다. 하루하루가 빠르고 언제 열흘이 갔는지 귀대할 때는 시루떡 한 상자를 소위 12열차인 군용열차에 싣고 밤새도록 달려서 용산역과 신설동 철원행 시외버스 정류장을 거쳐 비행장에 도착하여 장 사병 30여 명이 떡 파티를 하였다.

비행장의 격납고는 엘나인틴(L-19, 2인승 경비행기)을 넣어두는 창고인데 비행장 활주로 옆 노천에 위장막으로 가린 시설을 해둔다. 아카시아 목으로 지주를 하는데 지주목 벌목에 사역병으로 전방의 비무장지대에 간다기에 자원해서 참가하였다. 비무장지대 진입을 위해서는 보안 검사를 받고 민통선을 통과하여 남방경계선을 넘으면 DMZDemilitarzed Zone, 비무장지대이다. DMZ 입구에 접근하면 한글 영어 중국어 등 3개 국어로 된 입간판에 '여러분은 지금 비무장지대에 접근하고 있습니다. 무장을 해제하시오.'라고 쓰여있다. 그러나 반대로 무장을 한다. 모두 실탄 장착하여 총을 메고 사주 경계를 하면서 DMZ 안에서 나무 벌목작업을 한다. 겁이 나기도 한다. 땅에는 지뢰도 조심해야 한다. 북쪽을 바라보니 봄철이라

산천도 푸르고 새도 날고 들짐승도 겁 없이 뛰고 있는데 만물의 영장인 사람만이 갈 수 없다니 감회가 이상하다. 민첩한 동작으로 10년생 정도의 아카시아 나무를 베어서 쓰리 쿼터 트럭에 한 차를 싣고 뒤돌아 나오니 등이 땀에 젖어있다. 처음이자 마지막인 DMZ 경험을 했다.

비행장 근무 때는 사단 항공참모인 홍판주소령님의 자상한 배려가 인상 깊고 박대위, 염조일대위(우리 동네 파이로트로 순직한 정원실님과 동기라고 함 마산 출신), 그리고 경북고 선배인 함 중위의 고마움에 감사드린다.

카투사로 전출 | 1966년 6월에 홍판주 부대장의 도움으로 카투사KATUSA, Korean Augmentation Troops to United States Army(미 육군에 파견근무하는 한국 군인)에 가게 된다. 1966년 3. 1일 주특기가 760 일반 보급병으로 바뀌고, 1966년 6월 22일 영등포의 206 육군 중앙보충대를 거쳐서 부평에 있는 미8군 교육대EASCOM에서 간단한 영어 회화와 미군 전입 교육을 받는다.

1966년 6월 25일 장충체육관에서 김기수 권투 선수가 이탈리아의 니노 벤베누티를 판정승으로 꺾고 한국인 최초로 프로복싱 WBA 주니어 미들급 챔피언 타이틀을 획득하던 때이다.

약 2주간의 교육을 받고 미8군 38 보충대를 거쳐 1966년 7월 8

미국군 Trevino 와, 1966년   육군병장 김병장, 1967년

일 미 보병 제2사단 제122 통신대대 B중대에 배치를 받았다.

우리 부대는 통신 중대로 공병부대 영내로 파견 나온 부대이다. 부대원이 약 150명 정도인데 카투사 요원은 12명이 있었다. 중대장은 흑인 대위였고 주임상사가 Sgt Smith인데 소령으로 근무하다 하사관으로 장기복무를 지원한 사람인데 인성이 좋아 친하게 지냈다. 그분의 아들은 웨스트포인트 출신으로 소위로 근무한다고 들었다.

카투사는 두 종류가 있는데 훈련소를 마치고 바로 미군 부대에서 18개월 근무하다 한국군으로 전출하는 경우와 한국군에 근무하다가 미군 부대에서 나머지 근무를 하고 제대하는 경우이다.

나는 후자의 경우이다. 사실은 미국군대에 근무하면서 영어 회화를 배울 욕심이었는데 첫날에 아침 점호를 하는데 한마디도 말을 못 듣는다. 그래서 늘 종이와 볼펜으로 필사로 대화를 하는데 벙어리의 냉가슴을 알만했다. 결과적으로 6개월이 되니 귀에 영어 단어가 한마디씩 들어오고 일 년이 지나니 입에서 한마디씩 말이 튀어나온다. 대화를 겨우 할 만하니까 제대가 닥쳐온다.

미군 병사로부터 느낀 점

군 생활에서 규정을 위반하거나 사소한 실수를 저질렀을 때 우리는 소위 체벌 형식의 얼차려를 준다. 그러나 미군들은 그럴 때 외출을 중단시키거나 별도의 과외 일을 시킨다. 예를 들자면 일정 구역에 일과 후에 한 시간씩 풀 깎기 등을 벌칙으로 시키면 우리 같으면 감독이 없거나 보지 않으면 하지 않는데 그네들은 불평하면서도 누가 보지 않아도 정해진 대로 철저히 이행한다. 준법정신이 강하다고나 할까.

저녁 후에 자유시간에 병사들은 병영 내에 있는 극장에서 영화를 보거나 체육관에서 운동하거나 또 클럽에서 유명 쇼를 볼 수 있도록 부대마다 시설이 잘되어 있다. 극장에서는 매일 영화를 상영하는데 영화 상영 전에 반드시 국가 연주를 한다. 그것도 주둔국 국가인 우리 애국가를 먼저 연주해 준다. 국가 소리가 들리면 누구든지 그 자리에서 양국 국가가 다 끝날 때까지 부동 자세로 서 있는 게 기본예절이다.

하루는 우리 한국 병사들이 모두 같이 영화를 보려고 가는데 극

156

장 근방에 가니 애국가 연주가 시작되고 소리가 들리는 동시에 갑자기 소나기가 내린다. 순간 우리는 모두 뛰어서 극장 건물 처마 밑으로 가서 비를 피하는데 미군 병사들은 모두 밖에 서서 소나기 빗물을 국가 연주가 끝날 때까지 그대로 맞고 있는 것이 아닌가. 얼마나 미안하고 부끄러운지 그날 영화는 볼 수가 없었다. 그것이 민도이며 국격이 아닐는지?

매일 오전 10시가 되면 Coffee Break이라고 30분 정도 커피를 마시는 휴식 시간을 가지며, 또 매주 수요일 오후는 작업을 전폐하고 교양 인성 등 각종 교육을 받는다.

그리고 매주 토요일은 집무검열Inspection을 받는데 완전무결해야 하므로 금요일 오후는 모든 것이 100%가 되도록 준비한다. 선진국의 선진문화임을 느끼면서 많은 것들을 배웠다.

내 아들을 후방으로 빼 주시오[*]

마지막으로 노블레스 오블리주의 이야기 하나를 소개한다.

1952년 12월, 엄청난 전투기 편대의 엄중한 호위를 받으며 한 대의 여객기가 김포공항에 도착하였다. 비행기에서 내린 인물은 제2차 대전의 전쟁 영웅이자 차기 미국의 대통령으로 확정된 드와이

---

[*] "남도현의 Behind War : 6·25전쟁의 장군들①" 에서 인용함.

트 아이젠하워Dwight D. Eisenhower였다. 그는 선거 운동 기간 중 만일 대통령에 당선되면 6·25전쟁을 조속히 해결하기 위해 취임 전이라도 한국을 즉시 방문하겠다는 공약을 내세웠고 이를 실천하려 방한한 것이었다.

미국 역사상 대통령이나 대통령 당선인이 본토 밖의 최전선을 시찰한 것이 이번이 사상 최초였을 만큼 그야말로 획기적인 일이었다. 제2차 대전 당시 연합군 최고사령관이었던 오성장군 출신답게 그는 능수능란하게 전선을 누비며 의견을 듣고 현황을 파악하였다. 그런 그가 미 제8군 사령부를 방문하여 사령관이자 막역한 후배인 밴 플리트로부터 보고를 받기 시작하였다. 전선 현황에 대해서 브리핑을 조용히 듣던 아이젠하워는 의례적인 보고가 끝난 후 다음과 같이 한 가지 질문을 하였다.

"장군, 내 아들 존John S. D. Eisenhower은 지금 어디에서 근무하고 있습니까?"

당시 아이젠하워의 아들도 6·25전쟁에 참전 중이었다. 존 아이젠하워는 그에게 둘째 아들이었지만 첫째 아들인 다우드가 어려서 병사하였기에 외아들과 다름없는 귀한 존재였다. 질문은 아버지가 전쟁에 참전 중인 아들의 소식에 대한 지극히 사적인 질문이었다.

"존 소령은 미 제3사단 예하 대대장으로 현재 중부 전선의 최전선에서 근무하고 있습니다."

의례적인 대답을 하였다. 그런데 다음에 이어진 아이젠하워의 부탁을 듣고 경악하였다.

"사령관, 내 아들을 후방 부대로 빼주시겠습니까?"

이는 바로 얼마 전에 외아들을 잃은 밴 플리트가 듣기에 몹시 거북한 말이었다. 전혀 예상하지도 못한 부탁을 받은 밴 플리트는 얼굴을 붉히며 대답을 못 하였다. 이런 심각한 분위기를 누구보다 잘 아는 아이젠하워가 조용히 입을 열었다.

"장군, 내 아들이 전사한다면 나는 가문의 영예로 받아들이겠습니다. 만일 포로가 된다면 저들은 미국과 흥정하려 들겠지만 결단코 응하지 않겠습니다. 그런데 만일 국민이 고초를 겪는 대통령 아들의 모습을 보고 이것은 미국의 자존심 문제이니 즉시 구출 작전을 펼치라고 압력을 가하면 분명히 장군은 많은 애를 먹을 것입니다. 그래서 나는 단지 내 자식이 아니라 대통령의 자식이 포로가 되어 차후에 작전에 차질을 주는 일이 없도록 최소한의 예방 조치만 요청하는 것입니다."

아이젠하워의 말을 들은 밴 플리트는 만면에 미소를 지으며 크게 답하였다.

"각하! 즉시 조치하겠습니다."

존 아이젠하워는 후방의 정보처로 옮겨 근무하게 되었고 이후 육군 준장을 거쳐 벨기에 주재 미 대사까지 부임하였다. 아이젠하워의 부탁은 차기 군 최고 통수권자인 대통령 당선인이라는 지위를 남용한 명령이 아니었고 전혀 그럴 의도도 없었다. 아이젠하워는 인사권을 가지고 있는 야전사령관에게 아버지가 아닌 대통령의 관점에서 공개적인 장소에서 당당하게 합리적인 부탁을 하였을 뿐이었다. 또한, 아이젠하워의 의사를 정확히 파악한 밴 플리트의 화답和答도 단지 차기 권력자에게 잘 보이려는 보신책이 아니었음을 누구나 다 알았다.

6·25전쟁 당시 유엔군 고위직의 자제들이 앞다투어 남의 나라에서 벌어진 전쟁에 참전하였다는 점은 우리를 숙연하게 만드는 대목임이 틀림없다. 총 142명의 장성의 아들들이 참전하여 이 중 35명이 전사하거나 부상을 입은 것으로 알려졌는데, 아들이 참전 의사를 밝혔을 때 대부분 부모는 격려를 아끼지 않았다고 한다. 그들은 노블레스 오블리주가 무엇인지를 정확히 알고 있었다.

글을 마치며 옛날부터 군대는 인생 재생 창고라고 하는 말이 있듯이 가정 학교 사회교육에서 배우지 못한 많은 새로운 것을 체험적으로 배웠고 고생도 많이 했다. 군대 생활하면서 그때 유행하던 트로트, 울어라 열풍아, 추풍령, 영등포의 밤, 저 강은 알고 있다, 하숙생, 등등 그 외에도 많은 노래를 배우면서 많이도 불렀다.

"노블리즈 오블리제noblesse oblige"란 사회지도층의 실천이고 의무라는 말도 있는데 우리 때만 해도 사회지도층 인사의 아들 중에서 군에 가지 않은 사람들이 상당히 많았다. 나중에 안 사실이지

만 나의 경우는 부선망단대독자父先亡單代獨子로써 의가사제대 대
상자로 단축 근무도 가능하였는데 나는 몰랐고 새로 절차를 밟으
려니 어려웠다.

1967년 10월 14일 카투사 생활을 끝으로 50사단에서 육군병장
김 병장으로 만기제대를 하고 국민의 4대 의무의 하나인 국방의 의
무를 마쳤다.

나는 누구에게나 권한다. 군에는 어떠한 일이 있어도 꼭 가야 한
다고. 그리고 뇔 수 있는 내로 진빙 생훨이 더 좋다고도 권한다.

(2019.08)

포항은
제2의 고향

이불 보따리 하나 들고 1970년 3월 19일 날 영일군 산업 과에 발령을 받는다. 군대에서 제 대 후 대학 4학년에 복학하기 바로 직전에 총무처의 4급 농업직 국가공무원 공개 경쟁시험에 합격하여 임용후보자 등록을 했는데 졸업 때까지 발령이 나지 않다가 2년 만에 발령을 받았다. 영일 군 청이 포항에 소재하고 있는 것도 몰랐다. 청도집에서 아침 일찍 이 불 보따리 한 개와 가방 하나를 들고 통근 열차를 타고 대구를 거 쳐 시외버스로 4시간을 달려 포항에 도착하였다. 영일군 행정계에 서 신고하고 산업과 잠업계에 배치받았다.

영일군에 발령을 받고 며칠 되지 않은 1970. 4. 1은 공업국가 건 설을 위한 역사적인 포항 종합제철공장 기공식을 가진 날이다. 전 군청 직원이 총동원되어 기공식에 참석하는데 나는 발령받고 며 칠 안 된 신규 공무원이라고 사무실을 지키라고 해서 참석하지 못 했다. 기공식에 박정희 대통령이 참석하여 치사하셨다는데 무슨 내용인지 모르고 있다가 이 글을 쓰는 지금 자료를 통해 읽어 보고 감회와 추억이 새로움을 느낀다.

울진군 농촌지도소

공무원으로 대학에 복학하여 1학기를 마치고 여름 방학 때 농촌지도직으로 멀리 울진군 농촌지도소 북면 지소 발령을 받는다. 대학에 한 학기가 남았고 학점도 충분하여 직장과 학교를 같이 해볼 요량으로 시작했으나 울진까지는 지리적 거리가 하도 멀어서 가는 데만 거의 하루가 걸려서 소위 양다리는 어려워서 두 달 만에 돌아왔다. 그 후 1968. 10. 30. 나의 담당 마을에 울진 삼척 무장 공비 침투 사건이 발생하였다. 계속 근무를 했더라면 아마 졸업은 어려웠을 것이다.

객지에서 공무원을 출발하였다. 객지에서 저녁때 노을이 지고 어두워지면 괜히 고향 생각이 나고 서글퍼지곤 한다. 비가 오는 날이면 더 심해진다. 초년에 객지 맛을 미리 본 셈이다. 세월을 살다 보니 객지 생활이 몸에 배고 군대 생활도 했으니 오늘날엔 그런 게 전혀 없다. 객지라도 집이나 방만 구해서 전화만 넣으면 만사 오케이다. 여행을 가도 잠잘 방만 정해지면 거기서 잠자고 아침에는 산책을 할 수 있으니까.

포항에서 결혼하다

영일군 산업과에 근무한 지 일 년 반 동안 방을 한 개 빌려서 식사 문제는 자취도 하다가 단골로 식당을 정해두고 기식을 하면서 해결했다. 나이 서른 살이 다 지나갈 즈음인 1971년 12월 19일에 결혼을 한다. 맞선을 보고 중매 결혼을 했는데 혼처는 경산 백천동으로 사과와 논

농사를 짓는 광농의 부잣집인데 경주최문慶州崔門의 규수崔蓉姬가
기다리고 있었다.

　형제가 많아 2남6녀에 아래로 처남 처제 한 명씩 있었다. 난 홀
어머니에 단지 남매인데 양친 구존에 8남매의 부잣집이라 장가 잘
든다는 이야기도 들려 왔었다. 대구 교동에 소재한 대구예식장에
서 양가의 일가친척과 많은 친지 친구들의 축복을 받으며 내가 모
시는 군수님의 주례로(청첩인으로는 내가 모시는 산업과장 李相友 님, 사회
는 조삼승 경북대 원예학과 동기임) 백년가약을 맺고 50년이 지난 현재
는 아들딸 3남매에 손자들까지 12명의 식솔이 가까이서 모여 살
고 있다.

셋방살이로 신혼생활

결혼 후 따분한 객지 생활을 마감하고 신혼생활을 위하여 셋방을 구하려 다니다가 포항 대신동에 방을 한 개 구했다. 마당도 넓고 주인도 나이 많은 노인 내외와 장성한 손녀 등 네 식구이며 주인이 사는 본채의 끝에 있는 방이라서 좋다고 결정을 했는데 주위 사람들이 수군거리며 들리는 소문은 그 집에서 노인네들이 성질이 별나서 오래 살지 못할 것이라 한다. 그래도 들어가기로 약속한 터라 이불과 가재도구 몇 개를 가지고 이사하고 신접살림을 시작했다. 이사 첫날 주인 할아버지에게 큰절로 인사를 드렸는데 노인 내외가 인상이 달라지면서 아주 친절했다. 그 이후 모든 일을 부모 대하듯 생활했더니 오히려 다른 사람들에게 우리 자랑도 했다. 일 년쯤 살다가 아들과 딸 둘이 2년 터울로 모두 그 집에서 태어났는데 노인네들이 자기 손자처럼 거두어 주기도 했다. 아기들도 자기네 할아버지와 같이 할아버지 방을 드나들었다. 우리 엄마나 처가의 장인 장모님이 오실 때도 친하게 정을 나누기도 하면서 5년여를 살면서 한집 식구처럼 잘 지냈는데 사람의 처세는 자기 하기 나름이란 것도 배웠다.

1977년 2월에 구미로 발령을 받아 7년 전 이불 보따리 하나 들고 혼자 왔다가 식구 5명에 살림은 한 차로 이사를 했으니 포항에서 잘 살았다고 생각한다.

1979년에 영천군 문화공보실장 직무대리로 발령받았을 때 나의 고향이 포항(영일)임을 고려하여 영천으로 배치되었다는 소문을 듣고 포항은 나의 제2의 고향이라고 이야기한 일이 있다.

김용수 형 역전파출소로

1973년의 일로 기억한다. 대학 친구인 김용수형(영덕 강구 출신으로 3학년 때 가정 형편상 학업을 중단했음)이 포항경찰서 구룡포 지서에 근무한다는 소문을 들었다.

어느 날 출장길에 찾아가니 지서에 근무하는 것이 아니라 바닷가의 외딴 마을에서 소형어선 출입 통제소라고 방을 하나 빌려서 내외가 살림하면서 근무하고 있단다. 근무환경이 말이 아니다. 정작 본인은 괜찮다고 이야기하는데 부인이 포항 시내에서 같이 살자면서 시내로 이동할 수 없느냐고 이야기하는 것을 듣고 돌아왔다.

사무실에 돌아와서 주위 동료들에게 이야기했더니 선배 한 분이 자기 친구가 포항경찰서 경무과에서 경찰 인사사무 실무를 담당하고 있는데 한번 알아본다고 했다(나는 당시에 영일군청 행정계에서 인사 실무를 맡고 있었다). 며칠 후에 그분의 주선으로 세 사람이 대폿집에서 술 한잔 나누면서 사정 이야기를 주고받았다. 난 그때 대학 친구이고, 학교 때 운동선수로 축구와 배구를 잘하였다는 이야기, 결혼식 때 서로 오고 가고 한 절친한 친구였음을 이야기했고, 경찰서 분은 나의 친구가 상당히 충실하게 근무하는 모범 경찰이라고 자랑도 하였다. 나를 보고 친구를 위하여 애써 준다고 고맙다면서 자기는 실무적으로 도울 테니 경무과장을 만나 뵙고 잘 말씀드려 보라고 조언까지 해 주었다. 경무과장을 만나기 위해서 관사를 찾아갔으나 만나지 못하고 돌아오기를 하고 네 번 만에 만날 수 있었다. 정중하게 인사를 하고 사정을 상세하게 설명해 드렸더니 긍정적으로 검토해 보겠다고 이야기해 주었다. 과장을 만났다는 이야기를 동료들에게 이야기했더니 "그냥 갔나?" 와? "맨손으로 갔나?" 그래, "안 된디 실페다."라고 했다. 왜냐고? 내가 물었다. 과장의 관사를 찾아갈 땐 선물이나 봉투를 들고 가야 하는데 그 눈치도 없었나? 나는 그런 거 모른다. 그런데 포항경찰서 정기 인사이동 때 포항 역전파출소로 김용수가 발령 났다. 김용수 순경도 모르고 나도 모른다.

후일담으로 들으니 경무과장 왈 '친구를 위하여 노력하는 우정'을 보았다고, 결과적으로 선물 없이 맨손으로 찾아가 말씀드린 것이 성사를 시켰고 친구 부인으로부터도 고맙다는 인사를 들었다. 특히 명예 졸업 제도를 경북대학교에서 실시한다기에 내가 권하여 명예경북대 졸업장도 받았다. 지금은 고인이 되었고 중년에 아들 혼사가 있다고 부인으로부터 청첩이 있어 동촌의 예식장에서 축하했다. 용수형! 영면하시기를.

칠포1리 새마을 가꾸기 사업 │ 우리나라의 새마을운동의
추진 과정을 살펴본다.

1969년 8월 4일 박정희 대통령이 경남북 수해지구를 시찰하던 중 경북 청도군 청도읍 신도1리를 돌아보고 농촌을 개발해 보려는 새마을운동을 구상한다. 이듬해인 1970년 4월 22일 부산 한해 대책 전국지방장관 회의에서 박정희 대통령은 청도 신도마을을 예로 들며 구상 중인 자조 자립정신을 바탕으로 한 새마을운동을 처음으로 제창하고 1970년 10월부터 1971년 6월까지 겨울철 농한기를 이용하여 전국의 농촌 마을 33,267개 이동에 시멘트 335부대씩 지원하여 새마을 가꾸기 사업(335 사업)이 본격적으로 전개되었다. 이 사업 시행 결과 영일군 문성마을이 우수마을로 선정되어 1971년 9월 17일 박정희 대통령께서 경북도청회의실에서 전국 시장 군수 비교행정 회의에 참석하신 후 새마을 가꾸기 사업 우수마을인 영일군 기계면 문성동을 직접 방문하여 이 자리에서 "전국 사장과 군수는 문성동과 같은 새마을을 만들어라."라고 지시하였으며 이를 계기로 우리나라 근대화의 초석이 된 새마을운동이 전국적으로 확산되었다.

1972년도에는 첫해에 반응과 성과가 좋았던 16,600 마을에만 마을마다 평균 시멘트 500부대와 철근 1톤씩을 지원하여 새마을 가꾸기 사업을 추진하였다. 1972년부터 우리 군청에서는 전 직원이 1인 1부락씩 담당 마을을 지정하여 사업을 추진하였다. 1973년

경주 첨성대 자전거하이킹(임오생 모임), 1975년

봄으로 기억한다. 지난해(1972)의 사업 추진실적을 점검하는 일제 출장을 하였다. 전 직원이 군청 마당에 집합하여 군수님의 훈시를 듣고는 바로 마을로 향하는 출장이다. 나의 담당 마을은 흥해읍 칠포1리이다. 당시의 사업은 마을 하천 제방축조 사업인데 자재만 지원하면 나머지 자재(자갈 모래 석재 등)와 인건비 등은 주민부담과 노력 봉사로 충당한다. 현지를 확인한 결과 사업은 계획대로 잘 추진이 되었는데(100%) 시멘트가 부족하여 제방을 다 하지 못한 상태였다. 마을 이장과 새마을 지도자 등 여러 사람이 시멘트 100포만 더 있으면 완전한 제방이 될 수 있다면서 도움을 요청했다. 나는 검토는 해 보겠으나 일단은 불가능하다고 이야기하고 돌아왔다.

며칠을 혼자서 고민을 하다가 정말로 큰마음을 먹고 기회를 보고 있다가 조용한 틈을 타서(내무과 행정계에 근무하기 때문에 바로 2층에 있는 군수실 동정을 살피기 쉬움) 겁도 없이 군수님께 바로 상황을 보고하였다. 나름대로 칠포리 사업 현황과 주민들의 건의 사항을 구두로 보고를 드렸더니 한참 동안 나를 보시더니 "좋다. 아무도 그런 보고를 하는 사람이 없었는데 자네만이 솔직하게 보고해 주니 내가 시멘트 100포를 지원해 주마."라고 하신다. 얼마나 좋던지 이튿날 그 마을에 출장하여 사실을 전달했더니 모두가 반갑고 좋아하였다. 그래서 결과적으로 사업을 마무리하였다.

나도 그때 그 기분 오래도록 기억하며 지금도 내가 어떻게 그런 보고를 했나 싶고 나중에 칠포리에 해수욕장이 개장되어 마을이 많이 변화되었지만 옛날 생각이 종종 난다.

위장절제 수술

나는 평소에도 위장이 안 좋았던 것 같다. 군대에 가서 미군 부대KATUSA에 근무할 때도 위산과다 위궤양에 좋다는 미제 위장약인 암포젤엠을 종종 야전병원에서 구해서 복용하곤 했었다. 나중에는 일동제약에서 수입하다가 국산 약도 개발 시판하였다. '파란 병에 하얀 위장약 암포젤엠'이라는 광고 문구도 자주 보고 들었다.

평소에 음주도 자주 하여 위장병이 많이 악화하여 애를 먹었다. 나의 경험에 의하면 속이 쓰릴 때 술을 한잔하면 오히려 속이 편해지고 치유가 되는 느낌이 들 때도 있기에 종종 술을 마시게 된다.

결과적으로는 점점 악화가 된다는 것도 알면서. 병원에도 자주 가고 약국에도 들러 약을 지어 먹는다. 원래부터 좋아하는 술을 공무원 하기에, 특히 객지에서 사람 사귀는 데는 술이 최고라는 걸 체험적으로 알기에 술을 많이 마시게 된다. 술을 한잔하면 봉제사접빈객奉祭祀接賓客 이야기가 자주 나온다. 실제로 나의 공직에서 객지에서 술로 인해서 건강에는 애를 먹었지만 처세에는 많은 도움이 된 것도 사실이다. 늘 하는 이야기지만 술 한잔하면서 수인사修人事를 할 때 성씨가 뭐냐? 고향은 어디냐? 학교는? 즉 종친회, 향우회, 동창회 이야기하면 신상 파악 끝? 이러다 보니 점점 문제는 커지고 드디어 임계점에 달했다. 1975년 포항시청 사회과에 근무할 때다. 우유를 마셔도 잘 안 넘어가고 토해낼 정도다. 포항에서 제일 큰 병원인 도립포항동해의료원을 찾았다. 위궤양이 악화하여 수술해야 한다고 한다.

1975. 12. 19. 포항 동해의료원에서 정해명 전문의 집도로 위장절제 수술을 했다. 수술 시간은 4시간이 소요되었다. 전신마취로 수술을 했는데 내가 의식을 찾은 것은 약 8시간 후로 기억하는데 어찌나 아픈지 진통제 수면제로 이틀이 지나니 조금 통증이 덜해진다. 회진 시에 의사의 이야기는 위장을 55%나 잘라냈다고 한다. 매일 아침 회진을 하는데 나에게는 너무나 친절하고 자상하게 대해 주어서 무척 기분이 좋았다. 회복 속도가 빨라서 수술 후 일주일 만에 퇴원하게 되었다. 퇴원 때에 의사와 면담을 하면서 많

은 이야기를 들었다. 의사가 미국에 있는 병원을 알고 있느냐? 모른다. 참 조병옥 박사가 입원했다던 월트 리드 미국 육군병원의 이름을 들은 일은 있다고 대답했더니 그 병원에서도 이번과 같은 수술은 못 받는다고 했다. 왜냐고요? 이번 수술은 위장 신경수술로 30%의 위장 신경을 절단하고 70%만 작동하도록 수술을 했단다. 집도의가 새로 도립의료원을 개업하는데 전문의로 선발되어온 기념으로 통상적인 수술 대신 당시에 우리나라에선 드물게 논문 발표용으로 신경 수술을 시도했는데 미안하게도 당신이 실험 대상이었다고 한다. 신경 수술의 장단점이 있는데 먼저 장점으로 재발률이 통상 2~3%인데 반해 0.15%로 낮고 신경 절단 수술로 위 신경의 반응이 무디어져서 식사 때 기분 나쁜 이야기, 더러운 이야기를 들어도 밥맛과 소화 기능에는 이상이 없단다. 반면 단점으로 약 6개월간 식은땀이 많이 나고 설사를 자주 하게 된다고 한다. 이야기처럼 6개월 정도 식은땀과 설사가 있었으나 회복이 빠르고 뒤탈이 없는 성공적인 수술이었다. 수술 후 위장의 상처 치유는 약 6개월 걸리고 위장 기능 정상화는 약 2년이 소요된다고 했다.

그렇다. 수술 후 45년이 지난 지금까지 위장 탈 없이 소화제 한 알도 복용하지 않고 잘 버티고 있다. 나는 현대의학이 아니었다면, 포항 동해의료원이 없었다면, 정해명 선생이 아니었다면 오늘의 내가 없을 것이다.

丁海明 선생님! 고맙습니다.

행정사무관

　나는 공무원을 4급(을류)에서 출발하여 4급(서기관)으로 정년퇴임을 했다.

　일반직 공무원의 직급을 보면 현행은 1급에서 9급까지 아홉 계급으로 구분된다. 내가 앞으로 사용하는 직급은 공무원임용령의 규정에서 일반직 공무원의 행정직군 행정직렬 일반행정 직류에 속하는 직급을 말하는 것으로 이해를 해주기 바란다. 요즘은 1급 ~3급은 고위공무원단으로 묶어놓고 3급~9급까지 구분하고 있다. 옛날 60년대 내가 처음 신규발령 때는 9계급으로 1급(관리관) 2급 갑을(이사관 부이사관) 3급 갑을(서기관 사무관) 4급 갑을(주사 주사보) 5급 갑을류(서기 서기보)로 구분하였다. 나는 옛날의 4급을 류인 주사보 직급으로 신규발령을 받아서 현재의 4급인 서기관 직급으로 퇴임을 했다는 이야기를 한 것이다.

　공무원은 옛날이나 지금이나 5급 사무관, 7급 주사보, 9급 서기보 직급으로 신규채용한다. 옛날엔 5급은 고등고시 행정과로 7급은 보통고시로 이름을 붙였는데 나는 행정고시는 몇 번이나 응시했지만 늘 낙방하고 결국 7급으로 공직에 임용되어 울진군 영일군에 근무하다가 6급인 행정주사로 승진해서 포항시 구미시에서 계장직으로 근무했다. 사실 이때까지 늘 행정사무관(5급)을 목표로 하면서 잊어본 적이 없었다.

　재직하면서 사무관이 되는 길은 특별승진시험을 거치는 길 오직 한 가지뿐이다. 다른 직급으로의 승진은 승진 소요 연수에 도달하고 근무성적이 우수하면 거의 자동(?)으로 승진하지만, 사무관은 오직 한길 시험을 거쳐야 한다. 사무관 승진을 시쳇말로 임관이라 하는데 공무원을 하려면 행정사무관이 되어야만 일선 시군에서는 과장직으로 도청에선 계장직으로 중앙부처에서는 모든 정부 시책의 담당 사무관으로 일을 처리하는 최소한의 보직을 가진 공무원을 할 수 있다.

　처음부터 사무관으로 출발하면 고위직 공무원을 할 수 있음은 물론 능력에 따라서는 정무직 공무원까지도 할 수 있다. 그러나 일평생을 공무원으로 특히 일선 시군의 과장으로 근무하면서 사무관 한번 해보려고 세 번씩이나 특별승진시험을 치고도 결국 꿈을 이루지 못하고 눈물을 지으면서 고향 앞으로 가는 분들을 본 적이 있다. 좌우지간 사무관은 공무원의 아홉 계급의 한중간인 5급으로 지방공무원 직급의 꽃이다.

공무원을 꿈으로 시작 영일군에 발령을 받고 며칠 되지 않은 1970년 4월 1일은 공업국가 건설을 위한 역사적인 포항종합제철공장 기공식을 가진 날이다. 전 군청 직원이 총동원되어 기공식에 참석하는데 나는 발령받고 며칠 안 된 신규 공무원이라고 사무실을 지키라고 해서 참석하지 못했다. 박정희 대통령이 참석하여 치사했다는데 무슨 내용인지 모르고 있다가 이 글을 쓰는 지금 자료를 통해 읽어 보았는데 감회와 추억이 새로움을 느낀다.

여기서 새삼 비밀스러운 이야기 한 토막을 처음으로 공개한다. 박정희 대통령 각하와는 나의 공무원 생활에 특별한 인연이 있다. 농대를 졸업하고 농장으로 가야 하는데 나에게는 그런 여건이 안 되었다. 대신 공무원 발령받아 가는 안날 박정희 대통령께서 바바리코트 차림으로 고향 우리 집으로 들어오시면서 마당에서 나에게 "잘해봐." 하시면서 악수를 해주신다. 깜짝 놀라 눈을 뜨니 꿈이다. 그래서 나는 소위 출세할 줄 알았는데 꿈이 끝이었다.

1979년 가을에 사무관 특별승진 시험 친다고 시험 날짜 받아놓고 준비하다 10.26 시해 사건이 발생하여 시험이 12월로 연기되었다. 그 사건만 없었더라면? 해본다. 공직 생활 동안 농촌지도직, 농업직, 행정직을 하면서 녹색혁명, 새마을사업, 사회복지, 지방자치, 민족중흥, 조국 근대화, 산업화, 민주화, 자주국방의 단어들을 모두 현장에서 직접 체험하면서 38년간 공무원으로 봉직했다고 자부해 본다.

공부하는 공무원

나는 공무원 출발을 객지에서 시작했기에 낯선 곳이라 성실하고 부지런한 자세로 공부하는 공무원이 되고자 나름대로 열심히 노력했다. 내가 영일군에 근무할 때는 대학출신자가 거의 없었다. 공무원의 업무가 처음이라서 선배 공무원에게 행정편람과 사례집 등의 책자를 빌려서 정작 학생 시절엔 안 하던 공부를 밤늦게까지 하곤 했었다. 그리고 연수원에 가기 전에도 남들이 꺼리는 공무원 직무 교육 훈련에 네 번이나 연거푸 참여하여 계속 1등을 하여 크게 화제가 되었고 이 사실을 전 직원이 함께 모이는 정기 월례조회 석상에서 군수님의 특별 칭찬까지 받은 일도 있었다. 공무원 출발 때부터 당시엔 희귀한, 대학 출신과 교육 성적 1등 그리고 평소 좋은 인간관계 조성을 위한 노력으로 공부하고 연구하는 공무원상은 퇴직 때까지 따라다니는 나에 대한 인상이었다고 감히 자부하고 싶다. 나는 평소에도 공무원윤리헌장을 좋아해서 여기에 옮겨본다. "우리는 영광스러운 대한민국의 공무원이다. 오늘도 민족중흥의 최일선에 서서 겨레와 함께 일하며 산다. 이 생명은 오직 나라를 위하여 있고, 이 몸은 영원히 겨레를 위해 봉사한다."

간부양성반 교육 | 구미시청에서 근무할 때 내무부 지방행 정연수원의 간부양성반에 입교하여 교육을 받을 기회가 생겼다. 물론 전국 시도 시군에 걸쳐 교육 대상자 선발시험을 통과해야만 했다. 먼저 생각나는 것은 짧은 기간의 비서실장으로의 인연이 있었던 백세현 시장의 배려가 있었기에 가능했다. 당시는 구미지구출장소로 신설기관인데 산적한 업무처리로 절대적으로 인력이 부족할 때인데도 행정연수원의 교수부장(행정부이사관)을 역임한 사람의 적극적인 도움으로 교육을 받게 되었음을 고맙게 생각하며 행정사무관으로의 승진 기회가 한발 빨랐던 것도 일찍이 고인이 된 시장님의 덕분이었고 그 후 교육기관 중에도 여러 가지로 도움을 주셨다.

간부양성반 과정의 13기인데 선배들이 '군수학郡守學'이란 별칭으로 부르고 있다. 실제로 이 과정 출신의 군수가 많았으며 사무관으로 가는 길을 한발 앞당겨 준다고 한다. 왜냐하면, 우선 이 과정

은 장기교육으로 6개월 동안 전국단위의 유능한 인재들 50명을 친구로 만들어주었고 또 특별승진시험의 필수과목인 헌법 국사 행정법 행정학 등의 과목을 집중적으로 강의를 받을 수 있어 나에게도 정말로 유용한 교육이 되었기 때문이다.

특별승진시험

공무원 10여 년 만에 영천군 문화공보실장 직무대리로 발령을 받았다. 승진시험을 치르는 일만 남았다. 특별승진시험은 원래 2배수로 시험을 치는데 앞에서도 이야기했지만 나는 워낙 공부하는 공무원으로 소문이 나 있고 또 연수원 교육까지 받은 터라 우리 군청에서는 아무도 상대가 없었다. 다른 친구들은 대부분이 직무대리를 받으면 그때부터 사무실에도 나오지 않고 응시 준비를 하는데 나는 연수원 교육 당시에 나대로 해당 과목의 노트 정리를 해 두어서 별문제가 없었다고(?) 할 수 있다. 대신 도내에서 많은 응시자와 함께 공부하면서 중요 항목이나 핵심적인 요점을 정리하여 가르치며 지도하는 처지가 되었다. 결과적으로 "Teaching is learning"이 되어 승진시험을 큰 어려움 없이 쉽게 치렀다.

승진시험은 1, 2차로 치르는데 1차는 객관식으로 국사 헌법 과목이며 2차에는 필수로 행정법과 선택과목으로 지역개발론을 응시자 대부분이 선택하는데 나는 일부러 어렵다고 하는 행정학을 선택하였다. 참고로 출제된 문제를 보면 두 문제씩인데 먼저 행정법은 '허가'와 '행정행위의 효력' 그리고 행정학은 '의사전달'과 '비공식조직'이었는데 예상한 문제와는 너무나도 쉬운 문제라서 잠시 눈을 감고 있으니 시험 감독관이 말하기를 "많이 어려운 문제인가요?"라고 하기에 '아닙니다.' 하고는 쉽게 치렀다.

행정사무관과 서기관

연수원 교육도 받았고 또 평소에 시험을 대비하여 미리 준비해둔 결과로 시험에 쉽게 합격해서 꿈에도 그리던 "행정사무관"이 되었다. 그래서 영천군 문화공보실장, 청도군 문화공보실장, 새마을과장, 사회과장, 경상북도지방공무원교육원 교무계장, 경상북도 가정복지과 노인복지계장, 총무과 고시계장을 두루 역임하였다.

■ 여기서 전화 이야기 한마디

옛날에는 백색 전화기와 청색 전화기 2종류가 있었는데, 그 당시엔 백색 전화기는 굉장히 비쌌으며 개인 소유가 가능하며 사고 팔 수가 있었다. 그 반대로 청색 전화기는 전화국 소유였으며 이사하게 되면 반납하고 보증금을 돌려받았다. 그런데 청색 전화기는 하늘의 별 따기 식으로 어려웠을 뿐 아니라 신청한 후 오랜 시간을 기다려야 했다. 또 여러 단계의 순위가 있었다. 당시에 사무관은 제도적으로 일반 신청자보다 한 단계 우선순위를 주었다. 영천군에서 재직 증명서를 발급받아 대구 시내 전화를 신청하니 한 단계

국제화연수
일본 동경
1995년

가 빠르다 보니 신청 즉시 개통이 되었다. 사무관 승진의 제1호로 표나는 혜택을(?) 받아본 적이 있다.

그리고 지방서기관으로 승진하여 경상북도 의회사무처 산업위원회 전문위원, 경상북도 기획관리실 통계전산담당관, 사회가정복지국 가정복지청소년과장, 문화체육관광국 문화예술과장, 경상북도 의회사무처 총무담당관을 역임하였다. 그리고 공무원의 마지막을 고향인 경상북도 청도군의 부군수로 약 4년을 봉직하다 정년퇴임을 하였다.

결론적으로 나의 공무원 생활을 정리해 보면, 7급과 6급을 11년 5월, 사무관을 12년 7월, 서기관을 11년 5개월 등 총 35년 5개월과 군대생활 2년 반을 합치면 총 38년간 국가의 녹봉을 받았다.

근무지는 포항(영일)에 7년, 청도에는 3회에 10년, 경북도청에 12년, 구미 영천 등지에 6년 반, 군대 2년 반 등 총 38년이다.

경북도의회 간부들과, 1994년

공직 생활은 농촌지도직을 시작으로, 농업직, 행정직을 하면서 녹색혁명, 새마을사업, 사회복지, 문화재, 지방자치, 민족중흥, 조국근대화, 산업화, 민주화, 자주국방의 단어들을 모두 현장에서 직접 체험하면서 38년간 국가와 민족을 위하여 영광스러운 공무원으로 봉직하고 정년퇴임하였음을 자랑한다.

이런저런 인연으로 나는 교육 훈련도 남달리 많이도 받았다. 36년간의 공무원 경력에서 교육 훈련 이수 상황을 보면 연 33회 33개 과정에 연 30개월이나 된다. 여기에는 앞에서 이야기한 간부양성반 6개월, 외국어훈련반(영어) 8주, 서기관 때 고급 간부양성반 1년, 미국 미시간주립대학교의 고위정책관리자과정 해외연수 등도 포함된다.

도주 문화공보실장

도주道州는 청도淸道의 고호古號이다.

1982년도에 문화공보실장으로 시작된다. 영천군에서 문화공보실장으로 3년간 근무를 한 바가 있다. 박희삼 청도군수가 영천서 문화공보실장을 했다고 자리를 바꾸어 주려고 하기에 꼭 문화공보실장의 보직을 주십사 하고 부탁했다. 왜냐하면 청도 출신이지만 사실은 청도를 모르고 있었기 때문이다. 학교도 초등만 남성현에서 졸업하고 중학교부터는 모두 대구에서 공부했다. 이웃의 경산군에는 외가도 있고 처가도 경산이어서 어릴 때부터 학교에 다닐 때도 경산은 자주 다녔다. 공무원으로 발령을 받을 때까지 청도 사람이면서 청도읍에는 발걸음이 별로 없어서 사람도 지명도 낯설기만 했다. 솔직히 고향을 배우기 위하여 문화공보실장을 자원했었다.

내 고장 전통문화 책자 발간

문화공보실장으로 제일 먼저 한 일은 "내 고장 전통문화"라는 책자 발간사업이다.

조선조 영조(1694~1776, 재위 1724~1776) 재위 때인 1757~1765년에 전국 각 군현郡縣에서 편찬한 읍지를 모아 엮은 전국 지리지 地理志인 여지도서輿地圖書(55책. 295개 邑誌와 17개 營誌, 1개 鎭誌로 구성되어 있음)를 홍문관弘文館에서 발간한 일이 있다. 조선전기의 인문 지리를 종합 정리한 신증동국여지승람新增東國輿地勝覽을 증보한 인문지리지이다.

1980년도에 경상북도에서 도내 각 시군단위로 '내 고장 전통 가꾸기'라는 일종의 군지 발간사업을 대대적으로 시행하였다. 군지는 종합 인문 지리지인 데 비하여 이번에는 인물, 유적, 유물 위주의 문화 전통의 책자를 만들었다. 책의 제목도 각 시군 일률적으로 '내 고장 전통 가꾸기'로 통일하도록 하였으나 나중에는 지방 실정에 맞도록 하여 청도군에서는 "내 고장 전통문화"로 정하였다.

영천에서는 1981년도에 이미 완료했는데 청도에서는 사업을 시행하는 중이었다. 자료의 종합 검토와 총정리 교정 등을 편찬위원 중의 한 분이 혼자 맡아서 씨름하고 있는데 사업종료 기간도 넘기고 예산집행에도 약간의 문제가 있어 우선 전체 원고를 인수하고 내가 직접 사업을 맡았다. 약 3개월에 걸쳐서 종합정리, 원고 교정, 인쇄 등 제반 업무를 마무리하여 출판함으로써 사업을 완료하였다.

내 고장 전통문화에 수록된 내용을 살펴보면 다음과 같다.

청도군 연혁, 역대군수, 고장을 빛낸 사람, 현장의 발자취 등 역사, 유적 유물 등 문화재, 전설, 풍속, 명승 경관, 유서 깊은 나무 등으로 총 593쪽에 이른다.

나는 아주 짧은 3개월의 기간이지만 10년 근무 이상으로 나에게는 고향의 각종 사항 즉 고향의 역사 지명 인물 문화재 유명 문중門中 등 많은 것을 요긴하게 파악하는 절호의 기회를 가질 수 있었다.

또 문화공보실장 1년 반, 새마을과장 3년 반 모두 5년을 청도 고을 9개 읍면 212개 마을 구석구석을 돌아다니면서 고향을 많이 배웠으며 아울러 청도의 지역개발과 군민의 소득향상으로 군민 복지증진에 최선을 다하였다고 자부해 본다.

도주 줄다리기 재현

우리 고향에서는 아주 옛날부터 줄다리기가 유명하였다고 한다. 나도 어릴 때부터 어른들에게 줄당기기(줄다리기의 우리 지방의 방언)에 대한 이야기를 자주 들어왔다.

청도군의 연혁을 보면 부족국가 시대에는 이서고국伊西古國으로 화양읍과 이서면이 그 중심이었다. 신라 시대에는 신라에 복속되어 이서군伊西郡으로 고려 시대 초기에는 청도현淸道縣이 되었다가 1010년에 도주道州로 주치州治가 처음으로 시행되었다가 1343년에 청도군이 되었다. 소속도 경주 밀양 대구에 속하다가 1896년도제실시 때 경상북도에 속하게 되어 오늘에 이르고 군청 소재지는 고려 조선조 구한말 일제 강점기 초기까지 화양읍 동상리였으나 1916년 청도읍 고수리로 옮겼다가 1961년에 화양읍 범곡리로 옮겨 현재에 이르고 있다. 결론적으로 청도 관아가 오래도록 화양에 있었다.

우선 줄다리기의 명칭부터 정리해둔다. 줄다리기 명칭도 문헌상으로는 시대적 변천에 따라 18세기에는 도주줄道州, 19세기에는 영남줄嶺南, 20세기 초반에는 읍내줄邑內, 1983년부터는 화양줄華陽줄이라 부르고 있다. 결국 모두 화양줄이라는 것이다.

화양줄다리기가 영남의 줄다리기라 할 만큼 유명해진 것은 그 행사 규모의 크기가 엄청나고 오랜 전통을 지니고 있으며 다른 고장에서는 찾아볼 수 없는 특이한 유례가 있기 때문이다. 음력 정월 대보름을 중심으로 한 마을 또는 한 지역을 중심으로 동서 또는 남북으로 편을 갈라 남녀노소의 마을 사람들이 줄을 당기어 승부를 다투고 그해의 흉풍화복을 점치기도 한 민속놀이이다.

도주道州 줄은 기록에 의하면 1759년(정조3)부터라고 한다. 줄다리기가 실시된 연유는 지금의 화양읍 동상리와 서상리의 경계 지점인 속칭 강지땅强矢場의 원귀寃鬼를 달래기 위해서라고 한다. 강지땅은 원래 옛 도주성道州城 북문 밖에 있었던 형장으로 특수범들을 공개 처형하던 곳이다. 인근 주민들도 통행을 꺼리던 한적한 곳이었는데 특히 비가 내리는 밤에는 원귀들의 울부짖음이 들려

온다는 등 인심이 흉흉하여 야간 통행인과 인근 주민들이 무서워서 지낼 수가 없었다고 한다. 민심의 안정을 꾀하고 이곳의 지세를 누르기 위해 활터를 차려서 강시장強矢場이라 부른 데서 후일 강지 땅이라 부르게 되었다. 이렇게 활터를 설치하여도 인심은 안정되지 않고 곡성哭聲이 난다는 등의 소문만 일어나니 당시 군수가 이곳의 지세를 누르는 데는 많은 대중이 줄다리기하는 것이 가장 알맞다는 중론에 따라 나무를 베어내고 터를 닦아서 강시장에서 정월 대보름에 줄다리기를 하기로 하였는데 이것이 도주道州줄다리기의 기원이 되었다. 성내인 서상과 동상을 두 패로 나누어 동패장은 이방이 되고 서패장은 호방이 맡아 농악의 선도 아래 고혼위령孤魂慰靈과 풍년기원을 위하여 실시하였다 한다.

구한말 이후 일제 강점기가 되자 읍내줄로 명칭을 바꾸어 실시하였으나 정치 사회의 변천과 일본의 방해로 줄다리기가 점차 쇠퇴해졌다. 그러다 3.1운동 이후로는 주민들이 대규모로 모이는 것을 두려워한 일제에 의해 많은 방해를 받았으나 민속놀이라는 이름 아래 항일 배일의 정신을 담고 계속되었다. 1947년의 줄다리기는 청도군이 생긴 이래 최대의 인파가 모여 실시되기도 하였다. 이때의 일을 나는 여섯 살 나이로 어렴풋이 기억한다. 그 이후 한국 동란 등으로 중단되어 오다가 1970년에 들어와 강시장에서 줄다리기를 하다가 줄을 당기는 과정에서 인명사고가 발생하여 이 일로 인해 오랫동안 화양줄다리기는 중단이 되고

2003년 KBS 노래자랑(송해, 신대승)

말았다.

1983년에 접어들면서 나는 화양줄다리기 재현을 생각하면서 연초부터 화양읍에 자주 출장을 하면서 중단된 화양줄을 재현하자고 읍장을 비롯한 유지분들을 설득하고 한편으로는 줄다리기계획을 수립하여 박희삼 당시 군수에게 보고하고 예산확보도 하였다.

1983년 3월 1일(음력 정월 17일 화요일) 화양읍 강시장强矢場에서 제1회 화양줄다리기가 중단된 지 14년 만에 재현되었다.

화양읍을 동서 두 패로 나누어 동패東牌將 : 崔義植는 동상, 동천, 합천, 눌미, 고평, 송북, 소라, 범곡, 진라리 동민이며, 서패西牌將 : 李任俊는 서상, 교촌, 신봉, 토평, 유등, 삼신, 다로, 송금리 동민들이 속했다. 군비 예산 2백만 원이 지원되고 화양읍의 지원과 화양 전 읍민과 청도군민 등 만여 명의 참여와 노력으로 짚 모으기 줄 드리기 줄 말기 줄 만들기 깃발 목나무 준비 패장기 만들기 패장 갑옷 고사告祀 등 여러 가지 어려움을 극복하면서 철저한 준비를 하였다. 그러나 어려웠던 준비과정에 비해 줄다리기하는 당일에 비가 온 탓으로 옛날처럼 패기 넘치는 줄다리기는 실시되지 못했다. 경운기를 동원하여 우중에 줄을 현장까지 운반하는 데 특히 어려움이 많았다. 줄다리기를 시작하자마자 잠시 만에 서편의 승리로 끝이 났지만 오랜만에 재현된 우리 고장의 민속놀이로서 그 의의가 크다 할 것이다. 오늘날은 줄 규모와 인원도 축소하고 장소도 청도읍의 청도천 둔치로 바꿔서 정월 대보름날 달집 놀이와 함께 민속놀이를 이어가고 있다.

제1회 도주문화제 개최

1983년에 들어와서 동호단체 등에서 산발적으로 개최해오던 각종 문화행사를 종합하여 청도의 옛 이름인 도주道州를 따서 도주문화제道州文化祭라 하기로 하고 당시 모계고등학교 교사인 남경석南景錫(청도예술문화연구회원) 씨와 협의하여 실무 책임을 맡기로 하였다.

그동안 활동이 유명무실하던 청도문화원을 활성화해 청도문화원이 주관하고 청도군 문화공보실에서 예산지원을 하며 청도군교육청의 후원과 청도예술문화연구회가 주최하는 제1회 도주문화제를 연휴가 낀 1983년 10월 1일에서 3일까지 개최할 것을 결정하고 구체적인 실무작업에 들어갔다.

188

제1회 도주문화제는 우리 고장의 특색을 살려 실시하기로 하고 군 내의 각종 예술단체와 예능 교사의 지원을 얻어 도주문화제의 행사내용을 서제, 가장행렬, 서예전, 미술전, 사진전, 음악제, 연극제 등 7개 부문에 걸쳐 청도군 일원에서 실시하기로 하고 군민의 적극적인 참여와 협조를 구하는 취지문도 6월에 발송하였다.

오랫동안 우리 군민들의 숙원이던 종합 문화축제인 제1회 도주문화제가 1983년 10월 1일 서예전, 미술전, 사진전을 시작으로 열리게 되었다. 문화제기 열리기까지 박재찬 청도군수, 최일용 청도문화원장, 청도문화예술연구회와 남경석씨의 헌신적인 노력과 각 기관의 지원으로 우리 고장에서도 처음으로 종합예술행사가 열리게 되었다. 준비과정과 진행 과정에서 많은 어려움이 있었지만, 지방문화를 계승 발전시키겠다는 의지가 결실을 이뤄 도주문화제의 형태로 나타나서 많은 군민의 따뜻한 사랑과 후원을 받게 되었다.

제2회 도주문화제는 1984년 10월 1일부터 3일간 청도군 일원에서 개최되었다. 제1회가 문화 예술행사 위주로 구성되어 군민의 참여가 부족하였던 점을 감안하여 읍면 농악 경연, 씨름, 미스 청도 복숭아 선발대회, KBS 전국노래자랑 등을 추가하여 다채로운 군민축제로 우리 향토의 특색을 크게 살렸고, 또한 행재정적인 문제, 각계 지원과 참여 문제 등을 해결하기 위하여 행정주체인 청도군이 주최함으로써 우리 고장을 대표할 수 있는 군민문화축제가 되었다는 점이다.

운문사는 보물 도량 | 운문사雲門寺는 신라 진흥왕 21년 (560)에 창건하여 대작갑사大鵲岬寺라 하였으며 원강圓光국사, 보양寶壤국사, 원응圓應국사, 설송雪松대사가 중창을 거듭하여 수많은 수도승을 배출한 곳이며, 고려 시대 일연一然선사가 삼국유사를 저술하였던 곳이다. 전국 최대의 규모의 비구니승가比丘尼僧伽대학이 있으며, 절 안에는 금당 앞 석등을 비롯하여 수많은 문화재가 보존되어 있어 운문사는 보물 도량이라 할 만하다.

〈운문사의 문화재 현황〉

종별	번호	문화재명
보물	193	운문사 금당 앞 석등
〃	203	운문사 동호
〃	316	운문사 원응국사비
〃	317	운문사 석조여래좌상
〃	318	운문사 석조사천황상
〃	678	운문사 동서 삼층석탑
〃	835	운문사 대웅보전
〃	1613	비로자나 삼신불회도
〃	1817	대웅보전 관음보살벽화
천연기념물	180	운문사 처진소나무
유형문화재	424	운문사 만세루
문화재자료	342	내원암 석조아미타불좌상
문화재자료	572	내원암 산신도

보물 제317호인 운문사 석조여래좌상은 운문사 작압전에 봉안되어 있는 높이 0.63m의 고려시대 석조여래좌상인데, 광배와 대좌를 모두 갖추고 있는 완전한 형태의 불상이다.

황수영黃壽永(1918~2011, 개성 출신, 1941 동경제국대학 경제학부 졸업, 불교 미술사학자, 국립박물관장, 동국대학교 총장 역임) 박사가 1982년도에 운문사에 왔을 때 들었는데 당신은 운문사에 올 때마다 꼭 작압전의 석조여래좌상의 부처님에게 안부 인사를 올린다는 이야기가 기억이 난다.

청도군 읍 · 면장

청도
새마실과장

청도에서 문화공보실장을 하다가 1983년 10월에 안동에서 개최된 전국민속경연대회를 마치고 난 후 1983. 10. 22. 새마을 과장으로 보직이 바뀌었다. 그때 나의 어머니께서 우리 아들이 새마실과장이 되었다고 자랑삼아 하던 이야기에서 새마실과장이라는 이름이 생겼고 고향에서는 아직도 새마실과장이라고 호칭하는 사람들이 있다. 새마을사업을 원활하게 추진하라고 지프차가 새마을과에 배정되어 사실상 새마을과장의 전용차가 되다시피 했는데 차의 색깔이 새마을색인 연녹색으로 도장을 하고 새마을 마크를 넣어 멀리서도 새마실과장의 행선을 알릴 수 있었고 사실 열심히 활동하며 청도의 212개 마을 구석구석을 돌아다녔다.

새마을지도자연수원 교육
새마실과장을 3년 반을 했는데 생각나는 대로 몇 가지를 나열해 본다.

새마실과장으로 발령을 받자마자 1983년 11월 경기도 성남시에 소재하는 새마을지도자연수원(오늘날의 새마을운동중앙연수원)

에서 1주일간 새마을 교육을 받았다. 당시 원장은 김준 님이었는데 정말로 눈물이 핑 돌고 가슴이 찡한 감동 교육을 한번 받은 일이 있다. 남녀 새마을지도자 각 한 반, 새마을 관계 공무원반, 사회적 명인사반, 한 반에 30명 정도로 4개 반이 함께 교육을 받았다. 사회 저명인사로는 허문도 장관 우리 고향 출신이신 문영구 총무처 소청심사위원장 등 장·차관급 인사 법조계 사회단체의 저명인사인데 그 외 인사들은 성함이 잘 기억이 나지 않는다. 밤이 이슥하도록 남녀 새마을지도자들의 성공사례를 경청하였고 특히 문영구 위원장의 아웅산 사태 후 서석준 부총리 등 많은 희생자의 시신 수습 책임자로 미얀마 현장에서 활동한 후일담은 오래오래 기억에 남는다. 그때의 인연으로 고향에서 성묘 때 상면한 일도 있다.

　여기서 연수원에서 실시한 분임토의를 소개한다.

　공무원 교육을 받으면서 분임토의 시간을 많이 가졌었다. 보통 분임토의는 시작하면서 분임 반장과 서기를 선출하는데 서로가 자기는 안 하면서 어느 한 사람을 누가 추천하면 박수를 쳐서 임원을 선출하고는 모두가 잡담하면서 시간을 때운다. 서기가 전부 정리하여 차트를 만들면 분임장이 발표하곤 한다. 그때도 그렇게 하고 넘어가려고 했는데 분임 담당 지도교수가 절대로 그렇게는 안 된다는 것이었다. 모두가 분임 주제에 대하여 열띤 토론을 하고 또 협의도 하고 결론도 도출하고 발표 차트도 만들되 전 분임원 모두가 참여하여 각자 주장과 의견을 차트에 모두 각자의 글씨로 옮겨 쓰고 발표도 모든 분임원이 각각 발표하라는 것이다. 저녁 식사를 하고 휴식을 한 후 아마 8시에 시작하여 12시까지 토의를 한 후 차트에 개인별로 새벽 4시까지 정리를 하여 발표를 하는데 완전히 밤샘했다. 발표를 마친 차트는 기록물로 연수원에 영구 보관한다는 대? 결과는 모르겠고? 오래 기억에 남는다.

김일성 시멘트 이야기

1984년 9월 29일. 북한의 수해지원물품 분단선 넘다(통일뉴스 http://www.tongilnews.com/)의 내용을 발췌 요약해 본다.

1984년 8월 31일부터 나흘 동안 서울, 경기, 충청지역에 집중호우가 내렸다. 전국적으로 189명 사망.실종, 35만 1천여 명 이재민, 1천333억 원 피해액이 집계됐다. 9월 8일. 북한은 방송을 통해 수재 지원을 제의했다. 쌀 5천 석, 천 50마, 시멘트 10만 톤, 기타 의약품을 구호물자로 보낸다고 밝혔다.

그런데, 전두환 정부는 이를 받아들였다. 같은 달 14일부터 29일까지 남북 적십자사 간 논의가 이어졌고, 29일부터 10월 4일까지 판문점과 인천항, 북평항에 북한 수재 물자가 도착했다.

전두환 정부는 왜 북한의 수해 지원 제의를 받아들였을까. 우선 당시 정치적으로 남북의 골이 깊었다. 1983년 아웅산 테러 사건으

194

로 북한에 대한 전두환 정부의 감정은 좋지 않았다.

그런데 당시 정부는 "우리가 주기 위해서는 받는 선례를 만들어야 한다."라고 했다. 여기에 더해 1986년 서울아시안게임, 1988년 서울올림픽을 앞두고 한반도 평화 분위기 조성이 필요하다는 판단이 작용했다.

배경이 무엇이든, 북한의 수해 지원을 수락한 이후, 1984년 남북 경제회담, 1985년 분단 이후 첫 남북 이산가족 상봉이 이뤄졌고, 북한의 수해 지원을 받은 일로 남북은 해빙의 물꼬를 텄다.

나의 이야기는 여기서부터 시작이다. 북한의 수해지원물품 중에서 시멘트 10만 톤의 처리 문제이다. 수해지역에서 시멘트를 기피함으로 대신 새마을사업용으로 전환하였다. 결과적으로 우리 군에도 시멘트 500포를 배정받았으나 문제는 김일성 시멘트라서 희망하는 지역이 없었다. 이러한 내용을 나의 고향마을인 송금리의 새마을지도자(정재만)에게 설명하고 당시에 박재찬 군수에게 보고하여 송금리 마을안길 포장사업으로 사업을 확정하고 시행한 일이 생각난다. 이장과 새마을지도자와 몇몇 추진위원에게 알리고 전체 마을 사람들에게는 시멘트의 내용을 비밀로 한 채로.

감나무 가로수

내가 새마을과장으로 자리를 옮길 때인 1983년도에는 1976년도 이래 여러 마을이 서로 협동하여 공동 추진하던 협동권 사업의 권역을 더 확대하여 소도읍 가꾸기를 비롯한 '광역권 사업'을 추진하였다. 또한 새마을 협동유아원 설치, 새마을소득 특별지원사업, 전국토공원화사업 등이 신규 새마을사업으로 추진되었다.

'86아시안게임과 '88서울올림픽에 대비하여 손님맞이 운동으로 올림픽 경기장 주변, 성화봉송로 주변, 고속도로, 주요 국도변 등지에 꽃과 나무를 심어 아름다운 금수강산을 만들자는 "전국토공원화사업"을 범국민운동으로 전개하였다. 이에 발맞춰 새마을부서에 국토 미화계를 신설되었다.

경상북도에서는 경주시의 고속도로IC에서 시내로 진입하는 서라벌 대로변 양쪽에 가로 화단을 조성하고 경북 도내 각시군에서 헌수獻樹운동과 함께 각종 수종으로 조경사업을 전개하였는데 여기에는 신라의 56명 임금을 상징하여 56 수종에 992년의 신라 역사를 상징하는 992주株의 나무를 심었다.

우리 군에서도 국토공원화사업의 일환으로 우리 군의 상징인 감나무로 가로수를 조성하자는 감나무가로수(안)이 '86 특수시책으로 채택되어 추진하기로 했다. 당연히 새마을과 소관이다. 추진을 위한 간단한 개요를 군수에게 구두 보고했다. 당시의 군수는 영천에서 내가 모신 성주 출신의 백장현 군수였는데 감나무는 성목 이식이 어려우므로 묘목을 이식하거나 아니면 고염나무(다른 이름은 군천자(君遷子)라고 함)를 심어서 적어도 2년생이 될 때 접목을 해야 한다고 설명했더니 안 된다는 이야기였다. 그 이튿날 아침 간부회의 석상에서 군수가 산림과장에게 단도직입으로 '감나무는 이식이 불가한가'라고 물으니 산림과장의 대답이 '가능하다'라는 것이다. 두말없이 감나무 가로수조성사업은 산림과에서 맡아서 추진하라는 지시가 내려졌다. 경험적으로 보면 상관이나 상급자는 업무를 처리할 수 있는 사람에게 업무 소관과는 관계없이 추진을 지시하는 경우가 있다. 결과적으로 나는 무능자 취급을 당하고 말았다.

반면에 산림과장은 내용을 잘 모르고 얼떨결에 맡아서 사업 추진에 많은 고민을 하면서 어렵게 해결하기는 했다. 궁즉통窮卽通이라고 산림과장은 나무 이식 때 뿌리 부분의 분을 뜨는데 분의 직경을 2m로 하여 당신이 직접 검목檢木하고 나무를 인수하는 어려운 절차를 거치며 사업 완료는 했으나 사후관리에도 많은 어려움을 겪었다. 사실 이 사업에서도 우리의 '빨리빨리 병'을 볼 수 있었다. 군수는 봄철에 이식하여 당년에 붉게 잘 익은 감이 달린 가로수를 기대하고 있었으나 자갈길인 도로의 가장자리에 심은 감나무의 비배관리 등의 여러 가지 환경요인으로 여러 해가 지난 뒤에도 소기의 효과를 보지 못했으나 오늘날 다시 보면 옛날의 추억으로 생각이 난다.

나로서는 고향 출신으로서 감나무 이식은 정말로 어렵다는 것을 잘 알고 있었던 게 탈이었고 아마 나에게 맡겨졌으면 어쩌면 실패를 하지 않았겠나 싶다.

지금도 고향에 가면 감나무 가로수를 볼 수 있다. 경산에서 옛날 도로로 남성현재를 오르면 여기서부터 우리 동네를 돌고 돌아 다로리 삼신리까지 장장 4.2km의 도로 양쪽으로 1986년도에 심은 감나무 568그루가 삼십수 년이 지난 지금에야 성목이 되어 오고 가는 길손들을 반겨주고 있다. 특히 감 익는 가을이면 빨간 감과 감나무잎 단풍이 어우러져 흥취를 돋운다. 그 당시에 주위에서 특히 당신의 소속과인 산림과 직원들조차 절대로 안 된다고 반대를 하는 통에 더욱더 오기를 내어서 기어이 성공시켰던 윤희창 산림 과장의 노고에 감사할 뿐이다.

청도는 새마을운동 발상지

새마을의 역사가 40년이 넘었는데도 아직 새마을운동의 발상지에 대해 시비가 끊이지 않고 있다. 경상북도의 포항시와 청도군이 서로 발상지라고 주장하고 있다. 두 지역 다 같이 나오는 인연이 있다.

나는 1971년 9월 17일 박정희 대통령께서 경북도청회의실에서 전국 시장·군수 비교행정 회의에 참석하신 후 새마을 가꾸기 사업(335 사업) 우수마을인 영일군 기계면 문성동을 직접 방문하실 때 영일군 산업과에서 근무하고 있었다. 청도군에는 새마을 과장 4년을 포함하여 과장으로 6년, 부군수로 4년간 근무하다 정년퇴직을 하였기에 청도의 사정을 비교적 잘 알고 있다고 자부한다. 결론만 발췌하여본다.

　포항시와 청도군의 홍보 홈페이지와 손종수 농림국장의 글, 김수학 도지사의 회고록, 그리고 김정렴 대통령비서실장의 회고록을 고찰해 보았다. 다섯 가지의 홍보물이나 문헌에서 일자별로 나타나는 사건들이 있다. 즉 1969년 8월 4일 청도읍 신도1리에서 박정희 대통령이 전용 열차에서 내려 주민의 설명을 듣고 "아 저것이다."라는 장면, 1970년 4월 22일 부산에서 전국지방장관 회의에서 청도의 신도마을을 예로 들면서 '새마을운동의 구상'을 밝힌 일, 1971년 9월 17일 박정희 대통령이 영일 문성마을을 방문하여 '문성동과 같은 새마을을 만들라'라고 한 일 등이다.

　이 같은 사실들을 종합하여 볼 때 1969년 8월에 신도마을을 보고 새마을운동을 구상하고, 1970년 4월에 새마을운동을 처음으로 제창하게 되었고, 1971년 9월에는 새마을 가꾸기 사업의 실적 우수마을을 직접 방문하여 새마을은 이렇게 만들라고 지시하였다.

　홍보물과 문헌, 그리고 양 지역의 전후 사정을 잘 알고 있는 필자가 판단해 보건대 처음으로 느끼고 새마을운동을 구상하여 제창하게 된 청도군 신도마을이 새마을운동의 발상지라고 사료된다.

(2017. 문화대학 제18호)

보편적 복지는
안 된다

이번에 글을 쓰면서 느낀 점이 있다. 확실히 인연이란 것이 있는 모양이다. 나의 공직 생활을 정리해보니 한번 근무해 본 곳에 또 근무하게 된다는 것을 느끼곤 한다. 공무원 직종을 보면 일부 전문직 특수직을 제외하면 일반적으로 행정직이 대부분이다. 순환보직이라 하여 여기저기로 인사이동이 되곤 한다. 그래서 우리나라는 일반행정가Generalist라고 한다. 일부 전문분야에는 전문행정가 Specialist도 있다.

그런데 미국의 예를 들어보면 쉽게 이해가 갈 듯하다. 즉 미국은 확실한 구분이 있어 민원 창구에서 제증명발급 업무를 보면 평생 퇴직할 때까지 계속하여 제증명발급 업무만 담당한다는 것이다. 우리나라는 지적업무 등 전문 직종이 있긴 하지만 일반적으로 순환보직을 하고 있다. 그래도 인사이동 때는 과거 보직을 많이 참작하는 경향이 많다. 그래서인지 나도 포항에서 사회과에 근무한 인연으로 사회복지 분야에 여러 번 근무하였다.

사회복지 분야의 경력을 보면

포항시 사회과 구호계장 2년 1월

청도군 사회과장 1년 2월

경상북도 노인복지계장 1년 7월

경상북도 가정복지청소년과장 9월

등 4개 부서에서 5년 7개월이 된다.

취로 구호사업(밀가루 사업)

1975년 포항시 구호계장 때다. 70년대에는 먹고사는 것이 어려울 때다. 포항시민들 가운데 소위 배급을 타는 사람 즉 생활보호대상자(생보자, 기초생활수급자)가 많았다. 그때는 북한보다 우리가 못살 때다. 포항에 배급소가 있었는데 현장에 가보면 현물로 밀가루 배급을 한다.

또 영세민(차상위계층)은 배급이 아니고 노동을 하고 노임을 받는다. 영세민을 위한 취로구호사업(일명 밀가루 사업, 요즘의 공공근로사업)을 실시하여 노임으로 현금이 아닌 밀가루를 지급하였는데 그것도 일정 기간만 하였다. 문자 그대로 구호사업이다.

청도 의료보험조합 설립

1987년 청도군 사회과장 때는 사회과에 복지, 부녀아동, 위생계가 있었다. 분장사무는 사회복지, 구호, 후생, 부녀아동복지, 위생, 청소년, 의료시혜 등인데 당시에 사회과의 가장 중요한 현안 사항은 청도군 의료보험조합의 설립 문제였다.

의료보험법과 같은 법 시행령에 따라 피조합자의 의료보험을 관리 운영함을 목적으로 하는 청도군 의료보험조합은 1987. 5. 29 조합설립을 위하여 조합설립 준비위원회를 구성하여 군수가 위원장이 되고 사회과장이 준비단계에서 설립등기까지 전 과정의 추진단장을 맡아 일했다.

사업추진 결과 1987. 10. 26 청도군 의료보험조합 설립인가 및 조합정관승인(보건사회부 제281호)을 하였고, 1987. 11. 1 청도군 의료보험조합 설립등기, 1987. 12. 25 사업자등록을 하였다. 초대 대표이사(통칭 조합장)에 이종홍 씨를 선출하여 8개월간 추진한 사업 전체를 대표이사에게 인계하여 1988년 1월부터 보험실시를 하게 되었다. 오늘날의 국민건강보험공단이다.

그 당시의 전국적인 추진 상황을 보면 1979년 1월부터 공무원 및 교직원 의료보험을 실시하였고 1980년대 이르러서는 전 국민 의료보험 실시를 위한 준비에 착수하였다. 지역 의료보험은 1987년 들면서 일 년 동안 준비 기간을 거쳐 1988년 1월에 농어촌 지역부터 실시하게 된다. 이어서 1989년 7월에 도시지역까지 확대 적용하여 우리나라는 의료보험 실시 12년 만에 전국민의료개보험을 달성하였다. 오늘날 국민건강 보험의 선진국이 되도록 하는 데 일조―助를 했다고 감히 자부한다.

경로 승차권 지급 제도

1990년 경상북도 노인복지계장을 할 때는 노인승차권 사업 시행 첫해이다.

경로우대제도의 내력을 살펴보면 1981. 6. 5 노인복지법이 제정 시행에 따라 종래 사회복지사업법에 따른 70세 이상 노인을 대상으로 시행하던 경로우대제도를 1982년부터 65세 이상으로 대상 범위를 넓히고 철도, 지하철, 고궁, 능원, 사찰 등의 사용료 입장료 할인으로 확대 시행하였다. 1984년에는 지하철 이용도 무료로 하였다.

1990년도부터는 시내버스도 경로 승차권(회수권)을 발급하여 노인에게 지급하여 사용하도록 하였다. 승차권의 제작, 배부, 회수 등에 많은 행정력이 낭비될 뿐만 아니라 사실상 무료승차에 따른 운전기사의 불친절 홀대 승차 기피 등의 문제도 나타났다. 그래서 이의 개선대책으로 1996년부터는 노인교통비를 현금지급제도로 전환하여 운영하였다.

2007년 4월 2일에 기초노령연금법이 국회에서 통과되어 2008년 1월 1일부터 시행됨에 따라 2007년도 말에 노인교통비 지원사업이 종료되었다.

보편적 복지는 안 된다

1997년도에는 경상북도 가정복지청소년과장이다. 사회복지, 노인복지, 아동복지, 청소년 업무까지 추가된다.

앞서도 이야기가 있었지만, 사회복지 분야의 약 6년간 노인, 아동, 청소년, 그리고 양로원, 요양원, 보육원, 모자 시설, 노약자, 부녀자, 장애인 등 우리 사회의 어려운 불우 시설은 다 둘러 보아왔다.

예부터 나라의 임금[王]은 늘 시화연풍時和年豊과 국태민안國泰民安을 기원했다. 우리 지방행정도 지역개발과 소득증대로 주민의 복지향상을 목표로 한다. 맹자는 제나라 선왕이 왕도정치에 관해 묻자, 주周나라 문왕文王의 예를 들면서 어진 정치를 베풀기 위해서는 천하에 궁벽窮僻한 백성들로 의지할 데가 없는 환과고독鰥寡孤獨을 먼저 보살펴야 한다고 대답하였다.*

사궁민은 사궁이라 하며, '네 부류의 궁핍한 백성'이란 뜻으로 '환과고독'이라고도 한다. 환鰥은 늙어서 아내가 없는 홀아비, 과寡는 늙어서 남편이 없는 홀어미, 고孤는 어려서 부모가 없는 고아, 독獨은 늙어서 자식이 없는 노인이다. 사회복지는 어려운 사람을 도와야 한다. 아무나 퍼주는 것이 복지가 아니다. 우리 사회는 어려운 이웃이 정말로 많다.

보편적 복지가 아니고 선택적 복지를 해야 한다고 본다.

보편적 복지란 소득 수준 등의 조건이나 자격에 상관없이 복지 서비스를 제공하는 것을 말한다. 교육, 보육, 의료, 주거 등을 사회

---

* 성백효, 현토완역孟子集註, 서울:전통문화연구회, 2018, p84.

적 기본권으로 보고 접근하는 방식으로서 소득과 재산 조사를 하지 않고 모든 국민에게 특정 복지 급여를 평등하게 하는 것으로 사회주의 사상에 기반을 두고 있다고 할 수 있다. 수혜자가 국민 모두인 복지를 가리킨다. 즉 국민이라면 누구나 누려야 할 권리가 바로 보편적 복지이다. 가장 대표적인 예로 건강보험 제도가 있으며 조건과 관계없이 지원되는 보육료 지원, 양육수당 지원, 아동수당 등이 해당한다.

선별복지는 필요한 사람들에게만 선택적으로 복지서비스를 제공하는 것으로 특정한 조건을 충족할 경우 지원대상이 되는 복지를 말한다.

사회보장 급여를 소득에 근거하여 보다 효과적으로 집중시키기 위해 반드시 해당 복지가 필요한 사람에게만 선택적으로 시행되는 복지로서 필요사항 조사에 바탕을 두고 수급자의 요건에 해당하는 사람들에게만 선별적으로 급여를 행하는 것으로 자유주의 사상에 기반을 두고 있다. 예를 들면 국민기초생활보장제도, 한부모가족 지원제도, 장애인연금, 기초연금 등이 있다.

보편복지는 모든 사람에게 서비스를 제공해야 하므로 선별복지보다 비용이 많이 들고, 효율성도 낮지만, 형평성이 높다. 어려운 상황에 부닥친 후에 복지서비스를 받는 것이 아니라 사전에 서비스를 이용할 수 있다는 측면에서 예방의 차원으로도 볼 수 있다. 선택적으로 서비스 받는 것이 아니기 때문에, 어려운 상황에 부닥쳐 혜택을 받는다는 낙인이 없다는 장점이 있다.

　선별복지는 저소득층, 빈민 등 복지서비스가 필요한 사람에게 집중 제공하므로 보편복지에 비해 낮은 비용으로 높은 효과를 얻을 수 있으나 서비스 대상자가 한정적이고 형평성이 낮다. 어려운 상황에 부닥쳐 혜택을 받는다는 낙인이 있을 수 있다.

　무상급식을 보자면 경제적인 소득과 상관없이 모든 학생에게 지원되는 보편적 서비스이다. 이러한 보편적 서비스는 재정 낭비라고 생각한다.

　적은 재정으로 무상급식을 시행하였을 때 급식의 질과 양이 과연 한참 자라나는 아이들에게 적합할지 의문이 든다. 무상급식을 시행하다 보면 분명히 예산이 부족하게 될 것이며 부족한 예산으로 진행하다 보면 급식의 질을 떨어뜨리게 될 것이다. 또 한 단체 급식 자체를 아예 피하는 학생도 상당수 있을 수 있다는 것이다.

　나의 경험으로는 결론적으로 보편적 복지는 안 되고 도움이 꼭 필요한 사람들만 선별해서 복지를 제공해야 한다고 본다.

청도군부군수
취임

여러분 반갑습니다.

항상 마음으로부터 그리워하고 저가 자라난 고향에 돌아와 여러분과 함께 일하게 된 것을 매우 기쁘고 또 영광스럽게 생각합니다.

새천년의 시대적 소명을 짊어진 매우 중요한 이 시기에 여러모로 부족한 사람이 행정을 맡게 되어 무거운 책임감을 느끼고 있습니다. 저는 먼저 오늘의 제가 있기까지 그동안 아낌없는 지도와 성원을 베풀어주신 고향 선후배 그리고 동료 공직자 여러분에게 깊은 감사를 드립니다.

더욱이 민선 자치 시대가 개막된 이래 오랜 행정 경륜과 탁월하신 추진력, 그리고 고매하신 인품을 두루 갖추신 김상순 군수님의 지도로 여러분의 노력과 군민 모두의 성원으로 청도는 나날이 면모가 새로워지고, 소득이 늘어나고, 문화와 예술을 누리는 살기 좋은 고장으로 탈바꿈한 일은 우리가 모두 다 잘 알고 있는 사실입니다.

이렇게 훌륭한 고향 청도에서 여러 가지 면으로 부족한 제가 부군수의 중책을 맡아 어떻게 이바지할 것인가 하는 걱정이 앞섭니다만, 평소 존경하는 군수님을 뵙고 또 직원 여러분의 의욕에 가득한 활기찬 모습을 보니 새로운 각오와 힘이 생겨납니다. 미력이나마 제 정열과 노력을 청도의 번영과 풍요를 한 걸음 더 성숙시키는 데에 쏟을 각오이니, 직원 여러분의 협조와 동참을 기대합니다.

우리가 힘을 모아 열심히 노력하고 매진한다면, 반드시 청도군민 삶의 질을 한 단계 더 높일 수 있을 뿐만 아니라, 2000년대를 살아가는 우리의 소명이라고 할 수 있는 청도의 풍요를 더욱 활짝 꽃피워 빛나는 역사와 전통을 이어가게 될 것으로 확신합니다.

산자수명의 고장, 풍요로운 고향 청도에서 여러분과 함께 다시 일하게 된 인연에 다시 한번 감사드리고, 여러분의 끊임없는 성원과 협조를 재삼 당부드리며 간단하나마 취임 인사에 대합니다.
감사합니다.

〈2000. 2. 17〉

미시간 주립대학교
연수

미시간 주립대학교 | Michigan State University로 이하 MSU로 칭한다. 미국 미시간주의 이스트 랜싱Lansing City 지역에 있는 연구 중심의 명문 종합대학이다. 현재 미국 최대 규모의 종합대학/대학원으로 알려져 있다. 1855년 미국 최초의 농과대학으로 출발하여 랜드그랜트(주 정부가 인정하는) 대학교로서 설립되었으며 미국 초기의 국립 시설이기도 하다. 또한, 미국 내 최고 명문 공립대학교들로 간주하는 미국의 퍼블릭 아이비 대학교들 가운데 하나이다.

《U.S. 뉴스 & 월드 리포트》에 따르면 MSU는 핵물리학Nuclear physics과 교육학 분야에서 미국 내 독보적인 존재로 핵물리학 Nuclear physics 1위, 초등교육학 1위(23년 연속 1위), 중등교육학 1위 (23년 연속 1위)를 기록 중이다. 미시간 주립대학교의 핵물리학/핵공학은 미국/세계에서 1위를 자랑한다. 매해 연방정부 핵 연구소의 과학자 10%가 이 학부에서 배출되며 시카고 대학과 함께 세계 핵과학 연구의 선두주자로 뽑힌다. 기타 특이한 사항으로는, MSU의 핵물리학과Nuclear Physics는 세계적으로 MIT와 1, 2위를 다투고 있는 세계적인 수준이다. 이 학교의 핵물리학과에는 세계 최대 핵물리 시설인 Cyclotron 빌딩이 있는데 Cyclotron 빌딩 안으로 들어가면 "We are better than MIT"라고 자랑스럽게 쓰여있는 것을 발견할 수 있다고 한다.

오늘날, MSU는 47,800명의 학생과 2,954명의 교직원을 가지고 있으며, 미국에서 9번째로 가장 크다. MSU는 농학부를 비롯하여 수의학부, 자연과학부, 교육학부, 법학부, 사회과학부 등 크게 17개 학부로 구성되어 있다. 또, 독자적인 화력 발전소나 경찰기구, 박물관, 미술관, 천문학관, 대극장, 야외극장 등이 있으므로, 수업 내용과 같게 교육 시설도 충실한 학교이다.

오늘날 이 학교의 캠퍼스는 21㎢(약 600만 평)에 이르며 이 가운데 8.1㎢가 개발되어 있다. 캠퍼스 구내에 3개의 기차역이 있다. 현재 556개의 건물이 있는데 이 가운데 100개의 건물이 교육용으로, 131개의 건물이 농업용으로, 166개의 건물이 기숙사 및 외식 산업으로, 42개 건물이 체육용이다.

미시간 주립대학교에서 한국 학생들이 주축이 되는 한국학생회와 한국 학생협회도 존재한다고 한다.

참고로 MSU의 유명 한국 동문을 보면 삼성그룹, CJ제일제당 2대 회장 이맹희, 제5대 서울대학교 총장 최규남, 제7대 고용노동부 장관 이재갑, 제43대 국무총리 이완구, 물리학자 및 노태우 정부 국무위원 정근모 등이다.

미국 대학 연수 | 보통 대학을 다녔느냐고 물으면 '대학 문 앞에도 못 가봤다'라고 말할 때가 있다. 나는 미국대학 문안에 들어가 대학 기숙사에서 숙식하면서 MSU에서 연수를 했다.

2001년도 여름에 MSU의 사회과학부College of Social Science에서 전국 기초자치단체의 부단체장 20명이 한국지방자치단체 국제화재단 주관으로 "21세기 시민사회와 정부의 변혁"이라는 주제로 하는 고위 정책관리자 해외연수의 기회가 있었다. 짧은 기간이나마 강의도 받고 세미나도 하고 현지 관계기관 방문도 하였다. 현지 방문은 대학이 소재하는 Lansing City의 Old Town과 Detroit City의 다운타운, MSU의 캠퍼스도 방문했다. 대학 구내에는 앞에서도 소개했지만, 경북대학교의 본관보다 큰 교육용 건물만 100여 개가 고색 찬연하게 고목 숲과 어우러진 사이로 기차가 다니는데 기차역이 3개나 있다더라. 미시간대학University of Michigan(MSU가 아님)이 있는 Ann Arbor City의 고형 쓰레기처리국도 방문하고 Holland 시청과 Norton Shores 시청도 둘러보았다. 오전에는 주로 강의실에서 세미나와 강의를 하고 오후에는 현장 방문 시간을 가졌는데 심지어 교도소도 가 보았다. 교도소 내부는 우리의 군대 내무반과 비슷한 구조에 중앙통로가 있고 양쪽으로 철망을 쳐서 여러 사람이 수갑도 차지 않고 비교적 자유롭게(?) 보였다. 사실 나는 우리의 교도소는 정작 아직 보지는 못했다. 어느 날 오후 한때는 미시간 호수 변에서 불고기 구이 파티도 했다. 고기 굽는 시설과 가스는 상시로 고정 비치되어 있어 우리처럼 장비 등의 기구는 준비를 안 해도 되고 오직 먹는 고기만 준비하면 해결이 되게 되어있어 편리하다고 생각해 보았다. 미시간 호수 주변 환경도 소위 자연보호가 잘돼 있어 보이더라. 호수의 북쪽은 캐나다이고 미시간주에서 가장 큰 도시 Detroit City는 주의 남동단에 위치한다.

MSU의 연수기간 동안 우리들의 연수를 사실상 지도하신 이제훈 박사님의 배려에 크게 감사를 드린다. 이 박사는 서울대 대학원을 졸업하고 미국 MSU 대학원에서 도시계획학 박사를 취득하고 현재 미시간대학 사회과학대학 교수로 재직 중이었다. 연수 기간 동안 이 박사의 『지방정부의 혁신』이란 책으로 주로 강의가 진행되었고 전 연수 동안 지도교수로 열심히 지도해 주심을 고맙게 생각한다.

랜싱시 Lansing City

랜싱시는 미시간주의 주 수도이며 대도시 시카고와 디트로이트의 중간에 위치하는 대학가 도시이며 인구는 11.7만(2017년)이다. 대학 캠퍼스의 큰 건물을 제외하면 고층 건물이 별로 없어 농촌 같은 도시이며 고풍이 있는 지역이다. MUS 캠퍼스와 시가지 구분이 잘 안 되는 소도시이다. 또한, 도로변의 전주가 나무인 것과 가로수 나무 밑 주변을

원형으로 된 철제 보호망이 있는데 굵은 톱밥으로 정리가 되어있어 전형적인 농촌 풍경을 연상케 한다. 도시 인구의 절반이 MSU의 젊은 대학인(학생 4만7천 명, 교직원 약 3천 명) 들로 또한 젊은 청년 도시를 자랑한다.

MSU 수료증

디트로이트Detroit City 의 몰락

미국 미시간주 디트로이트 시는 최근 수십 년에 걸쳐 엄청난 경제적 쇠퇴와 인구 감소를 맞고 있다. 1950년 200만 명으로 미국의 4대 도시(뉴욕, 시카고, LA, Det)이었던 인구는 2013년 70만 명으로 떨어졌다(흑인은 40만⇒ 60만). 도시의 주력 산업이었던 자동차 산업은 세계적인 경쟁자들의 등장으로 퇴락했다.

2013년 7월 18일, 디트로이트 시 정부는 미국 역사상 최대 규모의 지자체 파산을 선언했으며, 시의 채무액은 180억 $를 넘었고, 포드Ford의 고향이자 후기산업혁명의 중심이었던 거대 자동차 도시는 이제 미국에서 최대 규모로 파산한 몰락한 도시Broken City라는 오명을 얻었으며, 빈곤(2013년 실업률 18%)과 범죄 발생률은 미국에서 최고 수준이고, 그로 인한 도시문제들은 아직도 현재 진행형이다.

주민 83%가 흑인이며, 인구의 36%는 극빈층이기도 하다. 가로등 40%는 불을 밝히지 못한 지 오래다. 주민들이 집과 건물을 버리고 떠나(8만 채가 폐가) 유령도시의 풍경이다.

　파산선언은 2013년에 했지만 2001년 연수 기간 중 Detroit City의 현지를 갔을 때도 여기저기 대형건물과 아파트 등의 출입문에 콘크리트로 폐쇄 조치를 해 둔 것을 봤는데 많은 도심지역이 황폐화를 겪고 있었다.

디트로이트의 극심한 쇠퇴, 그 원인은?

한마디로 자동차 산업의 강성 노조 탓이다. 18만 노동자가 40만 퇴직자를 먹여 살리는 복지천국이다. "기업이 망하니(2009 GM 파산) 도시가 망하더라."라는 교훈을 남겼다. 우리나라, 노조, 기업, 도시, 모두가 Detroit를 타산지석으로 삼아야 한다.

군수권한대행으로
추념사를

존경하는 군민 여러분.

순국선열과 전몰군경 유가족, 그리고 국가유공자 여러분.

오늘 우리는 제47회 현충일을 맞이하여 나라와 겨레를 위해 신명을 바치신 호국영령들의 거룩한 희생을 기리기 위해 경건한 마음으로 이 자리에 모였습니다.

저는 오늘 온 국민과 더불어, 조국의 산천에 고이 잠들어 계신 수많은 순국선열과 전몰 호국 용사들을 추모하면서, 삼가 머리 숙여 영령들의 명복을 빕니다.

해마다 유월이 오면, 우리는 아름다운 이 강토를 지키기 위해 고귀한 생명을 민족의 제단에 바치신 호국영령들의 잔잔한 숨결을 느끼게 됩니다. 순국선열들께서는 나라를 지키기 위해, 하나뿐인 목숨을 초개와 같이 던지셨고, 호국 용사들께서는 6·25전쟁으로 국가의 운명이 풍전등화가 되었을 때, 내 부모, 내 형제, 내 민족의 자유 수호를 위해 꽃다운 젊음을 조국에 바치셨으며, 또한 수많은 용사께서는 세계평화를 위해 나라의 부름을 받고 머나먼 이국땅에서 장렬히 산화하시기도 했습니다.

52년 전 유월, 평화롭고 아름답던 이 땅에 6·25전쟁이 시작되었습니다. 이념의 소용돌이 속에서 빚어진 불행한 전쟁으로 인해 적의 포탄에 맞아 쓰러진 시체는 산을 이루었고, 용감하게 싸우시다 산화하신 임들의 붉은 피는 온 산하를 뒤덮었습니다. 어느덧 반세기가 흘러갔지만, 국가유공자와 유가족 여러분께서는 평생 그날을 잊을 수가 없을 것입니다.

금지옥엽처럼 키웠던 자식, 사랑하는 남편이 사선을 넘나드는 그 전장에서 반드시 살아서 돌아오기만을 기도하던 유가족 여러분에게 전사라는 한 통의 비보가 전해졌을 때 하늘이 무너지고, 땅이 꺼지는 그 심정이야말로 그 무엇으로 형용할 수 있겠습니까?

피눈물로 살아 온 한 세상. 마음속에 깊이 새겨진 지난날의 상처는 너무나 크고, 그 고통을 잊기에는 아직도 한이 서려 있으시겠지만, 가신 님들의 고귀하고 숭고한 정신이야말로 우리의 가슴 가슴 속에 길이길이 남을 것입니다.

친애하는 군민 여러분!

오늘날 우리가 이렇게 자유와 번영을 마음껏 누리며 살아가고 있는 것은 조국을 위해 열심히 싸우시다가 이슬처럼 사라져 가신 호국영령들의 거룩한 희생이 있었다는 사실을 우리는 결코 잊어서는 아니 될 것입니다.

이제 전쟁은 이 땅에서 반드시 사라져야 합니다.

두 번 다시 동족 간에 총부리를 겨누고, 아름다운 산하를 피로

물들이는 비극의 역사가 되풀이되어서는 아니 됩니다.

이 나라의 분단은 일부 소수집단의 갈등과 분열로 만들어진 산물로, 갈등과 분열이 사회에 미치는 영향이 얼마나 무서운가를 우리는 과거 역사를 통해서 잘 알고 있습니다.

이제 우리는 지나온 고난의 역사에서 배움을 얻어 분열하지 말고, 군민 모두가 한마음 한뜻으로 뭉치고 화합할 수 있도록 다 같이 힘을 모아 나가야 하겠습니다.

이 나라를 지키나 가신 호국영령들이시여!

임들께서 지켜주신 이 땅은 예나 지금이나 변함없이 푸르고 아름다운데, 세월은 여러분의 가슴에 맺힌 한을 아는지 모르는지, 참으로 무심히도 흘러만 갑니다.

그러나 임들께서 천상에 오르는 그 순간까지 목놓아 불렀던 부모·형제와 아름다웠던 아내, 그리고 사랑하는 아들딸들은 임들을 잊지 못하고 오늘도 이 자리에 모여 추모하며, 머리 숙여 흐느끼고 있습니다.

임들은 아시는지요

자식 잃은 부모의 슬픔과 지아비를 잃은 아내의 절규를.

그날의 원통으로 하염없이 흘리신 피눈물은 강물이 되어 흘렀고, 가슴속에 맺힌 한은 산더미처럼 쌓여 하루도 잊은 날이 없습니다.

조국을 지키신 위대한 넋이시여

이 땅을 지켜주신 그 충혼으로 꿈에도 잊지 못할 부모·형제와 자녀들이 건강하고 행복하게 살아갈 수 있도록 도와주소서!

또한, 이 조국이 자손만대로 번영을 누릴 수 있도록 지켜주소서!

오늘 이 뜻깊은 현충일을 맞이하여 전 군민의 이름으로 영령들의 명복을 비오니 호국영령들이시여!

고이고이 잠드소서!

2002. 6. 6.

청도군수 권한대행 김동진

고향 부군수로
정년퇴임

하루는 길고 한 달은 빠르고 십년이 화살같이 지나가고 사람 한 평생은 눈 깜짝할 사이라는 말이 있습니다.

세월이 빠르다는 것을 비유한 이야기이겠지만 오늘 제가 이렇게 퇴임식의 자리에 서고 보니 정말 세월이 빠르다는 것을 실감하게 됩니다.

가난한 소농의 아들로 이곳 청도의 두메산골에서 태어나 어렵사리 학업을 마친 후 청운의 꿈을 안고 1968년 8월 1일 울진군 농촌 지도소에서 공직사회에 첫발을 들여놓은 것이 바로 어제 같은데 식량 증산에다 새마을운동과 조국 근대화의 기수로서 민주화 운동의 선봉에서 일한답시고 도내 여러 시군과 도청을 돌면서 이리 뛰고 저리 뛰다 보니 삼십오 년이 어느새 흘러가 버리고 환갑 진갑이 지난 초로의 인생으로 이제 모든 공직 생활을 접어야 하는 퇴임을 맞게 되니 참으로 감회가 크고 세월을 새삼 느끼게 됩니다.

저는 오늘 퇴임의 인사를 드림에 있어 먼저 정중히 머리 숙여 제 여생을 통하여 보답해 나가야 할, 어쩌면 영원히 보답하지 못할지도 모를 감사의 말씀을 드리고자 합니다.

첫째로, 저는 대한민국이라는 우리나라에 대하여 참으로 감사하고 고맙게 생각합니다. 재주 없고 배운 것 부족하며 덕성 또한 모자라는 저를 우리나라 즉 국가에서는 써 주었습니다. 수고의 대가라지만 어김없이 월급을 지급해 주었고 또 연금도 마련해 줍니다. 참으로 황송하고 고마운 일이 아닐 수 없으며 제가 과연 국가를 위해 공헌한 것이 무엇이 있는가 하는 때늦은 자책감을 느끼게 합니다.

둘째로는 청도군과 군수님, 그리고 동료 공직자 여러분께 감사하다는 말씀을 드립니다. 청도는 제가 태어난 고향이자 어린 시절을 보낸 생활의 터전이었고 또 지난날 청도군에 봉직하기도 했었던 영원한 고향입니다. 국적도 바꿀 수가 있고 직장도 바꿀 수가 있습니다마는 영원히 바꿀 수가 없는 것이 고향입니다.

이 고향에서 능력 부족한 제가 부군수라는 영광스러운 직책을 수행하다가 영예롭게 퇴임하도록 배려와 지도를 해 주신 김상순 군수님, 특히 구조조정이라는 거센 물결 속에서도 법에 정해진 직업공무원의 정년을 보장해주신 군수님의 소신과 철학에 존경과 감사를 드립니다.

그리고 동료 공직자 여러분께서 이 사람을 사랑으로 보살펴 주고 너그럽게 감싸 안아 준 데 대하여 참으로 고맙게 생각합니다. 제가 부군수직을 수행하는 동안 여러 동료에게 언행으로 질책을 하거나 또 마음에 상처를 주었던 일이 있었을 것으로 생각됩니다만 그것은 개인적인 사사로운 감정이 아니고 오로지 직무 수행의 과정이라고 너그럽게 생각하시어 오늘로써 모두 관용해 주시기를 청하는 바입니다.

또 감사해야 할 대상이 있습니다. 이 자리가 공식적인 자리이니만치 사적인 말을 피해야 하는 줄은 잘 알고 있습니다만 공직을 떠나는 마지막 자리라는 핑계로 제 가족에 대한 언급을 조금 하겠습니다.

이 자리에 게시는 공지자 여러분께서도 같이 겪으신 문제이겠지만 공무원은 보수를 비롯하여 여러 가지 사정이 넉넉하지는 못합니다. 어려운 형편에서도 건강하게 잘 성장해 준 제 아들과 딸들! 참으로 고맙고…. 이는 제 혼자의 힘으로 이루어진 것이 아니고 이 사회와 국가 그리고 천지 만물의 보우保佑가 있었던 것으로 생각합니다.

자식 이야기, 내자 이야기를 하는 것이 팔불출이라고 합니다만 오늘은 저도 팔불출이라는 욕을 먹더라도 꼭 언급해야 할 사람이 있습니다.

사랑하는 저의 아내, 참으로 꽃다운 나이에 저에게 시집와서 어려운 경제와 박봉에도 묵묵히 저를 뒷바라지해 주었고 자식들을 잘 길러서 필혼까지 시켜 훌륭한 사회인으로 키워주었습니다. 난생처음으로 아내에게 감사하다는 표현을 드리는 바입니다.

그리고 제 인생에 영원히 잊지 못할 분! 제 어머니입니다.

세계를 휩쓴 이념 갈등과 한국 동란의 소용돌이에 휘말려 일찍이 홀로 되셨습니다. 세상에 어느 어머니인들 자식 사랑 안 하는 사람이 없겠으나 특히 제 어머님께서는 여자 혼자의 몸으로 그 어려운 여건에서도 저를 잘 키워주셨고 더구나 우리 시대에는 엄두조차 내기가 힘 드는 최고학부까지 교육을 시켜주었으며 또 한없는 사랑을 베풀어 주셨습니다.

지금은 비록 저세상에 가셨지만 저는 참으로 어머님 영전에, 영원히 갚지 못할 부모님 은혜에 대하여 이 자리를 빌려 깊은 마음의 감사를 드리지 않을 수가 없습니다.

물론 이 이외에도 제가 우리나라와 사회, 그리고 공직사회 학교 등등에 진 빚이 무수한 줄 잘 알고 있으며 이 보잘것없는 저가 공직사회에서, 또 제 인생에서 조그마한 성취라도 거둔 것이 있다면 그것은 저 자신의 성과가 아니라 오로지 저에게 베풀어 주신 여러분의 성취라고 겸허히 생각하고 있습니다.

지난날을 회고해 볼 때 새마을운동이 한창이던 80년대 초 고향 청도의 문화공보실장과 새마을 과장으로서 새마을운동에 일조할 수 있었던 점, 지방자치제 시행 이후 경상북도 의회의 전문위원과 총무담당관으로 지방자치와 지방 의정 발전에 조금이나마 이바지할 수 있었던 일, 그리고 고향 청도의 부군수로서 마지막 봉사를 펼칠 수 있었던 것을 큰 보람으로 생각하며 일평생의 영광으로 간직할 것입니다.

이제 막상 공직을 떠나는 식장에 서고 보니 후회가 앞섭니다.

지방행정 공무원으로서 지방행정의 궁극적인 목표가 지역사회 개발과 주민의 소득증대를 통한 주민복지 향상일진대 과연 저 자신 지방행정에 이바지한 바가 무엇이냐고 자문자답해 볼 때 별로 한 일도 없이 국록만 축낸 것이 아닌가 하는 생각이 듭니다. 또한, 공직의 생활이 유한함에도 일찍이 깨닫지 못하고 남의 일로만 생각하면서 오늘에 이르고 보니 무척 아쉽습니다.

저의 전철을 타산지석으로 삼아 후배 동료 공직자 여러분께서는 공직 생활에 더욱 열심히 정진하여서 국가와 사회, 그리고 고향 청도군에 큰 공헌을 해 주시기를 간곡히 당부드립니다.

저 역시 앞으로도 계속하여 고향 청도의 번영과 발전, 그리고 청도군민 모두가 지향하는 『풍요로운 새 청도 건설』에 적극적으로 동참할 각오입니다.

오늘로써 제가 비록 공직을 떠납니다만 남성현, 제가 어릴 때부터 살던 곳에 조그마한 초옥 한 칸을 마련해 놓고 있습니다. 간혹 지나시는 걸음에 들러주시고 또 종종 소식도 전해 주시고 만나는 기회가 자주 있기를 청하며 기대하는 바입니다.

끝으로 군수님, 그리고 지금까지 저와 같이 근무했던 여러 선배 동료 후배 공직자 여러분들에게 거듭 그동안 정말 감사했다는 말씀을 드리면서 이 자리에 계신 모든 분이 늘 건강하시고 가정에 행운이 깃드시기를 기원 합니다.

　고맙습니다. 안녕히 계십시오.

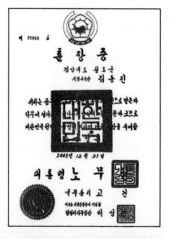

　2003. 12. 26.

경북행정동우회

경북행정동우회는 경북도청에서 정규 공무원으로 재직하다가 퇴직한 자로서 동우회에 가입한 퇴직공무원들의 모임인데 정관에 나타난 공식 명칭은 사단법인 지방행정동우회 경상북도지회인데 통칭 '경북행정동우회'라 칭하고 있다.

나는 2003년 말에 청도군에서 정년퇴임을 했는데 과거에 경북도청에서 12년여를 재직한 자격으로 2007년에 동우회에 입회, 2008년에 이사로, 그리고 2016년에 경북행정동우회 부회장이 되어 오늘에 이르고 있다. 부회장이 되고는 매월 초에 정례적으로 회장단 회의가 있어 노년을 살아가면서 공직의 옛 동료 선후배를 달마다 만날 수 있어 가장 아끼는 모임 중의 하나이다.

연중행사 | 행정동우회는 회원 상호 간의 친목 도모와 복지증진을 도모하고 국가와 지역사회 발전에 이바지함을 목적으로 하는 바 해마다 크고 작은 사업을 많이 하고 있다.

해마다 연초에는 신년교례회를 주로 문화웨딩에서 하는데 전 회원과 자문위원들 그리고 도지사를 비롯한 도청의 간부들이 참석하는 신년 인사회이다.

앞에 서두에서 언급했듯이 매월 첫 목요일에는 회장단 회의를 하는데 회무보고를 하고 동우회 사업 전반을 협의하는 사실상 운영 주체가 된다고 하겠다.

상하반기 두 번에 걸쳐 이사 회의를 하고, 춘추계 2회의 자연정화 활동으로 시군에 관광버스 2대 정도의 회원이 참여하여 강변 등의 자연보호 활동을 한다. 그리고 해마다 시군을 순회하면서 개최하는 도민체육대회도 참관한다. 또한, 취미 동호회별로 바둑대회, 파크골프 등의 모임도 수시로 가진다. 또 설이나 추석 명절에는 복지시설에 위문품으로 사회복지시설 위문 행사도 한다. 시군 축제 및 전통시장 장보기 행사, 회원들의 도민 의식 함양 등의 연수회도 수시로 가진다.

그리고 연말에는 전 회원이 참석하여 예산 결산 및 임원 개선 등의 정기총회를 가짐으로써 한 해 동우회 살림을 마무리한다.

국토순례 및 도정홍보 활동

우리 회의 행사 가운데 가장 인기 있는 프로그램으로 회원 가족들과 함께하는 2박 3일간의 국내 관광여행이다. 옛날에는 경상북도의 지원을 받아 경북 도정 홍보와 경북관광 안내라는 명분으로 국내 관광지를 찾아 여행하였다. 이렇게 경상북도의 지원을 받아 시행해 오던 2박 3일의 여행도 행정동우회에는 재정지원을 할 수 없다는 지방재정법이 개정됨으로 인하여 2016년부터는 경상북도의 예산지원이 중단되고 말았다. 그러나 자비 부담으로 1박 2일 정도라도 하는 방향으로 검토하여 계속하자는 의견이 많은 것으로 시행했으면 하고 있다. 특히 가족들이 좋아하는 것으로 검토 중이다.

그동안 필자가 참여한 행사는 다음과 같다.

- 2019. 10. 7. 영덕 송이 축제-삼척 해신당공원-동해 추암 촛대바위-정동진 선크루즈리조트호텔(1박), 모래시계-강릉 경포대(李章周 아저씨) 선교장 오죽헌-평창 상원사 월정사

- 2018. 6. 20. 제주도 에코랜드, 일출봉, 용머리 해안, 천지연폭포, 약천사, 비자림, 선녀와 나무꾼, 조랑말 체험(2박 3일 제주밸류호텔)

- 2017. 6. 8. 봉화 백두대간 수목원-협곡열차(봉화 분천-태백 철암)-태백석탄박물관-단양(대명리조트 1박), 온달 관광지, 도담삼

봉-충주호 유람선(청풍-장회나루) 청풍문화재단지

- 2014. 6. 10 임진각-도라산 전망대-파주3땅굴-산정호수-열쇠
  부대 전망대-6사단 전차대 수색대(병영 식사)-2땅굴-평화
  전망대-백마고지-월정리역 이동갈비(막걸리)-남이섬-춘
  천 닭갈비(2박 3일)

- 2012. 5. 29. 담양 죽녹원-신안 증도(염전)-목포신안비치호텔-영
  암 왕인유적지 도갑사-진도대교 운림산방-여수 Expo(2
  박 3일)

- 2009. 6. 2. 순천 낙안읍성-보성 차밭-완도관광호텔, 보길도 세
  연정, 노화도-해남 땅끝마을-목포 신안비치호텔, 유달
  산-강진 다산초당 백련사(2박 3일)

- 2009. 10. 21. 인천도시축전-인천대교-자유공원-차이나타운-
  금산인삼연구소(1박 2일)

| '慶北同友' 회지 발간 | 　　　우리 회에서는 매년 연말에 '경북 동우'라는 회지를 발간해오고 있다. |

현재까지 22호(2019)를 발간 배부하였는데 회원(회원 및 가족)들의
글솜씨 자랑의 마당이기도 하다. 과거 공직생활 회상이나 추억담
을 비롯하여 논설 논단 기행문 수필 시 시조 서예(서예가 제일 많은 것
같음) 서화 사진 그림 등 여러 분야의 글들로 구성된다.

　　입회 이후 필자가 '경북동우' 지에 쓴 글은 다음과 같다.

11호 -내고향 청도(2007)

12호 -白頭山 縱走記

13호 -오늘도 산길을 걸으며

14호 -팔공산 갓바위(2010)

15호 -증보 모산여록

16호 -청도 운문산,

17호 -개미 쳇바퀴 돌 듯

18호 -새미을운동 발상지에 대한 고찰,

　　　-가족 12명이 다녀온 미국

19호 -태산이 높다 하되(2015)

　　　-졸업 60주년 기념 동창회

20호 -차마고도 여행, -갓바위 산신령(2017)

21호 - 부주전상서

22호 -조선왕릉은 신의 정원이다

　　　-초등학교를 5년 반 만에 졸업하다(2019)

행정동우회관 신축 건립

행정동우회 입회한 이래 가장 보람 있고 큰 역사적인 일은 달서구 송현동에 경상북도 행정동우회관 신축 건립일 것이다. 그동안 대구 남구 대명동 언덕에 경북노인회관의 사무실을 빌려서 회관으로 사용해 왔었다. 2016년 7월 29일은 행정동우회관을 준공

개관함으로써 우리의 회관을 가지게 되는 뜻깊은 날이다. 철근콘크리트 3층에 연건평 142평 규모의 회관건립 경위는 회관건립백서를 발간하여 전 회원에게 배부한 바 있어 알고 있다.

추진 경위는 건립백서에도 잘 나타나 있지만, 이 일은 아무나 할 수 있는 일이 아니다. 김정규 행정동우회장(전 경상북도 행정부지사)의 행정 경험과 열성적인 추진력, 폭넓은 인맥과 후덕한 인심 덕분으로 여러 가지 어려움을 이겨내면서 이룩한 결과라고 생각된다. 심지어 회장의 임기를 연장해 가면서까지 기어이 이루어낸 성취라고 우리도 옆에서 보아서 알고 있으며 감사를 드린다. 그리고 회관 신축의 실무를 맡아 3년여 동안 여러 어려움을 극복하고 열매를 맺도록 회장을 도와 고생을 한 정석권 전 사무국장, 김성훈 사무처장, 곽광일 부회장, 이향선 간사 등 여러분들께도 박수와 감사를 드린다. 아무튼, 회관건립의 대역사는 우리 회원들의 인구ㅅㅁ에 오래오래 회자될 것이다. 회관건립을 계기로 우리 동우회원 모두의 적극적인 협조와 참여로 경북행정동우회의 무궁한 발전을 기원해 본다.

경북행정동우회여 영원 하라！！

지방행정동우회법 제정

행정동우회의 또 하나의 역사적인 경사가 최근에 있었다. 많은 사람들의 도움과 협조로 지방행정동우회법이 어려운 국회의 문턱을 넘어 지난 2020년 3월 31일자로 법률 제17168호로 제정되어 시행하게 되었다. 이 법은 행정동우회원들의 오랜 숙원 사업이었다. 행정동우회의 존재와 존립가치를 인정하는 기본법으로 이제 행정동우회가 일반적인 모임의 범주를 벗어나 법률적인 근거를 마련한 것이다. 동우회원임을 자랑하고 자부심을 가지고 경하해야 할 일이다. 새로 제정된 지방행정동우회법의 내용을 발췌 요약해 본다.

지방행정동우회법 주요 내용

- 법률 제17168호 (2020.3.31. 제정, 시행 – 15개 조문)
- 목적 (제1조) : 회원 간 친목을 도모하고 국가 발전과 사회 공익 증진에 이바지함
- 사업 (제6조) 다음 각호의 사업을 수행한다.
    1. 지방자치단체 간의 협의 증진을 위한 사업
    2. 지방행정 발전을 위하여 필요한 사업
    3. 주민을 위한 공익 봉사활동
    4. 회원 간의 친목 도모를 위한 사업

---

5. 회원의 복지증진을 위한 사업

　　6. 그 밖에 동우회의 목적달성을 위하여 필요한 사업

- 총회 (제7조)

　① 중앙회 총회는 회장, 부회장, 이사, 지회장 및 분회장으로 구성한다.

　② 지회 및 분회의 총회 구성은 정관으로 규정한다.

　③ 총회는 정관으로 정하는 중요한 사항을 의결한다.

- 의결정족수 (제9조)

　총회의 의결은 재적 회원 과반수의 출석과 출석회원 과반수의 찬성으로 의결한다. 다만 정관의 변경은 재적회원 과반수의 출석과 출석회원 3분의2 이상의 찬성으로 의결한다.

- 이사회 (제11조)

　① 동우회에 이사회를 둔다.

　② 이사회는 정관에 규정된 사항과 총회에서 위임된 사항을 의결한다.

　③ 이사회는 회장, 부회장 및 이사로 구성한다.

- 재정 (제14조)

　1. 동우회의 재정은 회원의 회비, 그밖에 정관으로 정하는 수입으로 충당한다.

　2. 국가 및 지방자치단체는 제6조 제2호 및 제3호의 사업실시를 위하여 필요하다고 인정하는 경우에는 예산의 범위에서 보조금을 지급할 수 있다.

지방행정동우회장

기록에 의하면 사단법인 지방행정동우회 정관은 1988년 1월 9일에 제정되어 4회의 개정으로 현재에 이르고 있다. 우리 행정동우회는 1960년대 초반에는 이이회以以會로 출발하여 1970년대 초반에 경상북도행정동우회로 바뀌어 오늘에 이르고 있다. 초창기부터 현재에 이르기까지 행정동우회를 애써 잘 가꾸어주신 회장님들에게 감사를 드리면서 역대 행정동우회장님을 소개한다.

(경북동우 제23호 2020)

會名稱	姓名	在任期間
以以會	許洽	630513~721013
地方行政同友會	許洽	721014~861219
〃	李種旺	861220~881225
〃	權太晋	881226~921210
〃	李相浩	921211~961210
〃	白陽鉉	961211~981210
〃	金恪鉉	981211~021231
〃	石鎭厚	030101~041231
〃	金洙生	050101~111231
〃	金丁奎	120101~181231
〃	閔丙宙	190101~201231
〃	金榮在	210101~

이철우 경상북도지사님과 함께, 2018. 11.19.

노년의 새로운 생활

4장

개미 쳇바퀴
돌 듯

치사십년致仕＋年이라 | 정년 퇴임하고 올해로 백수白手 10년
차이다. 하루는 길고 한 달은 빠르고
십년이 화살같이 지나가고 사람 한평생은 눈 깜짝할 사이라는 말
이 있다. 세월이 빠름을 실감한다.

　명색이 전관예우로 청도군의 유일한 공기업이고 상설 소싸움장
을 관리하는 청도 공영사업공사의 사장으로 임명을 받아 6개월 정
도가 되니 인사 조정상 불가피하다니 별수 없이 그만두었고 운이
좋아 서라벌대학의 겸임교수로 나가다가 3년이 되니 끈이 떨어지
고, 또 경상북도 민방위 소양 강사도 3년쯤 하니 더는 불러주지 않
고, 대구지방법원 청도군법원 민사조정위원으로 위촉받아 4년 동
안 서민들의 애환이 얽히고설킨 일들을 조정하여 해결해 주었다.
현직에 재임 시에 청도로터리클럽(국제로터리 3700지구)에 회원이 되
어 봉사 활동을 해 오다 퇴임 후 회장도 역임했고 한 10년간 봉사
활동을 하다가 요즘은 그만두었다. 한국행정학회에 15년째 회원
으로 소속이 되어 아직도 활동하고 있는데 이것도 인제 그만둘 때
가 되어 가는가 싶다.

236

작년부터 대구사회문화대학에 등록하여 일주일에 두 번씩 나가고 있다.

개미 쳇바퀴 돌듯 산다

지금의 일상은 새벽에 동네 산을 오르며 하루를 열고 낮에는 주로 강의를 듣고 산에 가고 시간 나면 책도 보고 농사도 지으며 살아간다.

일주일 단위로 한문수강 1일(목요일), 갓바위 등산 1일(수), 농사짓기 1일(월), 문화대학 2일(화, 금)로 정해진 일정표대로 개미 쳇바퀴 돌듯 살다 보면 한 주일이 훌쩍 지나간다. 강의 수강은 퇴임 후 5년쯤 되니 공식역할이 대충 끝나게 될 때쯤에 이 대로 주저 앉으면 안 되겠다 싶어 소일거리를 탐색하기 시작했다.

향교에도 가보고 시내 도서관에서 시행하는 강좌도 몇 군데 둘러보고 하다 대구불교대학(동화사 부설)과 인연이 닿아서 2년간 불교의 이론과 의식 등 기본소양 과목을 주마간산 격으로 이수했다.

도서관에서 평생교육 프로그램으로 운영하는 강좌를 살펴보니 크게 한문 강좌와 컴퓨터 강좌가 눈에 띄는데 컴퓨터는 현직에 있을 때부터 크게 불편함이 없을 정도로 해오던 터라 기회가 닿는 대로 부문별로 필요한 것을 골라서 수강토록 하고 우선 한문 강좌를 들어보기로 했다.

월요일은 농사 핑계로 고향에 간다

퇴임하기 직전에 내가 태어나서 어릴 때부터 살던 집(대지 167평)에 옛날 건물들을 모두 털어버리고 그 자리에 새로 12평짜리 원룸으로 집을 지어 농가 주택 겸 별장 삼아 계절에 상관없이 언제나 식주食住는 해결이 되도록 해두었으며 나머지 터에는 주차공간 소로小路를 제외한 100여 평을 채전으로 하고 있다.

이외에도 논, 밭, 산, 등 지목별로 한 필지씩이 있고 원래에 우리 집에는 청도의 특산인 감나무를 비롯하여 살구 매실 모과 대추 앵두 등 과일나무가 있어 직접 농사꾼이 되어 한 3년간 농사를 짓다가 지금은 논농사는 다른 사람에게 위탁하고 텃밭만 가지고 철철이 여러 가지 채소 정도만 가꾸고 있다. 농자천하지대본이라 나는 원래 농촌에서 농민의 아들로 태어나서 어릴 때부터 농사일을 거들기도 했고 또 학창 시절엔 가정형편이 여의치 않아 휴학하고 머슴을 내보내고 직접 농사를 지어본 경험도 있다.

또한, 대학도 농과대학을 졸업하고 공직의 출발도 농촌지도소를 시작으로 지방 행정에 평생을 몸담은 터라 농정과 농사가 나에게는 이 골이 나 있었다. 그래서 매

주 월요일은 계절과 무관하게 정기적으로 농사를 핑계 삼아 집사람과 함께 고향도 가고 바람도 세며 때론 옛 친구도 만나고 돌아올 때는 온천(용암온천)도 하면서 하루를 고향서 소일하고 온다(대구 자택에서 28㎞에 4~50분 소요). 덕택에 철 따라 온갖 채소도 맛보고 특히 가을철에는 수확의 기쁨도 만끽한다.

화요일은 문화대학文化大學에

문화대학(社)大邱社會文化福祉院 附設 大邱社會文化大學)에는 작년(2012.10)에 등록했다. 문화대학은 최근 고령화 사회로 급증하는 지성 노년층이 평생교육 차원에서 새로운 지식을 습득하여 문화적 복지향상을 도모하고 건전한 개인 생활과 사회발전에 이바지하도록 한다는 취지로 설립된 평생교육원이다. 대구 수성도서관 별관에 위치하고 1990년도에 효 목 노인 독서대학으로 발족하여 1995년도에 대구 평생교육 대학으로 개칭하면서 오늘에 이르기까지 약 20년간 연 1,613회의 강의가 이어져 오고 있다, 문화대학에서는 정년 퇴임자 등 약 120여 명이 수강하고 있는데 평균연령은 70대 후반이며 남성이 약 80%이고 교직 출신이 다수이다.

수요일은 갓바위를 오른다

비가 오나 눈이 오나 날씨와는 상관없이 매주 수요일 팔공산 갓바위만을 오르는 모임이 있다. 모두 비슷한 연배에다 퇴직

한 공직자들, 게다가 모두가 대학 동문이라는 인연으로 만난 희한한 6명의 모임이다.

공무원으로 현직에서 일할 때는 식량 증산 녹색혁명 등 한국 농업 선진화에 일조하고 새마을 사업 조국 근대화의 역군으로 열심히 뛰다가 퇴역 후에는 산과 더불어 자연을 벗하여 건강도 챙기고 일행들과 친목도 다지면서 매주 오르니 대충 일 년에 50번은 넘게 갓바위를 오르게 된다. 매주 수요일 아침 전원이 다 참석하면 좋고 한두 명이라도 상관없다. 불가에서는 인연소기라 하지 인과 연으로 말미암아 모든 것이 일어난다. 산이 좋고 갓바위가 좋아 일주일에 한 번씩 오르다 보니 퇴직 이후 10년 차인 2013년 6월 말 현재 534번이나 갓바위 부처님을 친견하는 연을 맺었다.

앞으로도 갓바위 부처님이 나에게 건강과 수명을 허여해 주신다면 일주일에 한 번씩 10년간을 더 올라 "갓바위 1,000회 등정" 기록을 희망하면서 오늘도 노래를 불러가며 열심히 오르고 있다.

구미금오산
갓바위 원조(元祖)팀
1994.

목요일에는 한문 수강

한문은 칠십에 능참봉이라고 늦게야 한자가 아닌 한문을 해 보겠다고 논어에다 예기, 주역, 소학, 명심보감, 동몽선습, 한자자격시험, 등등 별의별 과목을 순서도 없고 뒤죽박죽 쓸데없이 귀동냥한다고 많은 시간을 보냈다. 그중에 논어는 올해 7년 차 수강 중인데 예습 복습 없이 그냥 듣기만 하니 그야말로 쇠귀에 경이라 무얼 배웠는지 아직 뭐가 뭔지도 전혀 감을 잡을 수가 없는 상태다. 누가 공자孔子 말씀을 하면 집에 가서 슬그머니 논어원전을 찾아보곤 하는 형편이다. 최근에 박근혜 대통령의 중국방문 때 논어에 나오는 공자 말씀 운운할 때 어디에 있는지를 찾아보기도 했다.

금요일은 또 문화대학으로

문화대학에서는 잘 짜인 학사 일정에 따라 일주일에 두 번씩 화요일과 금요일 오전(09:50~12:00)에 가요를 한 시간(50분) 하고 특강을 한 시간(70분) 듣는다. 가요 시간에는 흘러간 노래, 신곡, 가요, 동요, 클래식까지 온갖 노래를 배운다. 진짜 즐거운 시간의 연속이다. 옛날에는 종이쪽지에 적은 가사를 돌려가면서 보고 노래를 배우다가 지금은 악보를 보면서 음악을 배운다. 음악 선생님이 성의 있게 잘 지도를 해 주고 적절한 반복 연습을 하기에 새롭게 많은 노래를 다시 배우게 된다. 나는 평소에도 월요일 '가요무대' 시간에는 방문을 모두 닫아놓고 아예 노래를 따라 부르는데 요즈음은 문화대학의 가요 시간 두 번에다 갓바위 오를 때 등 노래방을 가지 않아도 일주일에 적어도 서너 번은 노래할 기회가 있어 즐거운 생활을 하고 있다. 노래시간이 끝나면 특강 시간에는 각 분야의 전문가를 초빙하여 강의를 수강하는데 강사는 대부분이 대학교수님들이다. 강의주제는 강사님들의 재량으로 일반상식과 건강 등 다양한 교양강좌에서 부터 특수 전문분야에 이르기까지 다방면에 걸친 유익한 강의로 이어지는데 정규 대학의 교양학부 정도로 고급스러운 지식 정보 교양 등을 습득한다. 살아가는데 많은 보탬이 되고 자랑도 할 만하다고 자부한다.

민간인집단 희생 사건 진실이 규명되다

선고先考께서는 6·25전쟁 직전까지 고향에서 농사를 지으면서 구장(현재의 里長)으로 재직하던 중 마을에 잠입한 빨갱이들의 활동을 신고하지 않았다고 경찰에서 수사를 받던 중 강압 때문에 보도연맹(1949년 좌익 활동을 하다가 전향한 사람들을 중심으로 만든 조직이며 반공단체로 공식 명칭은 국민 보도연맹임)에 가입하였었다. 그러다 6·25전쟁이 발발하자 보도연맹 가입을 이유로 청도경찰서에 구금되어 1950년 7월 초순쯤 열차 편으로 강제이송 당하다가 남성현역(나의 고향에 있는 기차역)에 열차가 정차 중 아들인 나에게 "대구로 간다."라는 말만 남기고 헤어진 것

242

이 부자간父子間에 이 세상에서의 마지막 만남이 되었다. 그 당시 아버지의 연세 28세 내 나이 아홉 살(초등학교 1학년)이었다. 그 후로 행방불명이 되었는데 경산 코발트 광산(일설에는 대구 가창 광산)에서 불법적으로 집단희생 되었었다. 이렇게 불법적으로 자행된 당국의 민간인집단 희생 사건의 진실을 밝혀서 희생자인 선고의 원혼을 위로하고 한평생 보도연맹의 자식이라는 불명예의 멍에를 쓰고 살아온 자식의 명예를 회복하고자 나는 2006년 9월 진실 화해를 위한 과거사정리 위원회에 진실규명을 신청하였다. 2008년 7월 진실위원회에서는 이 사건에 대하여 "국민의 생명과 재산을 보호해야 할 경찰과 국군에 의해 발생한 사건으로 비록 전시로서 국민의 기본권이 제한되는 시기이기는 했지만, 민간인들을 좌익혐의 또는 좌익혐의자의 가족이라는 이유로 연행하여 적법한 절차 없이 집단 살해한 것은 명백한 불법행위이며 헌법에 보장된 국민의 생명권과 재판받을 권리를 침해한 것이다"라고 진실을 규명해 주었다. 그리고 희생자와 그 유족에게 국가가 공식으로 사과하고 희생자들의 명예가 회복될 수 있도록 적극적인 조처할 것을 권고하였다. 나는 어린 나이에 아버지를 잃고 국가의 공무원으로 정년 퇴임을 할 때까지 한 평생을 보도연맹의 자식이라는 멍에를 쓴 채로 살아야만 했다. 그러나 늦게라도 진실이 규명되어 명예가 회복되었음은 그나마 다행으로 생각한다.

살아온 기록들을 모아 책으로 만들다

2011년 8월에는 손자들에게 할아버지의 살아온 기록들을 족보 대신으로 전해주기 위해 칠순을 맞아 책으로 만들었다.

그냥 두면 흩어져서 없어져 버릴 자료들-족보 호적부 졸업장 통지표 인사발령장 인사기록카드 토지문서 봉급봉투 도민증 공무원증-등등 각종 기록의 사진과 실물을 직접 복사를 하여야 한 데 엮어 모았다. 갑년甲年, 2002에 만든 책의 증보판으로 A4 치수에 830쪽 분량으로 이름하여 『증보모산여록』이다. 책의 편집은 연보, 사진첩, 가계家系신원, 학력, 경력(공직), 가계家計재정, 생활편린, 산행록, 글모음, 축사 인사, 해외 연수여행, 논문 등 열두 개 강목으로 분류하였다. 책을 만들고 보니 책을 편집하고 만드는 것이 그리 쉬운 일이 아님을 알았다. 이 책은 칠십 생애의 삶을 총정리한 종합자료집으로 나 자신의 흩어진 기록들을 한데 모아 보존하고 전수 하는데 큰 의의를 두었다고 자위를 해 본다.

그리고 2013년 7월에 '증보모산여록'을 대한민국역사박물관(2012년 12월 개관)에 기증하였다. 기증한 자료는 증보모산여록 책자와 여록餘錄 CD를 비롯하여 책 내용에 포함된 실물 자료 등 132점이다. 박물관의 관계관이 현물 실사 차 일행 6명이 지난봄에 저희 자택을 방문하였을 때 나눈 대화 중 "이 자료들은 어느 특정 개인의 기록이라기보다는 현대를 살아가는 한 한국인의 70

244

평생의 기록이 체계적으로 정리 보관된 것은 희귀한 일로서 사회사적으로도 보존 보관할 만한 가치가 충분히 인정된다"라고 하였다. 기증한 자료를 국가가 최선을 다하여 보존하고 전시와 학술연구에 활용한다니 개인적으로도 영광으로 생각하며 가슴 뿌듯함을 느낀다.

마치면서

나는 산 좋고 물 맑고 인심 좋은 도불습유道不拾遺의 청도 땅 나월산촌蘿月山村 송금동에서 태어났다. 광복과 이념 갈등, 한국 동란의 소용돌이 속에서 아버지를 잃은 나는 역사의 희생자로서 전쟁이 남긴 유족의 한과 설움을 되씹으며 슬픈 가족사의 주역으로 어린 시절을 지냈었다. 그러나 오직 자식 하나만은 남부럽지 않게 잘 키우시겠던 훌륭하신 어머님 덕분에 어려운 살림살이에 두 번씩이나 휴학해가면서도 최고학부까지 마칠 수가 있었다.

가난한 소농의 아들로 어렵사리 학업을 마치고 일찍이 공직에 발을 들여놓은 이래 녹색혁명에 새마을운동과 조국근대화의 기수랍시고 일하고 또 일하며 뒤도 돌아보지 않고 열심히 살다가 40여 년간의 공직의 끝을 고향에서 마친 것에 크게 감사드린다. 이 모두가 지금까지 도와주신 주위 사람들 즉 일가친척 스승님 동창생을 비롯한 친구들과 직장의 선후배 동료들이 도와준 인덕으로 생각한다. 또한 내자의 알뜰한 살림살이로 아들 딸 잘 키워 주었고 자식들도 반듯하게 잘 자라서 모두 제때(퇴임 전에) 짝을 잘 만나 손자 손녀들과 열두 식솔이 화목하게 가까운 데서(수성구 반경 2km 이내) 잘 사는 것도 하늘이 내려준 복이어라.

  옛날에 주워들은 글귀가 지금의 나인 것을
  "百年身世成何事 回首西山又落暉 백년신세성하사 회수서산우락휘"
  '일생동안 한 일이 무엇인가 서산으로 돌아보니 해도 떨어지네! '
  그러나 여생지락餘生之樂이라 사는 날까지 건강하고 즐겁게!

                              (2013.12. 경북행정동우지 17호)

증보 모산여록
출간

    손자들에게 할아버지의 살아온 기록들을 족보 대신으로 전해 주기 위해 2011년 8월에 칠순七旬을 맞아 책으로 만들었다.

    그냥 두면 흩어져서 없어져 버릴 자료들-족보 호적부 졸업장 통지표 인사발령장 인사기록카드 토지문서 봉급봉두 도민증 공무원증-등등 실물을 직접 복사를 해서 한대 엮어 보았다.

    갑년甲年, 2002에 만든 책의 증보판으로 몇 권만 만들었다. 이름하여 『증보모산여록增補牟山餘錄』인데 책의 내용을 편집 서문과 편집내용 편집후기로 소개하고자 한다.

편집 서문 | 올해는 나이 70에 결혼 40주년이 되는 나에게는 뜻깊은 해이다. 우선 70년이란 세월 동안 긴 인생을 살아온 것에 대해 천지신명에게 감사드린다. 가족들에게도 감사하게 생각한다.

    내자의 알뜰한 살림살이로 아들딸 잘 키워주었고 자식들도 반듯하게 잘 자라서 모두 제때 짝을 만나 손자 손녀들과 열두 식솔이 화목하게 가까운 데서 사는 것도 하늘이 내려준 복이어라.

청도 땅 나월산촌蘿月山村 송금동 모산리에서 태어나 학교 사회 직장생활을 하다 40여 년간의 공직의 끝을 고향에서 마친 것에 크게 감사드린다. 이 모두가 주위 사람들 즉 일가친척 스승님 동창생을 비롯한 친구들과 직장의 선후배 동료들이 도와준 덕으로 생각하며 깊이 감사를 드린다.

국가에 대해서도 항상 감사를 드린다. 정년 퇴임 후에도 연금으로 안정되고 즐겁게 노후 생활을 할 수 있음은 오직 국가의 은덕으로 생각하며 살고 있다.

칠십 년을 돌아보면 나름대로 인생의 어려운 고비도 많았다. 먼저 시대적으로 광복과 이념 갈등 6·25전쟁 등 역사의 소용돌이에 휘말려 어린 나이에 아버지를 잃고 정년 퇴임을 할 때까지 한평생을 보도연맹의 자식이라는 멍에를 쓴 채로 살아야만 했다. 그러나 최근에 진실이 규명되어 명예라도 회복되었음은 그나마 다행으로 생각한다.

그리고 아버지 없이 홀어머니만 계시는 집안 형편이라 어렵게 대학까지 졸업은 했지만 두 번씩이나 휴학을 했어야만 했다.

고등학교 2학년을 마치고는 일 년 동안 농사를 지었고 대학 4학년 때에는 등록금을 마련하지 못해 군에 입대하여 4년이나 늦게 대학을 간신히 졸업했다.

또한, 공직생활을 하던 도중 포항 동해의료원에서 위궤양으로 위장절제 수술을 받았는데 현대의학의 덕분으로 정말로 위중한 고비를 넘긴 일도 있었다.

이번에 발간하는 이 책은 회갑 때 만든 『모산여록牟山餘錄』의 증보판으로 개인적으로는 40여 년의 공직생활을 마감한 정년 퇴임이라는 큰 변화와 최근 십 년간의 새로운 자료를 더 보태 편집하였다.

책의 체계는 모산여록과 그대로 인체 다만 내용 중에서 새로운 기록을 첨가하고 책 분량 등을 고려하여 일부 자료는 삭제하였다. 득히 논문과 해외연수 여행은 내용 을 대폭 줄었다.

아무튼, 그냥 두면 흩어져서 없어져 버릴 자료들을 한데 주워 모아 한 권의 책으로 엮어 칠십 생애의 삶을 총정리한 종합자료집으로 발가벗은 나 자신의 기록을 보존하는데 큰 의의를 두었다.

편집 내용 │ 책의 편집은 연보, 사진첩, 가계家系신원, 학력, 경력, 가계재정, 생활편린, 산행록, 글모음, 축사 인사, 해외 연수 여행, 논문 등 열두 개, 강목으로 분류하였다.

먼저 연보로 칠십 년 동안 살아온 내력을 시대순으로 나열하였고, 다음은 사진 편으로 가족사진, 학창 시절, 공직생활, 동호회 활동, 해외 연수 여행의 모습들 다음으로 혈연관계로 가계 신원인데 가족 상황, 가계도, 족보, 호적, 주민, 가족증명서, 제적부, 부모 유품, 그리고 선고의 보도연맹 관계와 진실규명결정서

다음 학력에 관한 기록들 초중고졸업장, 학위기, 자격증, 통지표,

성적표, 상장, 표창장, 동창회 기록 등 공직생활의 각종 기록 군인, 공무원인사기록카드, 인사발령서, 훈 표창장, 위촉장, 교육 훈련수료증을 모으고, 직접 모셨던 직속 상위공무원명단, 정년 퇴임 이후의 경력 등 가계재정으로 토지대장, 지적임야도, 등기부, 농지 원부, 보수현황, 봉급 봉투, 연금 현황, 전세계약서, 농협 출자금, 자동차등록 및 보험 등

다음은 각종 기념패, 명패, 명찰, 명감, 명함, 도장, 도민증. 주민등록증, 학생증, 공무원증, 여권, 족자, 액자, 애청가요곡, 교우 록 등, 생활편린들, 그리고 평소에 열심히 오르내린 산행기록들, 틈틈이 써본 글 조각들, 또한 청도군 부군수로 재임시 각종 행사 때의 축사와 인사말 주례사 등을 실었으며, 마지막으로 해외연수 보고서와 여행기록 그리고 대학(원)의 졸업논문과 공직생활을 하면서 작성한 연구논문들을 실었다.

편집후기 | 화호유구畫虎類狗라는 말이 있다.
'호랑이를 그리려다 개를 그린다는 말로, 서투른 솜씨로 일을 하려다 오히려 일을 그르친다'라는 의미다.

그렇다. 책을 편집하고 만드는 것이 그리 쉬운 일이 아님을 알았다. 그리고 책을 만들 때 통상적으로 탈고를 하면 편저자의 임무가 끝이 나는데 이번 작업은 책의 내용 특성상 정리된 원고原本를 모두 복사를 해야만 하는데 분량이 많아 애로가 많았다. 특히 칼러

복사에 생각보다 많은 시간과 경비와 노력이 뒤따랐다. 산고가 크면 애착이 더 간다나…. 잘 만들어 보려 했으나 여의치 않았다. 그러나 칠십 생애의 삶을 총정리한 종합자료집으로 나 자신의 흩어진 기록들을 한데 모아 보존 전수 하는데 큰 의의를 두었다고 자위를 해본다.

　"百年身世成何事　回首西山又落暉"

　'일생 한 일이 무엇인가? 서산으로 돌아보니 해도 떨어지네!'

대한민국역사박물관에 기증

2013년 7월에 본 책자와 책 내용에 포함된 실물자료 등 132점을 대한민국 역사박물관(2012년 12월 개관)에 기증하였다.

기증한 자료는 증보모산여록과 여록 CD를 비롯하여 졸업장 학위기, 자격증, 통지표, 성적표, 상장, 표창장 등 학력에 관한 기록들의 실물과 인사발령서(임용장, 임명장, 위촉장 포함), 훈장증, 표창장, 위촉장, 각종 교육훈련수료증 등 공직생활의 각종 기록의 실물자료

들이다.

　박물관의 관계관이 현물 실사 차 일행 6명이 지난봄에 저희 자택을 방문하였을 때 나눈 대화 중 "이 자료들은 어느 특정 개인의 기록이라기보다는 현대를 살아가는 한 한국인의 70 평생의 기록이 체계적으로 정리 보관된 것은 희귀한 일로서 사회사적으로도 보존 보관할 만한 가치가 충분히 인정된다"라고 하였다.

　기증한 자료를 국가가 최선을 다하여 보존하고 전시와 학술 연구에 활용한다고 하니 개인적으로도 영광으로 생각하며 가슴 뿌듯함을 느낀다.

　註 : 牟山은 필자의 고향 마을이자 雅號이며 책의 내용을 발췌(拔萃)하여 블로그와 Tistory에 실었다.
　　　　http://blog.daum.net/mosan70
　　　　http://mosanyeorok.tistory.com
　★ 이글은 2011년 2월 경북중·고 제42회 졸업 50주년 및 고희기념 문집 "2.28 민주화운동 주역들의 이야기"에 게재한 것임.

주례사

오늘 좋은 날을 택일하여 결혼식을 하는 신랑 김원섭 군과 신부 이금란 양에게 우선 축하의 말씀을 드립니다.

그리고 오늘날까지 키우느라 애쓰시고 수고하신 양가혼주 님들께도 축하의 인사를 드립니다.*

또한, 공사 간에 바쁘실 텐데도 원근 각지에서 찾아주신 일가친척 하례객 여러분들에게도 신랑 신부와 양가 혼주를 대신해서 감사의 말씀을 드립니다.

신랑 신부를 잠깐 소개하자면 신랑은 대구대학교 건축공학과를 졸업하고 손해사정사의 일을 하고 있고 신부는 대경대학교 유아교육과를 졸업하고 현재 유치원 교사로 근무하고 있는 장래가 촉망되는 젊은이들입니다.

신랑 신부는 다 같이 좋은 가문에서 가정교육을 잘 받고 최고학

---

* 공직생활을 할 때 주례를 자주 했다. 특히 지방자치제가 시작되면서 선출직 공무원은 주례를 할 수 없는 관계로 나에게는 주례 기회가 더 많아졌다. 처음에는 주례사를 매번 준비하다가 신랑·신부의 인적사항과 가정환경 등등 몇 가지만 그때그때 상황에 따라 대입만 하는 방법으로 나름대로 표준 주례사를 만들게 되었다. 요즘도 드물기는 하지만 가끔 기회가 되면 이 방법대로 한다. 그래서 평소에 사용하던 주례사를 여기에 옮겨본다.

부까지 학교교육을 마치고 좋은 직장에 근무하고 있는 사람들로 잘살 것으로 알고 있습니다마는 인생의 선배로서 또 집안의 어른으로서 몇 가지만 말씀드리고자 합니다.

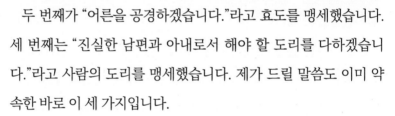

오늘 혼인 서약에서 두 사람은 세 가지를 약속했습니다.

첫 번째가 "우리는 어떠한 경우라도 항시 사랑하고 존중하겠습니다."라고 사랑을 맹세했습니다.

두 번째가 "어른을 공경하겠습니다."라고 효도를 맹세했습니다. 세 번째는 "진실한 남편과 아내로서 해야 할 도리를 다하겠습니다."라고 사람의 도리를 맹세했습니다. 제가 드릴 말씀도 이미 약속한 바로 이 세 가지입니다.

첫째 부부 간의 사랑입니다. 부부간에는 뭐니 뭐니 해도 서로 사랑이 제일입니다. 부부간에 지극한 애정 이야기로 중국의 전설 하나를 소개하겠습니다.

전설에 의하면 중국 동쪽 바다에 비목어比目魚가 살고 남쪽 땅에 비익조比翼鳥가 산다고 합니다. 비목어는 눈이 하나밖에 없는 물고기로 이 물고기는 혼자서는 헤엄을 칠 수 없고 어느 날 또 다른 눈 하나를 가진 물고기와 만나야 비로소 헤엄을 칠 수 있다고 합니다.

또 비익조라고 날개가 하나밖에 없는 새가 있었는데 이새도 혼자서는 날지를 못하고 또 다른 날개 한 개를 가진 새와 만남으로써 높은 하늘로 훨훨 날 수가 있다고 합니다.

오늘의 신랑 신부도 지금까지는 한쪽 눈과 한쪽 날개로 살아왔지만 이제 또 한쪽의 날개와 한쪽의 눈을 가진 짝을 서로 찾은 것입니다. 짝을 한자로는 짝 반伴 자를 써서 반려자 동반자라 하고 또 영어로도 또 다른 반쪽이라는 뜻으로 Another Half 라고 합니다.

신랑 신부는 진설의 이야기의 같이 일심동체가 되어 서로 사랑하며 백년해로 하기를 당부드립니다.

그런데 사람이 살아가다 보면 내외간에도 서로가 살아온 환경도 다르고 각자의 가치관과 의견이 달라 다투기도 하고 갈등도 있게 마련입니다. 이럴 때는 서로가 참아가면서 조금씩 양보하고 이해를 하면서 슬기롭게 고비를 넘겨야만 합니다. 이해를 영어로는 Understand라고 하지요. 즉 "Under 아래에 Stand 선다. 아래에 선다. 는 것입니다. 조금 아래에 서서 상대를 쳐다보면서 존중하고 양보하면 모든 것이 해결된다는 것입니다.

신랑·신부는 "비목어, 비익조, Another Half, Understand"라는 단어를 꼭 기억하기 바랍니다.

둘째 부모에 대한 효도입니다.

효는 백행의 근본이라 했습니다. 음식 대접 잘하고 옷 잘해드리고 하는 것도 중요하지만 가장 중요한 효도는 얼마나 부모님의 마음을 편안하게 해 드릴 수 있느냐 하는 것입니다.

두 사람은 이제부터 며느리로서 사위로써 양쪽 부모님들 맘 상하는 일이 없도록 각별한 노력을 해 주시기 바랍니다.

아울러 양쪽 집의 형제자매와 일가친척들과도 우애있고 화목하게 잘 지내기를 부탁드립니다.

셋째 사람의 도리를 다해야 합니다.

건전한 생각을 하는 보통 사람이 판단해서 옳다고 생각되는 것이 상식이요 도리입니다. 남편과 아내의 도리는 물론 우리 이웃과 지역사회 더 나아가서는 국가와 민족을 위해서 한 번쯤은 고민도 해보는 건전한 민주시민이 되어주기 바랍니다.

마지막으로 하객 여러분께 부탁의 말씀을 드립니다. 오늘은 우리가 모두 신랑 신부와 무슨 인연이 닿아서 이 자리에 와서 축하해 주고 있습니다.

오늘뿐만 아니고 앞으로도 변함없이 이들을 지도 편달해 주시기 바랍니다. 그리고 이 자리에 계시는 모든 분이 늘 건강하시고 가정에 행운이 함께 하시기를 기원하면서 제 말씀을 마칩니다.

고맙습니다.

(2012. 06. 10)

인생관리

　사람이 살아가는 이야기를 하고자 한다. 사람이 일생을 살아가는데 누구나 잘살고 싶고 행복하게 살고자 한다. 그러나 어떻게 살아야 잘 사는 것인지 행복한 것인지는 사람마다 인생관이나 가치관이 달라서 딱 잘라 말하기는 쉽지 않다. 학창 시절에는 무엇보다 공부를 잘했으면 싶고 사회인으로서는 돈을 잘 벌고 지위도 높으면 싶고 사람이 아프면 건강을 최우선시하는 등 각자의 환경이나 처지에 따르고 또 각자의 생각도 수시로 변한다고 하겠다.

　공자님은 사십이불혹四十而不惑이라 하여 나이 마흔에는 마음이 흔들림 없이 일관되게 일을 할 수 있다고 했으나 우리로서는 나이가 노년이 되어도 유혹을 떨치지 못한다.

　개인의 인생 경영학, 개인의 생애 관리, 인생살이, 즉 세상 사는 이야기에 대하여 대구사회문화대학에서 강의한 건강관리, 시간관리, 금전관리, 재능관리, 감정관리의 내용과 자료를 다시 정리해 본다.

건강 관리

사람이 살아가면서 돈을 잃어버리는 것은 인생의 적은 것을 잃어버리고, 명예와 신용을 잃으면 많은 것을 잃고. 건강을 잃으면 인생의 전부를 잃는다고 한다. 그렇다. 건강이 제일 중요하고 인생의 전부라 해도 과언이 아니다. 건강 측도는 예부터 전해오는 삼쾌三快를 생각해본다. 즉 쾌식 쾌면 쾌변으로 잘 먹고 잘 자고 잘 배설하는 것이다.

건강은 인생의 뿌리이며, 제일의 생활원칙이기에 건강검진을 정기적으로 하고 병을 조기 발견하면 만사가 해결된다. 평소에 걷기 등 운동을 규칙적으로 하고, 규칙적인 식사와 생활 습관으로 건강 관리를 잘함으로써 사는 날까지 건강하게 살도록 노력하여야 한다. 백세인생 이라지만 수명壽命에 너무 연연하지 말고 규칙적인 생활을 하다가 때가 되면 떠나면 될 것이다.

시간 관리

석시여금惜時如金-Time is gold이라 한다. 시간을 아끼기를 황금과 같이한다. 하루 24시간의 관리가 평생의 성공 여부를 결정한다. 예를 한가지 들면, 독서를 하루 한 시간씩 일 년을 하면 약 350~400시간, 대학 강의를 한 학기 듣는 것과 시간이 같아진다. 8년을 계속한다면 대학 4년 졸업하는 것과 맞먹는다. 이 얼마나 엄청난 사실인가? 운명이 바뀐다.

또 일은 급한 그것과 중요한 것을 잘 구분하여 시간을 안배하는 것이 아주 중요하다. 우리는 쓸데없이 급한 일에만 너무 쫓기며 살지는 않았는지? 일할 때 열심히 하고 휴식할 때를 구분해야 한다.

그리고 여유를 가지자.

금전 관리 | 사람이 살아가는데 경제적 독립은 인간 독립의 근본이다.

맹자가 유세에 실패하고 초라한 모습으로 고향 산동현에 돌아와 쓸쓸히 만년을 보낼 때의 일이다. 고향에서 그리 멀지 않은 곳에 등이라는 소국이 있었다. 그가 고향에 돌아왔다는 소식을 들은 등문공騰文公은 그를 국정의 고문으로 초빙했다.

맹자가 오자 그는 대뜸 치국의 방책을 물었다. 사실 맹자는 위민 정치 이념에 투철했던 사람이다. 그래서 늘 통치자보다는 백성의 입장에 서서 정치를 논했다. 그는 문공에게 왕도정치를 설명하면서 그 첫걸음은 백성들의 의식주를 만족하게 해주는 데 있다고 했다. 제아무리 인의니 도덕을 강조한들 백성들이 굶주리고 있다면 사상누각에 불과할 뿐이다. 곧 민생의 안정이 무엇보다 중요함을 역설했다. 그래서 말했다.

"유항산有恒産이면 유항심有恒心입니다."*

이 말을 뒤집어 보면 항산恒産이 없으면 항심恒心도 있을 수 없다

---

* 성백효, 현토완역孟子集註, 서울:전통문화연구회, 2018, p207.

는 뜻이다. 그렇다. 우리 속담에도 '쌀독에서 인심 난다.'라는 말이 있다. 재산이 있어야 마음의 여유가 생기는 법이다. 또 '사흘 굶어서 도둑 안되는 자 없다'라는 말도 있다. 치국의 첩경, 그것은 민심에 있다. 먼저 백성을 배불리 먹여 놓고 볼 일이다.

"대부는 유천하고 소부는 유근이니라大富由天 小富由勤. 큰 부자는 하늘에 달려 있고 작은 부자는 부지런한 데 달려 있다."*

명심보감에 있는 말이다. '부지런하면 천하에 어려운 일이 없다 [一勤天下無難事].' 우리는 누구나 근검절약 저축한다면 잘 살 수 있다고 본다. 그러나 부동산투기 도박 뇌물 등 부정한 돈 즉 탐욕은 반드시 파멸을 불러온다는 것도 명심할 일이다.

"大廈千間 夜臥八尺 良田萬頃 日食二升 (明心寶鑑 -省心篇)"**

큰 집이 천 간千間이라도 밤에 눕는 곳은 여덟 자뿐이요 좋은 농토가 만이랑이라도 하루에 먹는 것은 두되 뿐이다. 구태여 재물을 탐내서 혈안이 되어 애쓸 것이 없음을 말한 것이다. 돈을 버는 것도 중요하지만 쓰는 것을 잘해야 한다. 나보다 어려운 사람에게 베푸는 것도 사람의 기본 도리이다.

---

* 이기석, 신역明心寶鑑, 서울:홍신문화사, 1985. p166
** 이기석, 전게서, p187.

재능 관리 | 성실한 마음과 튼튼한 몸으로, 학문과 기술을 배우고 익히며, 타고난 저마다의 소질을 계발하고, 우리의 처지를 약진의 발판으로 삼아, 창조의 힘과 개척의 정신을 기른다. 국민교육헌장 일부이다.

그렇다. 사람은 누구나 놀라운 잠재능력과 재능을 가지고 있다. 타고난 저마다의 소질을 계발하여 나의 적성에 맞게 활용해야 한다.

각자무치角者無齒라는 말이 있다. 각자무치란 뿔이 있는 짐승은 날카로운 이빨이 없다. 뿔이 있는 소는 날카로운 이빨이 없고, 이빨이 날카로운 호랑이는 뿔이 없으며, 날개 달린 새는 다리가 두 개뿐이고, 날 수 없는 고양이는 다리가 네 개다. 예쁘고 아름다운 꽃은 열매가 변변찮고, 열매가 귀한 것은 꽃이 별로이다. 세상은 공평하다. 사람도 한 사람이 모든 재주나 복을 다 가질 수 없음을 의미한다. 그렇기에 우리는 서로의 재능과 강점을 살려 조화롭게 더불어 살아가야 하는 지혜를 발휘해야 하며, 이는 요즘 시대에서 강조하고 있는 윈-윈 시너지와 일맥상통한다. 내가 가지고 있는 재능 위에 다른 사람의 재능이 더해져야 우리는 더 큰 역량과 힘을 발휘할 수 있게 되며, 할 수 있는 일들과 창조성이 더욱 증대된다고 할 수 있다. 각자무치의 지혜는 우리의 삶과 함께 가야 할 과제이다. 직장생활이나 가정생활이 즐겁고 행복하기 위해서는 구성원들의 강점과 능력을 잘 관찰하여 이를 최대한 끌어낼 수 있도록 서로 인정하고 존중하고 지지해 주는 것이 필요하다.

과학자, 정치가, 사업가, 예술가, 운동선수 등 모두가 자기의 재능을 최대한 개발하여 자기발전은 물론 국가와 사회에 이바지하도록 노력해야 한다.

스위스의 예를 한번 보자. 스위스는 지리적으로 주위의 강대국 틈에 있는 영세 중립국이다. 스위스는 외국 용병으로 유명한 나라인데 옛날에 한집의 형제가 용병으로 가는 데 형님은 프랑스군대에 아우는 독일군대에서 서로 싸우고 했단다. 지금도 바티칸시의 근위병들은 스위스 출신의 용병들이 맡아 하고 있다고 한다.

스위스는 주위의 강대국들의 영향으로 누구나 정규 고등학교만 졸업하면 영어 독일어 프랑스어 등등 5개 외국어는 능통한 수준이 되어 남자는 세계 각국에 있는 유명한 호텔의 총지배인으로 여자는 국제관광안내원으로 외화벌이를 하며 국가에서도 장려한다고 들었다. 우리나라에도 손꼽히는 호텔의 총지배인은 모두 스위스 사람들이다.

감정 관리

인생살이에서 제일 어려운 것은 감정관리이다. 인간은 이성의 동물이기 이전에 감정의 동물이다. 감정의 순화처럼 소중한 것은 없다.

국어사전을 보면 감정이란 '느끼어 일어나는 마음, 기분' '어떠한 대상이나 상태에 따라 일어나는 기쁨 노여움 슬픔 두려움 쾌감 불쾌감 따위 마음의 현상'이라고 설명한다.

262

감정에는 고급감정과 저급감정이 있다. 고급감정은 희망 기쁨 감사 자신감 만족 평화 행복 긍정 사랑 등을 말하며 저급감정은 불안 슬픔 시기 열등감 저주 전쟁 불행 부정 질투 등을 이른다. 우리가 살면서 늘 긍정적으로 적극적으로 살도록 노력해야 한다. 늘 고급감정 속에서 생활해야 하고 저급감정의 노예가 되어서는 안 된다. 그래서 항상 부단한 정신적 노력이 필요하다. 즐겁고 감사하는 마음을 가지고 살아가는 것처럼 인생에서 소중한 것은 없다고 본다.

또 우리는 살면서 말조신을 해야 한다. 남의 심사를 건드리는 이야기는 삼가야 한다. 특히 다른 사람의 신체에 관한 이야기를 조심해야 하고, 나와 다른 종교에 관한 이야기는 금물이다. 다른 성씨의 종친회 이야기, 나와 다른 학교의 동창회 이야기, 다른 지방의 향우회 이야기는 아예 끼어들지를 말아야 하느니.

감정관리를 잘 하려면 자존심을 잘 다스려야 한다. 자존심에는 스트레스가 따르기 마련이다. 자존심은 일반적으로 판사 검사 의사 그리고 선생님의 직업에서 일반적으로 강하다고 한다. 이들 직업군에 해당하는 사람들은 학창 시절부터 늘 공부도 잘하고 어디를 가드라도 내가 최고라는 자존감이 강한 부류에 속하였다. 그러나 세상사가 공부가 전부가 아니고 행복은 성적순이 아니므로 자존감이 강한 만큼 좌절감도 따르는 것이리라.

맺는 말 인생 관리는 건강, 시간, 금전, 재능, 감정관리로 나누어 살펴보았다. 1,000억 원의 돈이 있다고 가정을 한다. 여기서 '0' 이란 숫자 세 개는 각각 명예, 지위, 돈이라고 하며 '1' 이란 숫자는 건강을 나타낸다고 한다. 여기서 '0'이란 숫자는 한 개씩 떨어져도 즉 명예나 돈이 없어져도 100억 10억 1억이 되지만 '1'이란 숫자 즉 건강이 없어지면 1,000억 원이 '0' 즉 zero가 되어 버린다. 건강을 잃으면 인생의 전부를 잃어버린다는 것을 명심하고 인생관리, 가정관리를 잘하면 가화만사성이 될 것이다.

인생은 부운이고 초로인 것을 알면 명예나 지위나 재물에 너무 탐욕을 내지 않을 것인데 수많은 저명인사가 패가망신하는 그것을 보면 그저 안타까울 따름이다.

마지막으로 여생지락이라. 남은 인생 즐겁게 살자.

(2013. 06)

음주유변飲酒有辯

열다섯 살에 처음 술을

내가 처음으로 술을 마셔 본 것은 열다섯 살로 기억한다. 중학교 2학년 때 작은아버지가 결혼하셨다. 나의 고향 마을에서는 혼례 전에 관례식이 있는데 제반 절차는 생략하고 신랑이 어른이 된다는 신고식으로 온 동네 사람들을 초청하여 술대접하는 것으로 통과의례를 한다. 양조장의 막걸리 몇 말에다 두부에 무우 설어 넣고 굵은 멸치를 넣어 술국을 끓여서 한 잔씩 나누면서 덕담으로 이야기꽃을 피운다.

마침 종숙모와 함께 국솥의 불 지피는 담당이 되었는데 종숙모가 말하기를 '이놈아 너 술 먹을 줄 아나? 너 아버지는 술을 잘했는데.' 막걸리 한 주전자를 가져와서 한 잔씩 주시길래 홀짝홀짝 다 마셨겠다. '야 이놈 봐라. 어린놈이 저 아버지 닮아서 술 잘 마시네.' 첫술 경험이다. 술 마시는 유전자를 타고난 모양이다. 할아버지께서는 술 근처에도 못 가시고 할머니는 술을 하시고 아버지의 형제는 고모 네분인데 고모 두 분은 술 못하시고 두 분은 하시고 아버지께서는 주태백이시고 작은아버지께서는 술을 못 하시는 것이 우리 집의 술 내력이니 나는 유전적으로 술 먹는 체질을 타고난 것 같다.

봉제사접빈객

나는 고등학교 2학년을 마치고 가정 형편상 휴학을 하여 고향에서 농사를 지었다. 농촌에서는 농사일하면서 새참으로 막걸리를 자주 마신다.

또 보洑일이나 길 닦기 등 공동작업을 할 땐 의례히 술이 따르기 마련이다. 그래서 술은 누구나 자연스레 마시는 것으로 알았다.

일찍이 술이란 봉제사접빈객奉祭祀接賓客하는 것으로 알았고 특히 제사 때는 반드시 음복한다. 대학과 군대 생활 사회생활 하면서 별생각 없이 술을 잘 마시곤 했다. 특히 객지에서 시작된 공직생활 때는 사람 사귀는 데는 술이 절대적으로 필요하다는 것을 체험적으로 느끼며 살았다. 낯선 사람이라도 저녁 퇴근 시간에 대폿집에서 술 한잔 나누면서 통성명을 하고 나면 그때부터 친구가 되고 객지가 아니다. 또 직장생활에서 우리 사회에선 회식이란 별도의 술 모임이 자주 있었다.

술 문화가 따로

친구끼리 술집에 가면 눈치를 보던 어떻든 간에 술값을 부담할 물주物主가 자동으로 정해지거나 나타난다. 대접하거나 한턱을 내거나 무슨 인과

266

관계가 있거나 여러 가지 사연일 수 있다. 좌우간 우리 사회는 일단 술 인심이 아주 좋다고 할 수 있다. 친구 간이던 상하 관계든 연인관계든 술자리에 앉기만 하면 비교적 계산할 사람이 많다. 오죽하면 청탁불문 내외불문 장소 불문 상하 불문 원근 불문 심지어 계산 불문이라는 말까지 있을까?

술을 즐기고 대화를 즐기고 운치를 즐기면 좋다. 그러나 술을 적당히 마시면 좋으련만 과음을 하게 된다. 또 1차를 하면 좋은데 2차 3차를 가게 된다. 술은 언어먹는 공술이 맛이 있고, 또 외상술이 좋다. 그런데 외상술은 마실 때는 공짜 술처럼 잘도 마시지만, 외상값 갚을 때는 골치가 좀 아프다. 술집에서는 외상이래도 술을 잘도 준다. 특히 직장을 가진 사람이야 외상도 현찰과 진배없다. 외상은 한 달을 넘기는 일이 없다. 주로 봉급날에 해결이 나는데 그 풍경 또한 대단하다. 술집마다 마담이 한복 정장에다 종업원 아가씨들 모두 대동하여 사무실을 앞앞이 방문하면서 빠짐없이 수금해간다. 술집마다 거의 비슷한 시간에 활동하니 이 또한 진풍경이며 가히 월중 행사가 된다. 그러면 봉급 봉투는 줄기 마련이고 이런 낭패를 당하지 않으려고 평소에 외상값을 갚으러 가서 자진 납부를 하면 동냥 걸이라고 술을 공짜로 대접을 받는다. 그러면 공짜 술에 취기가 올라서 다시 외상으로 술을 먹곤 한다. 196~70년대의 시대상이다.

위장 수술로 2년간 금주

1975년 초겨울 포항시청에 근무할 때이다. 평소에 술을 많이 마시는 탓인지는 모르겠으나 배탈이 자주 났다. 그럴 때마다 술을 한 잔씩 하면 아픈 것이 해결되었다. 그런데 이번엔 심상치 않다. 식사하기가 거북하고 우유나 술을 먹어도 자주 토하기만 하고 평소에 자주 먹던 위장약을 먹어도 차도가 없다.

이번에는 병원에 가서 진찰해보고 영 병의 뿌리를 뽑아야겠다고 마음을 먹고 직장에는 결근하면서 포항에서는 제일 시설이 잘되어 있다는 도립동해의료원으로 가서 검사를 받았다. 위궤양이 심해서 일반 치료로는 어렵고 위장을 일부 잘라내는 수술을 해야 한다는 의사의 말씀이다.

이튿날 수술을 받겠다고 병원으로 갔는데 나의 상식으로는 그날 바로 수술을 할 수 있는 것으로 생각했는데 각종 신체검사를 하고 절차를 밟는데 수술은 며칠 후라야 가능하단다. 수술 준비 등 대기하는 시간 3일 동안 오만가지 생각과 새로운 인생 경험을 많이 했다. 정해진 날짜에 수술하려고 수술실에 들어가서 마취를 하는데 시계가 오후 한 시를 가르친다. 그리고는 깨어보니 밤 10시란다. 난생처음 수술인데 얼마나 아픈지 고함을 지르니 주사를 놓아준다.

정말 죽는 줄로 알았다. 그때만 해도 수술의 실패율도 높고 또 수술이 성공해도 재발률도 높았다. 수술 후 2일까지는 무척 아팠으나 의사가 회진하는데 다른 사람보다 특별한 관심으로 치료를 해주고 또 수술 경과가 좋아서 6일 만에 퇴원하였다.

퇴원할 때 의사와 상담을 하는데 의사 선생님 말씀이 미국병원 이름 아는 곳 있나? 월트 리드 미 육군병원은 조병옥 박사가 사망한 곳이라 이름은 들었다. 당신 미국에 가도 이렇게 특수한 수술은 현재로서는 못 받는다. 왜? 위장 55% 절제 수술을 했는데 특수 신경 수술(위장 신경 30% 절단)을 했다는 것이다.

징점은 재발률 0.15%(일반수술 2~3%)와 위 신경이 둔하여 환경에 무영향, 단점은 장기간 식은땀과 설사가 따른다. 담당 의사가 경북대병원서 전문의 취득하고 동해의료원 재개업할 때 특별 보임을 받은 기념으로 연구논문을 작성했는데 이 몸이 피 연구대상이었단다. 향후 2년간 반드시 금주해야 한다고 강조하였다. 그 수술 후에 현재까지도 탈 없고 소화제도 복용한 일 없이 잘 버티고 있다.

수술 후 정확히 2년간은 술 한 모금 마신 일이 없었으나 그 후로는 평생을 무량수無量數로 술을 마시다 최근 5년 전부터는 금주하고 있다. 세월이 많이 변하여 요즘은 모임에서도 술을 안 마신다고 하면 옛날처럼 억지로 술 권하는 일은 없어지기도 했다.

우리나라에서 술에 관한 글 몇 개를 소개한다.

변영로의 수필집 『명정 40년』과 양주동의 수필집 『문주반생기』, 조지훈의 수필 「주도유단」이 많이 알려져 있다.

명정酩酊 40년

변영로(1898~1961) 호는 수주樹州이고 시인 영문학자 한학자이며 법률가인 변영만卞榮晩은 그의 장형이고 외무부 장관과 국무총리를 지낸 변영태卞榮泰는 중형이다.

명정酩酊은 '정신이 차릴 수 없도록 술에 몹시 취하다'라는 뜻이다. '백주나체승우사건白晝裸體乘牛事件(백주白晝에 소를 타고)'의 대략을 옮겨 본다. 혜화동 우거에서 지낼 때였다. 어느 하룻날 바커스의 후예들인지 유령劉伶의 직손들인지 몰라도 주도酒道의 명인들인 공초空超 吳相淳 · 성재誠齋 李寬求 · 횡보橫步 廉尙燮 3주선酒仙이 내방하였다. -이하 중략-

술값이 없던 그들은 인촌仁村 김성수金性洙에게 사람을 보내 술값을 부탁했다. 인촌이 선뜻 준 50원을 가지고 이들은 소주 한 말과 쇠고기를 사 들고 성균관대학 뒷산으로 올라갔다. 객담客談 · 농담弄談 · 치담痴談을 섞어 주기酒氣가 한껏 올랐을 때 갑자기 소나기가 쏟아지기 시작했다. 문득, "우리 모조리 옷을 찢어버리자."는 공초의 발의로 모두 탈의, 일사불착一絲不着의 나체가 되었다. 옷이란 대자연과 인간 두 사이의 이간지물離間之物인 이상 몸에 걸칠 필요가 없다는 것이다.

우리는 어느덧 언덕 아래 소나무 그늘에 소 몇 필이 매여 있음을 발견 하였다. 이번에는 누구의 발언이거나 제의였던지 인제 와서 기억이 미상 하나 소를 잡아타자는데 일치하였다. 이들은 일사불

270

착一絲不着의 나체로 옆에 매인 소를 타고 비탈길을 의기양양하게 내려갔다. 백주 적안의 이 '나한'들은 시내로 진출하려는 장도를 도중의 일대 소동으로 포기했지만, 심기는 먹구름 덮인 하늘을 뚫고 치솟을 수 있었다.

(1977년 범우문고 '명정 40년'에서 발췌, 일부 요약)

문주반생기 |文酒半生記

양주동梁柱棟(1903~1977) 호는 무애无涯이며 시인, 문학평론가, 국문학·영문학자, 번역문학가, 수필가이다. 자칭 만물박사 국보 1호이다. 열 살 때 어머니가 담가 놓은 술을 몰래 퍼마시고 사흘 만에 깨어났다든가, 도쿄 유학 시절 하숙방을 함께 쓰던 횡보 염상섭과 하루에 백 가지 술을 한 잔씩 마셨던 '백주회' 일화, 역시 도쿄에서 노산 이은상의 하숙에 빌붙어 살면서 '마산 수재'(이은상) '해서 천재'(양주동)의 자존심을 걸고 기억술 내기를 했던 일, 고월 이장희와 함께 방인근의 집에서 술에 취해 잠이 들었다가 비싼 침구에 실례했던 일 등은 제법 잘 알려져 있다.

고등학교 때 국어책에도 나왔던 이야기인데, 그가 중학교에 들어가 영어를 배울 때 1, 2, 3인칭을 구분하던 재치가 놀랍다. '내'가 1인칭, '네'가 2인칭, '나'와 '너' 외엔 우수마발牛溲馬渤 쇠오줌, 말똥이다 3인칭야三人稱也라.

지금에야 어렵지 않은 이야기지만 그 당시엔 40리 길을 걸어서 일본인 선생에게 다짜고짜 물어서 '3인칭'이라는 난제를 해결했다. 그리고 저녁도 먹지 않고 다시 1, 2, 3인칭을 메모했다. 무엇을 깨치고 무엇을 익혔는지를 자주 메모했던 선생의 지식 습관도 놀랍고, 독학으로 익힌 영어 공부의 깊이에 거듭 놀라움을 표하게 된다.

주도유단酒道有段 | 조지훈趙芝薰(1920~1968) 시인, 국문학자. 경북 영양 출생. 본명 동탁東卓. 『청록집靑鹿集』「승무僧舞」의 작품이 있다.

조지훈의 수필집 '사랑과 지조'의 '주도유단酒道有段'에는 술을 마시는 주도에도 급과 격이 있는데, 주정하는 것을 보면 그 사람의 인품과 직업은 물론 그 사람의 주력酒歷과 주력酒力도 알 수 있다고 한다. 한마디로 주도酒道에도 단수가 있다고 한다. 조지훈은 이 단의 높이를 술을 마신 연륜, 같이 술을 마신 친구, 마신 기회, 술을 마신 동기 그리고 술버릇, 이렇게 다섯 가지를 종합해 메기고 있다.

1) 불주不酒 : 술을 아주 못 먹진 않으나 안 먹는 사람. 주도 9급

2) 외주畏酒 : 술을 마시긴 마시나 술을 겁내는 사람. 주도 8급

3) 민주憫酒 : 마실 줄도 알고 겁내지도 않으나 취하는 것을 민망하게 여기는 사람. 주도 7급

4) 은주隱酒 : 마실 줄도 알고 겁내지 않고 취할 줄도 알지만, 돈이 아쉬워서 혼자 숨어서 마시는 사람. 주도 6급

5) 상주商酒 : 마실 줄 알고 좋아도 하면서 무슨 잇속이 있을 때만 술을 내는 사람. 주도 5급

6) 색주色酒 : 성생활을 위하여 술을 마시는 사람. 주도 4급

7) 수주睡酒 : 잠이 안 와서 마시는 사람. 주도 3급

8) 반주飯酒 : 밥맛을 돕기 위해서 마시는 사람. 주도 2급

9) 학주學酒 : 술의 진경眞境을 배우는 사람. 〈주졸酒卒〉, 주도 초급

10) 애주愛酒 : 술의 취미를 맛보는 사람. 〈주도酒徒〉, 주도 초단

11) 기주嗜酒 : 술의 진미에 반한 사람. 〈주객酒客〉, 주도 2단

12) 탐주耽酒 : 술의 진경을 체득한 사람. 〈주호酒豪〉, 주도 3단

13) 폭주暴酒 : 주도酒道를 수련하는 사람. 〈주광酒狂〉, 주도 4단

14) 장주長酒 : 주도 삼매에 든 사람. 〈주선酒仙〉, 주도 5단

15) 석주惜酒 : 술을 아끼고 인정을 아끼는 사람. 〈주현酒賢〉, 주도 6단

16) 낙주樂酒 : 마셔도 그만, 안 마셔도 그만, 술과 더불어 유유자적하는 사람. 〈주성酒聖〉, 주도 7단

17) 관주觀酒 : 술을 보고 즐거워하되 마실 수는 없는 사람. 〈주종酒宗〉, 주도 8단

18) 폐주廢酒, 열반주涅槃酒 : 술로 말미암아 다른 술 세상으로 떠나게 된 사람. 주도 9단

저자는 마지막으로 강조를 한다. 주도의 단은 때와 곳에 따라, 그 질량의 조건에 따라 비약이 심하고 강등이 심하다. 다만 이 강령만

은 확고한 것이니 유단의 실력을 얻자면 수업료가 기백만 금이 들 것이요, 수행 연한이 또한 기십 년이 필요할 것이다.

주찬-막걸리 예찬

조선조 중엽에 막걸리 좋아하는 이씨 성의 판서가 있었다. 언젠가 아들들이 "왜 아버님은 좋은 약주나 소주가 있는데 막걸리만을 좋아하십니까" 하고 여쭈었다. 이에 이판서는 소 쓸개 세 개를 구해 오라 시켰다. 그 한 쓸개 주머니에는 소주를, 다른 쓸개 주머니에는 약주를, 나머지 쓸개 주머니에는 막걸리를 가득 채우고 처마 밑에 매어 두었다. 며칠이 지난 후에 이 쓸개 주머니를 열어보니 소주 담은 주머니는 구멍이 송송 나있고, 약주 담은 주머니는 상해서 얇아져 있는데, 막걸리 담은 주머니는 오히려 이전보다 두꺼워져 있었다.

막걸리의 오덕五德이 있는데 그 오덕이란 취하되 인사불성일 만큼 취하지 않음이 일덕一德이요, 새참에 마시면 요기되는 것이 이덕二德이며, 힘 빠졌을 때 기운 돋우는 것이 삼덕三德이다. 안 되던 일도 마시고 넌지시 웃으면 되는 것이 사덕四德이며, 더불어 마시면 응어리 풀리는 것이 오덕五德이다.

필자도 술 중에서 막걸리를 제일 좋아한다. 술은 주종불문으로 다 마시지만, 그래도 막걸리다.

274

금주는 되나 절주는 안 된다

나는 대략적인 계산을 해도 수술 후 2년간 그리고 최근 5년간 금주를 참작하면 약 50년은 술을 마셨다는 이야기다. 그리고 나 자신이 아는 나의 술버릇은 좋지 않다

술을 처음 마실 때부터 해장술을 배웠다. 즉 과음했을 때는 아침에 해장술 한잔으로 작취昨醉를 해결한다. 지금도 과음을 했을 때는 아침에 술이 있으면 비교적 안심이다. 한 잔술로서 해결 난다. 그러나 해장술은 한잔으로 끝내야 히는데 더 마시면 곤란하다.

또 하나는 술을 먹다가 적당한 선에서 끝내야 하는데 2차, 3차를 한다. 결과적으로 과음을 하게 마련이다. 나의 주벽이라 할까. 과음하다 보니 기분은 좋은데 실수가 잦다. 술을 어느 적당한 선에서 끝낼 수 있으면 좋으련만 절주는 어렵다. 그래서 차라리 딱 금주를 하는 것이 편하다. 나의 경우는 부부싸움은 나의 음주 때문이며 술을 안 마시면 가화만사성이다. 최근에는 나이와 체면도 있고 하여 아예 금주한다. 아니라도 평생을 살아 오면서 많은 술을 마시기도 했지만

마지막으로 금주는 지킬 수 있으나 적당히 마신다는 절주는 절대 불가함을 감히 말씀드린다.

(2019. 08)

청도로터리클럽
회장 취임

　빠르게 변화하는 세월을 살아가는 생활 속에서 짬을 내어 이 자리에 참석해주신 여러분 대단히 고맙습니다. 청강 이석균 총재보좌역님, 스폰서클럽 회장단, 친선클럽의 회장단, 우리지역 봉사단체 회장님 여러분들, 특히 취임식 준비 등 바쁜 군정에도 불구하고 참석해주신 이원동군수님을 비롯한 기관 단체장님 여러분들, 그리고 본 클럽의 회원과 영부인 여러분 감사합니다. 그리고 특히 저의 처남 동서 처형들과 저의 가족, 고향의 국민학교 동창들이 많이 참석해 주셔서 고맙습니다.

　오늘 우리 청도로터리클럽이 창립25주년을 맞이하여 창립기념과 신·구회장 이·취임의 통과의례를 치르고 있습니다. 먼저 지난 25년간 농촌지역으로서 여러가지 여건이 취약하고 재정이 빈약한 가운데도 이웃과 지역사회를 위하여 헌신적인 노력으로 봉사해오신 역대회장님들과 선배회원 여러분들의 업적을 경하드립니다. 그리고 지난 일 년간 클럽의 발전을 위하여 열성적으로 노력해 오신 인석이복수 회장님께 감사드리며, 특히 수년간 계속하여 총무의

276

역할을 맡아 애쓰주시는 여명 김종봉 총무님에게도 감사를 드립니다.

여러 가지로 부족한 이 사람이 회장으로 취임하게 된 것을 개인적으로는 영광으로 생각하면서도 한편으로는 회장에게 부하된 막중한 책임과 임무를 잘 감당해낼는지 역대회장님들이 이룩해 놓으신 업적에 잘못하지나 않을지라는 두려운 마음이 앞섭니다. 사실 일년전에 저가 차기회장으로 지명을 받았을 당시에는 기간도 상당히 많이 남아있어 차일피일 예사로 지내왔으나 막상 오늘에 이르고 보니 앞으로 일년 동안 로터리가족의 일원으로 좀 더 많은 봉사를 하라는 소명으로 알고 열심히 노력하겠습니다.

남을 돕는 것이 바로 나 자신을 돌보는 것이라는 말이 있습니다. 남을 위해 봉사하는 사람은 봉사의 보람과 기쁨과 만족과 희열을 얻음으로써 모든 일에 자신감을 가지게 되고 자기의 생활에 활력소를 불어넣게 되어 자기 자신의 삶의 질을 한 단계 더 높이게 되는 것입니다. 사랑하는 마음과 슬기로운 지혜로 봉사를 할 때 세상은 몰라보게 달라질 수가 있는 것입니다.

존경하는 회원 여러분

신임 윌리암 빌 보이드 국제로터리 회장께서는 더욱더 좋은 로타리, 보다 더좋은 로타리안이 되기 위하여, 보다나은 미래를 향하여, "Lead the way(앞장서 나아가자)"를 2006-07 RI 테마로 선택하셨습니다. 로터리클럽은 봉사의 이상을 실천하는 친목단체인 만큼 우리 로타리안은 클럽활동을 통하여 회원 상호간의 친목과 우의를 돈독히 하고 남을 위해 봉사하는 데 앞장서 나가주시기 바랍니다.

로타리 회원 여러분

여러분들의 클럽을 향한 애정 어린 관심과 참여만이 우리 청도 로타리클럽이 튼튼하게 커나갈 수 있는 자양분이 될 것으로 믿고 저 자신 미력하지만 여러분의 심부름꾼으로서 최선을 다하여 노력 하겠으니 많은 지도와 협조를 부탁드립니다.

끝으로 오늘 이 자리에 참석하신 모든 분이 늘 강녕하시고 가정 에 행운이 함께하기를 기원하면서 희망찬 내일을 향하여 우리 모 두 앞장서 나갑시다. 감사합니다.

(2006. 6. 29)

군군신신 부부자자

중국의 춘추 시대 노나라에서 태어난 공자孔子(551~ 479 B.C.)는 35세이던 기원전 518년에 노나라를 떠나 제나라로 갔다. 당시 노나라는 소공 25년 때였고 제나라는 22대 임금인 경공 31년이었다. 그 이듬해인 기원전 517년에 제의 경공이 공자를 초청하여 어떻게 하면 정치를 잘 할 수 있느냐고 물었다. 이에 대해 공자는 간단히 "군군신신君君臣臣 부부자자父父子子"라고만 대답하였다. 임금은 임금다워야 하고 신하는 신하다워야 하며, 부모는 부모다워야 하고 자식은 자식다워야 한다는 뜻이다. 함축된 뜻을 간단명료하게 표현하기를 좋아하던 공자孔子다운 답변이라고 할 수 있다.

논어에 나오는 구절마다 다 좋은 말이고 안 좋은 말이 없다고 하지만 나로서는 가장 가슴에 와닿는 구절이라 생각이 되어 여기에 원문과 함께 소개한다.

논어 제십이 안연편 11장에 나오는 구절이다.

원문을 보면

齊景公 問政於孔子. 孔子對曰 君君, 臣臣, 父父, 子子.

제경공 문정어공자 공자대왈 군군 신신 부부 자자

公曰 善哉 信如君不君, 臣不臣, 父不父, 子不子, 雖有粟, 吾得而食諸

공왈 선재 신여군불군 신불신 부불부 자부자 수유속 오득이식저

(해설) 제 경공이 공자에게 정사에 관해 묻자, 공자께서 대답하셨다. "군
주는 군주 노릇 하고 신하는 신하 노릇 하며, 아버지는 아버지 노릇
하고 자식은 자식 노릇 하는 것입니다."

제 경공이 말 하였다. "좋은 말씀입니다. 진실로 만일 군주가 군주
노릇을 못 하고 신하가 신하 노릇을 못 하며, 아버지가 아버지 노릇
을 못 하고 자식이 자식 노릇을 못 한다면, 비록 곡식이 있은들 내가
그것을 먹을 수 있겠습니까?"

이는 인륜의 큰 법이요 정사政事의 근본이다. 이때 경공景公이 정
권을 잃어서 대부大夫인 진씨陳氏가 나라에 은혜를 후하게 베풀었
으며 경공景公이 또 안에 총애하는 여자가 많아 태자를 세우지 않
아서 군신간君臣間과 부자간父子間에 다 그 도道를 잃었다. 그러므로
공자께서 이렇게 말씀해 주신 것인데 경공景公은 공자의 말씀을 기
뻐하기만 하고 깊은 뜻을 알아듣지 못하여 후사를 정하지 못함으
로 인하여 대부 진씨大夫陳氏가 군주를 시해하고 나라를 찬탈하는
화를 열어 놓았다. 임금이 임금된 소이와 신하가 신하 된 소이와

아버지가 아버지 된 소이와 자식이 자식 된 소이는 반드시 도가 있는 것인데 경공이 공자의 말씀을 좋게 여길 줄만 알고 그 소이연을 돌이켜 찾을 줄은 알지 못하였으니 제나라가 이 때문에 난으로 끝나고 만 것이다.

임금이 임금다우면 그 아래의 신하도 신하답지만, 임금이 임금답지 못하면 신하도 비슷한 신하만 모인다. 강한 장수 아래에는 약한 병졸이 없다는 말이 있다. 즉'강장지하무약졸强將之下無弱卒'이다. 때로는 임금답지 못한 임금 밑에 신하다운 신하가 있을 수 있지만, 그 신하는 오래 있지 못한다. 아버지답지 못한 아버지 아래에 아들다운 아들이 생겨날 수 있지만, 그 아들의 고통과 번민은 크다. 군주와 신하, 부모와 자식은 모두 각각의 위상과 본분과 책무를 갖고 있으므로 이에 걸맞은 능력을 발휘하고 처신과 행동을 적절하게 해야 한다.

공자가 한 간단 하지만 의미 깊은 이 말은, 비단 군신君臣과 부자父子에게만 국한되는 정치문제 만이 아니라 많은 경우에 원용되는 명구이다. 먼저 자연현상에 있어, 하늘과 땅의 천지, 낮과 밤의 주야, 해와 달의 일월, 추위와 더위의 한서 등이 그러하고 다음에 인간관계에서는 지아비와 지어미의 부부, 형과 아우의 형제, 남자와 여자의 남녀, 어른과 어린이의 장유 등이 그러하며, 또한 사회 구성에서는 나라와 지방의 국지, 스승과 제자의 사제, 선배와 후배의 선후, 장수와 병졸의 장졸 등이 그러하다.

임금은 임금답게 나라를 편안히 하고, 신하는 신하답게 올바른 정책을 내놓으며, 아버지는 아버지답게 모범을 보이고, 아들은 아들로서 책임을 다한다면 나라가 어찌 안정되지 않겠는가. 문신文臣이 돈을 탐하지 않고, 무신武臣이 죽음을 두려워하지 않는다면 나라가 태평하다고 하지 않았던가. 정치가는 정치가답게, 기업가는 기업가답게, 학자는 학자답게, 학생은 학생답게!

오늘날 우리나라의 현실은 어떠한가? 그런데 정치는 국회가 망치고 경제는 노조가 망치고 미래는 전교조가 망친다는 소리만 들리니….

세계와 국가와 지방자치단체, 그리고 사회와 기업과 가정의 모든 구성원이 자기의 신분과 위치에 맞는 역할과 책무를 올바로 수행한다면 지구상의 인간 사회는 안정과 질서와 효율의 정도를 바르게 걸어갈 것이다.

덧붙여서 소개할 역사의 한 장면이 있다.

서기 660년太宗 7년 庚申 여름 6월에 당나라 대장군 소정방蘇定方이 군사 13만을 거느리고 바다를 건너와 나당연합군이 백제를 멸망시키고 백제왕과 신하 93명, 군사 2만 명을 사로잡아 그해 9월 3일에 사비로부터 배를 타고 당나라로 돌아가서 당나라 고종에게 귀국 보고를 하는 장면이다. 바로 〈三國史記(金富軾 著) 卷第四十二 列傳 金庾信 中〉의 기록이다.

定方既獻俘, 天子慰藉之曰 何不因而伐新羅 定方曰 新羅
其君仁而愛民 其臣忠以事國 下之人事其上 如父兄 雖小 不
可謀也

　소정방이 귀국하여 천자에게 포로를 바쳤다. 천자가 위로하며
말했다. 어찌하여 뒤이어 신라를 치지 않았는가? 정방이 말했다.
신라는 그 왕은 인자한 마음으로 백성을 사랑하며 신하들은 충
성으로 임금을 섬기고 아랫사람들은 윗사람을 부형과 같이 섬기
고 있습니다. 따라서 나라는 비록 작지만 일을 도모할 수가 없었
습니다.

　백제 의자왕은 망했지만, 신라 태종무열왕은 군군신신君君臣臣
으로 나라를 지켰다. 오늘을 살아가는 우리는 모두 꼭 되돌아보
고 새겨야 할 역사임을 명심해야 하느니.

시조 감상 한 수

　평소에 시조를 좋아하고 즐기면서 공부한다. 시조는 문학이고 역사이고 인생이라 생각한다. 내가 시조를 좋아하게 된 데는 특별한 계기가 있다.

　처음으로 시조를 만난 것은 초등학교 6학년으로 기억한다. 5학년과 6학년 2년 연속으로 담임을 하신 손기전孫基甸 선생님 덕분이다. 선생님은 보통학교 출신인데 그 당시에 보통고시에 합격하고 고등고시 예비고시에도 합격하신 분이다. 평소에 교과서에도 없는 국사 이야기와 한자를 많이 가르쳐 주셨고 또 시조를 몇 수 가르쳐 주시기도 했다. 이방원의 「하여가何如歌」, 정몽주의 「단심가丹心歌」, 성삼문의 「절의가絶義歌」, 양사언의 「태산가泰山歌」 등인데 단번에 다 외워버렸다.

　고등학교 때 국어 시간에 시조 한 수 감상으로 이조년의 "이화에 월백하고…"를 배우는데 이진기李鎭琦 국어 선생님이 누구든지 시조 100수를 외우면 국어 점수를 100점 준다고 하셨다. 그래서 촌놈이 작정하고 헌책방에서 시조 책을 구해서 100수 이상을 외웠겠다. 얼마 후 국어 수업이 끝날 때 복도에서 "선생님 시조 100수를 외웠습니다." "따라와." 교무실 국어 선생님 책상 앞에서 "청산리 벽계수야, 태산이 높다 하되, 이 몸이 죽어가서, 등등"을 우렁차게 소리를 지르니 교무실에 계신 모든 선생님이 일제히 시선이 집중되는 진풍경이 벌어졌다. 몇 수를 외워 대니 국어 선생님 왈 "됐다, 됐다, 그만." "100점 줄랍니꺼?" "알았다." 그 다음 통지표에 시험 점수인지 시조 점수인지는 모르겠으나 90점이 적혀 있었다.

다음은 고등학교 때 김영기金永驥 교장 선생님께서 시조를 좋아하셨다. 월요일 아침 진교생이 모두 참석하는 조회 시간에 교장 선생님이 교단에서 훈시하시다가 갑자기 시조 한 수를 읊으셨다. 계절이나 상황에 맞춰서, 예를 들면 가을철에는 '국화야 너는 어이 삼월동풍 다 지내고' 식인데 한 수씩 듣고 나면 그날 온종일 기분이 좋았다. 이러한 여러 인연으로 옛날부터 시조는 평소에도 늘 좋아했었다. 「만수가萬壽歌」 시조 한 수를 소개한다.

만수가萬壽歌

萬壽山 萬壽洞에 萬壽泉이 있더이다.

이 물로 술을 빚어 萬壽酒라 하더이다.

이 盞을 잡으시오면 萬壽無疆 하시리라.

- 盧 禛

국가 경사 시 대궐잔치인 진풍영進豊寧을 베풀었을 때 옥계 노진

선생은 선조 임금의 만수무강을 비는 이 시조를 지어 읊으며 잔을 올리니 대왕께서 크게 기뻐하셨으며 옆에 있던 여러 신하도 함께 읊었다 한다.

노진盧禛(1518~1578)은 자는 자응子膺, 호는 옥계玉溪, 시호는 문효文孝이며, 본관은 풍천豊川, 관직은 이조판서, 조선 중기의 청백리이자 학자이다. 그의 호는 그가 함양의 옥계에 살았으므로 문인들이 옥계 선생이라고 부른 데서 연유하였다 한다.

옥계 선생이 벼슬을 사양하고 모친 봉양을 위해 귀향 시 한강을 건널 때 선조 임금이 특별히 시조를 지어 은쟁반에 써서 관리를 보내 선생에게 주었다는 시 한 수이다.

어제가御製歌

오면 가라 하고 가면 아니 오네

오노라 가노라니 볼 날이 전혀 없네

오늘도 가노라 하니 그를 슬퍼 하노라

-선조(宣祖)

이 노래 「만수가」는 필자가 장가들었을 때(1971) 처가(경산시 백천동)에서 장모님께仁同張氏 처음으로 올린 권주가勸酒歌인데 그 당시에 좋은 노래라고 새신랑의 인기가 대단히 좋았던 걸로 기억을 한다.

286

최근에 우리 사회문화대학에서 음악을 지도 해 주시는 최혜성 선생님이 카페(http://cafe.daum.net/hs-9900 혜성가요교실)를 개설하면서 〈시조감상〉방을 마련해준 덕분에 시조공부를 하면서 늘 고맙게 생각하고 배려에 감사의 인사를 드린다.

혜성가요교실 카페나 본인의 블로그(http://blog.daum.net/mosan70) 〈모산 mosan- 시조감상〉 방에 들어오면 시조를 볼 수 있다.

(2013. 08)

문화재와 인연

　인연이란 사람과 사람 사이의 연분 또는 사람이 상황이나 일, 사물과 맺어지는 관계라고 한다. 씨앗이 싹을 틔울 때 그 씨앗을 인因으로, 그리고 햇빛 물 땅 온도 등의 환경을 연緣으로 본다.

　나와 문화재의 인연은 1977년 경상북도 구미지구출장소 문화공보계장으로 시작된다. 구미라 하면 먼저 채미정採薇亭이 생각이 나곤 한다.

　나의 공무원 생활에서 문화재 분야의 경력을 보면 구미지구출장소 문화공보계장 9개월, 영천군 문화공보실장을 3년, 청도군 문화공보실장 1년 10개월, 경상북도 문화예술과장 1년 7개월 등 4개 기관에서 7년 2개월이나 된다.

　문화재로 표창장(대통령)도 받는다.

　경상북도는 신라문화, 유교 문화, 가야문화 등 3대 문화권으로 문화재의 보고이다. 지정문화재(국가지정문화재) 현황을 보면 한양이 조선조 도읍지였던 만큼 전체 4,063점(2019. 12. 31 현재) 중 서울이

1,030점, 다음으로 경상북도가 693점으로 2위를 점하고 있다.

유네스코 세계문화유산도 한국의 14점 가운데 석굴암 불국사, 경주역사유적 지구, 한국의 역사 마을(하회, 양동), 한국의 산지 승원(부석사, 봉정사), 한국의 서원(소수서원, 옥산서원, 노산서원, 도동서원, 병산서원) 이 우리 지방에 있다. 문화재 중에서 불교 문화재의 비중이 큰데(약 70%) 우리 지방에 조계종 25교구 본사 중 직지사 동화사 은해사 불국사 고운사 등 5개 본사가 있다.

나는 우리 지방의 여러 문화재 모두와의 깊은 인연이 있다.

지금도 눈을 감으면 주마등처럼 문화재의 모습이 스쳐 지나간다.

아무래도 은해사와 운문사를 많이 드나들었던 것 같다.

이런 인연 덕으로 지금 다니고 있는 우리 대구사회문화대학에서 여러 차례 문화재 강의도 하였으니 나와 문화재는 시절인연이 분명하구나.

대구사회문화대학

문화대학과의 인연 | 수성도서관에서 평생교육 강좌의 하나인 동양고전의 논어 강의를 수강하고 있을 때이다. 도서관 별관에 있는 문화대학의 행정실을 방문하였다. 문화대학에 입학하려고 상담을 하고 등록을 하려고 했다. 당시의 행정실장(윤기형)이 등록하기 전에 일단 강의를 한번 들어보고 결정하는 것이 좋을 것이라고 소개를 해 주었다.

2007년 5월 1일 도서관 지하 강당(논어 강의와 같은 장소)으로 청강을 했다. 강의실에 들어서니 빈자리가 별로 없을 정도로 사람들이 많았다. 마침 노래 교실은 끝나고 막간에 어느 분의 지도로 맨손체조를 하고 있었다. 강의는 동부허병원장(도인아)의 '노화 방지'라는 특강을 들었다. 첫인상에 휠체어를 타고 오는 사람도 보이고 우선 노년층의 사람들로 60대 중반인 나와는 연령적인 분위기가 안 맞을 것 같은 느낌이었다. 그래서 일단 포기를 했다.

그러다 2012년 9월에 5년 늦게 정식으로 등록을 하면서 문화대학과 인연을 맺게 되었다. 문화대학에서 특강을 하던 어느 대학교수님이 말씀하시기를 우리 문화대학이 경북대학보다 좋고 서울대학보다 좋고 나아가서 미국의 하버드대학보다 더 좋은 대학이라고 했다. 왜냐하면, 지금 이 나이에 이렇게 강의를 받으면서 소일 할 수 있다는 것이 얼마나 좋은 축복이냐고. 그렇다. 나는 여기에 덧붙여서 나의 백수白手를 백수 아닌 생활로 인도해 준 것이 바로 문화대학이라고 확신을 하면서 오늘도 정장 차림으로 등교하여 노래하며 특강을 듣는다.

사람이 살다 보면 선택의 기회가 여러 번 있는데 문화대학에 입학한 것은 내 인생 후반기의 커다란 변곡점으로 좋은 강의 듣고 늘그막에 공부하는 생활, 노래하는 인생으로 생활상이 달라진 크나큰 인연으로 잘한 선택으로 생각한다. 평소에 동창생을 비롯한 친구 친지들에게 문화대학을 자주 이야기를 해서 일주일에 한 번씩 오르는 갓바위와 함께 나의 이미지가 되기도 하다. 이에 문화대학을 소개하면서 나의 문화대학 생활을 자랑하고자 한다.

문화대학은 | 문화대학의 공식 명칭은 사단법인 대구사회문화복지원 부설 대구사회문화대학이다. 1990년 10월 12일에 효목노인독서대학으로 발족하여 1995. 8. 4. 대구평생교육원으로 개칭하고, 1997년 3월 18일에 사단법인 대구사회문화복지원(대구광역시장 설립허가 허가번호 제3호, 대구지방법원에 사단 법인등기 등기번호 제484호) 부설 대구사회문화대학이 되어 2020년 10월 30일 현재 개교 25년이 되었다.

문화대학 상임교수

문화대 직위	성명	경북대 직위	학위		전공	비고
			소속	학위명		
원 장	정종재	자연대교수	부산대	이학박사	물리화학	
학 장	송승달	자연대교수	일본동경대	이학박사	식물생태학	교무처장
부학장	심상철	공과대교수	일본경도대	공학박사	공업화학	공대학장
교 수	박성호	사범대교수	일본동경의과치과대	의학박사	곤충학	
교 수	박석돈	사회대교수	대구대	사회학박사	사회복지학	
교 수	이종환	인문대교수	일본중앙대	문학박사	일본문학	

수성도서관 별관(대구시 수성구 만촌로 151)에 위치하며 대구 경북 지역 시니어들을 대상으로 하는 100세 시대 주인공을 위한 최고의 평생교육 학습장으로 무학년제 수시모집으로 운영하고 있다.

매주 2회(화요일, 금요일) 출석 수업을 하며 음악(09:50~10: 40)과 특강(10:50~12:00)으로 강의가 진행된다. 상하반기로 문화유적 답사와 현장학습을 하며 분기별로 한 편 정도 영화감상도 하고 있다. 경북대학교 명예교수회의 후원을 받아 사회문화대학의 상임교수회(명단은 표 참조)에서 학사 운영을 하며 연중 75강좌 정도로 개교 이래 현재(2020)까지 총 2,120여 회의 실적을 기록하고 있다. 강사료는 대구광역시청의 예산지원을 받고 있다. 한편 1999년 12월 31일 '문화대학' 지를 창간한 이래 매년 빠짐없이 발간하여 현재

21호를 발간했는데 출판비는 수성구청의 예산지원을 받고 있다. 수성도서관으로부터도 강의실 사용과 시청각 시설의 지원을 받고 있다.

공부하는 생활 | 특강은 대학교수, 사회 저명인사, 전문가를 초빙하여 문학, 역사, 철학 등 인문학, 사회학, 정치 행정학, 법학, 경제 경영학, 예술 첨단과학, 건강 의료, 환경과학, 미래학 등 강사의 전공 분야별로 다양하게 편성하여 강의가 이루어지기 때문에 우리가 평소에 들어보지 못한 생소한 분야의 강좌도 많이 접하게 되어 늙어 막에 정말로 다양한 강의를 듣게 된다.

그리고 나도 공무원을 정년퇴임 하면서 지방 대학에서 3년간 겸임교수를 하고 또 경상북도 공무원교육원에서 강의한 경험으로 문화대학에서 학생이면서 종종 강의할 기회가 있어서 덕택에 평소에도 늘 공부를 하게 되어 즐거운 생활이 연속된다.

○ 문화대학에서 강의 기록
  2021. 4. 20. 한국관광 100선   2020. 11. 10. 한국의 서원
  2019. 4. 23. 세계문화유산   2018. 4. 20. 여류시조 감상
  2017. 3. 21. 차마고도 여행   2016. 3. 29. 문화재 이야기
  2015. 3. 24. 시조 감상   2014. 3. 11. 지방자치제도
  2013. 6. 11. 인생관리

노래하는 인생

음악은 가요 및 가곡으로 가수가 직접 지도한다. 2012년부터 현재까지 최혜성 가수가 대구 시내 만촌동에서 혜성가요교실(http://cafe.daum.net/hs-9900) 이라는 음악학원을 운영하면서 우리 대학에 나보다는 반년 정도 앞선 인연으로 출강을 하고 있다. 노래지도 솜씨가 매우 훌륭하여 한두 번 설명 들으면 곧장 따라 부를 수 있을 정도이다. 더욱이 악보(경상도 사투리로 콩나물 대가리)에 의한 노래를 배운다.

연간 2~3권씩 혜성가요 교실에서 가요 책을 발간하는데 2019년 12월 현재 18권을 발간하여 수록된 총 455곡 중 우리가 배운 노래 214곡, 그 곡 중에서 노래방에서 따라 부를 수 있는 나의 노래가 자그마치 30여 곡이나 된다.

내가 일주일에 노래 부르는 시간은 우리 대학에서 2시간을 배우고 월요일 가요무대 시간에 1시간 그리고 수요일 갓바위를 오르내리며 대충 1시간 모두 4시간은 될성싶으니 노래하는 인생이라 자부한다.

○ 노래방에서 따라 부를 수 있는 노래

목계나루-김용임   안동역에서-진 성
갓바위-김동아   그여인-신 송
몽-오승근   어머니-진시몬
묻지마세요-김성환   붉은입술-나훈아

남자는 말합니다-장민호　　　　여여-금잔디

연모-박우철　　　　　　　　　보약같은 친구-진시몬

유랑청춘-송해　　　　　　　　복수초-최성민

딱 좋아-송대관　　　　　　　　할미꽃 사연-송봉수

홍랑-민수현　　　　　　　　　눈물로 고하는 이별-이호섭

소백산-주현미　　　　　　　　무역선 아가씨-안정희

인생-모정애　　　　　　　　　참 좋다-나현재

검정 고무신-한동엽　　　　　　동동구루무-방어진

살아있는 가로수-이미자　　　　안동역 비는 내리고-김동현

백년의 길-이애란　　　　　　　강진애-이수진

여정-주현미　　　　　　　　　참좋다-나현재

문화유적 답사와 현장학습

우리 문화대학의 교가에 보면 "봄철과 가을철 명산대천 꽃길 따라 파란 들길 단풍 숲길 문화유적 답사하네"라는 가사와 같이 문화유적 답사와 현장학습을 하고 있다. 현장학습을 한 해에 5~6회를 실시하였고 옛날에는 한 해에 8~9회를 숙박도 하면서 심지어 해외여행도 하였다고 들었다. 그러나 최근으로 오면서 참여율도 문제가 되고 예산 조달도 어려움을 겪으면서 요즈음은 상하반기로 한 해에 두 번씩 초등학교 때 원족이나 소풍하듯이 명산 유원지를 유람하면서 견문도 넓히며 여행의 즐거움도 맛보고 있다.

최근의 현장학습 실적(필자의 입교이후)을 보면 다음과 같다.

대구사회문화대학 현장 학습현황 (201211~201911)

일자	참가인원	지역	행선지
191101	41	충북 단양	도담삼봉, 구인사, 온달국민관광지
190517	45	경북 구미 칠곡	환경연수원, 채미정, 박정희대통령생가, 도리사, 호국평화기념관
181106	45	대전 충남 서천	청남대, 뿌리공원, 국립생태원
180529	42	충남 공주	미곡사, 무령왕릉, 공산성
171107	41	경남 양산 울주 밀양	통도사 석남사 표충사
170530	44	경남 산청	목면시배지, 남사예담촌, 남명기념관
161004	46	경북 영주	부석사, 소수서원, 선비촌, 무섬마을
160531	43	경북 경주	월성원자력발전소, 양남 주상절리, 원성왕릉
160408	46	경북 영천 경주	3사관학교, 임고서원, 옥산서원, 양동마을
151113	46	경기 광주	남한산성, 경기도자기박물관
150410	45	전북 전주	한옥마을, 오목대, 경기전 전동성당
141114	45	경북 문경	석탄박물관, 청운각, 도자기 옛길박물관
140930	46	경북 포항	경북 수목원, 덕동문화마을, 포항함
140520	40	서울특별시	전쟁기념관, 박정희기념관
140325	45	충북 청원 옥천	청남대, 세종시, 육영수 생가, 정지용 생가
131105	45	부산광역시	태종대, 자갈치시장, UN공원, 범어사

131011	46	충북 충주	충주호, 탄금대, 목계나루, 중앙탑
130522	32	경남 의령	경남식물원, 정남진, 수암사, 이병철 생가
130419	40	경기 평택 충남 천안	해군2함대(천안함), 독립기념관
130322	43	경북 예천	용문사, 회룡포, 삼강주막
121109	45	전남 구례	화엄사, 천은사, 노고단

통도사, 2017년

『문화대학』 발간

대구사회문화대학에서는 1999. 12. 31에 〈문화대학〉 창간호를 발행한 이래 2020년 12월 현재 〈문화대학 제 21호〉를 발간하고 있다.

문화대학의 학생, 상임 교수, 강의해주신 강사 등 대구사회문화대학인들의 글씨 즉 논단 수필 기행문 시 사진 서예작품들로 전문 작가가 아닌 아마추어들의 글솜씨들로 편집위원들이 수고해 주심으로 책이 해마다 한 권씩 나오고 있다. 책 발간비는 수성구청의 예산지원을 받고 있다.

본인이 문화대학에 한두 편씩 글을 싣고 있다.

○제13호(2012.10) 내 고향 청도

○제14호(2013.10) 增補牟山餘錄, 팔공산 갓바위

○제15호(2014.10) 羅湖 朴尙萬 先生, 목계나루

○제16호(2015.10) 羅湖 朴尙萬 先生

(追錄),

가족 12명이 미국을 다녀왔습니다

○제17호(2016.10) 졸업 60주년기념

동창회, 茶馬古道 旅行

○제18호(2017.10) 새마을운동의 발상

지에대한 고찰, 갓바위 산신령

○제19호(2018.10) 초등학교를 5년 반

만에 졸업하다, 父主前上書

○제20호(2019.10) 팔공산 산사의 주련柱聯, 주례사

○제21호(2020.12) 한국의 서원, 대구사회문화대학

문화대학에 봉사

문화대학은 내가 자원해서 입학했다. 처음부터 문화대학과 년 때가 맞았다고나 할까. 노래도 좋고 특강도 재미가 있고 주간 생활이나 월중행사도 나름대로 일주일에 두 번 출석하는 문화대힉에 최우선을 두고 갓바위 등산이나 불문회 산책 일주일에 한 번인 동양고전 수강 시골의 농사일 하루 등을 계획하며 실천하고 있다. 개미 쳇바퀴 도는 생활 습관은 지금도 똑같이 현재 진행형이다.

이러다 보니 입학하면서 일 년도 채 되지 않은 시점에 학생회장을 해야 한다기에 봉사하는 의미로 하겠다고 작정하고 2년을 하고 세월이 가면서 사단법인 대구 사회문화복지원의 이사도 맡아서 봉사하고 있다.

○제13대 학생회장 2013. 9. 1.~2014. 8. 31.

○운영위원(당연직) 2013. 9. 1.~2014. 8. 31.

○제14대 학생회장 2014. 9. 1.~2015. 8. 31.

○운영위원(당연직) 2014. 9. 1.~2015. 8. 31.

○대구사회문화대학 공로패 수상 2014. 10. 31.

○(사)대구사회문화복지원 이사(신임) 2018. 4. 20.

○운영위원(위촉위원) 2019. 9. 1.

걱정이 앞선다

문화대학의 앞날이 걱정이다. 우리 문화 대학의 학생들을 보면 전직 초중고등학교 교장 선생님을 비롯하여 교직 출신자가 가장 주류를 이룬다. 그 외에 일반공무원, 은행원, 회사원, 자영업자, 가정주부 등으로 구성되는데 최근에 학생이 노년층이라서 건강상 이유 등으로 못 나오시는 분들은 많지만 새로이 입학하는 사람이 적어 학생 수가 급격하게 줄어들고 있어 큰 걱정이다.

가장 큰 원인은 노인들의 교육기관이 너무나 많다는 점을 들 수 있다. 각급 복지기관의 교육 시설, 각급 대학에 부설 노인교육 기관이 많고 시내 각급 도서관과 주민행정복지센터 등 대구 시내 크고 적은 노인 교육기관이 100여 곳이 훨씬 넘는다는 통계이다. 우리 대학의 경우 지하철역이 멀다는 접근성에도 문제가 있다. 이러한 이유로 각급 행정관청의 예산지원도 받고 역사와 전통을 자랑하는 우리 대학도 걱정이 많다.

우선 문화대학의 학생 수가 너무 적어진다.

최근의 학생 수(문화대학 지에 수록된 수강생 명단 기준)의 감소 추세를 보면 2002년-265명, 2003년-227명, 2004-176, 2005-

180, 2006-160, 2007-162, 2008-170, 2009-133, 2010-132, 2011-133, 2012-118, 2013-102, 2014-95, 2015-100, 2016-91, 2017-80, 2018-77, 2019-69명으로 초창기보다는 1/3로 줄었고 내가 입학 할 때(2012)보다 약 40%나 줄어든 형편이다. 누구라도 환영을 하니 만나 볼 수 있는 인연을. 아니면 주위의 지인을 추천해 주시면 생광스럽겠다.

또 한두 가지 덧붙이자면

《문화대학》지에도 문제가 있다. 수강생 중 큰 비중을 차지하는 선생님 출신이라서인지 점잖아서인지는 모르나 주인 격인 수강생들의 참여율이 저조한 실적이다. 수강생의 원고가 너무나 적다. 전

문화대학 19호 발간
20181023

문적으로 글을 쓰는 사람이 아닌 아마추어들의 글솜씨인 만큼 많은 사람의 참여를 기대해 본다.

또 한 가지 문화유적답사와 현장학습인데 전술한 바와 같이 한 해에 상하반기로 나누어 두 번을 유명한 문화유적이나 관광지를 둘러보는 수업의 연장으로 현장답사를 학생회가 주체가 되어 자치적으로 실시하는 데 참여하는 사람이 적어서 학생회의 간부들이 애로가 많으니 각자가 학생회장이나 주최자의 입장으로 많은 참여가 있으면 하는 욕심이다.

자랑스러운 대구사회문화대학을 나는 좋아한다.

대구사회문화대학이여! 영원하여라!

(문화대학 제21호 2020)

갓
바
위
와

산
산
산

5장

갓바위를
1,000번 올랐다

산이 있어 산에 가고 산이 좋아 산에 오르고 등산을 한답시고 산을 오르내리기를 사십여 년간 어지간히도 다녔다. 청도10대명산*과 가까운 팔공산을 비롯하여 소백 태백 지리 가야 덕유 치악 오대 설악 한라산을 올랐다. 백두산은 서북 종주를 했으니 남한라南漢拏 북백두北白頭까지 전국 명산을 두루 밟았다. 근년에는 중국의 차마고도茶馬古道를 여행 하면서 옥룡설산玉龍雪山도 올랐고, 캐나다 록키, 스위스 융푸라우의 만년설萬年雪까지도 밟았다.

공직을 퇴임하면서 갓바위 등산을 시작하고 매주 한 번씩 올라 18년차 2021년 5월 19일 사월초파일인 오늘 갓바위를 1,000번 올랐다.** 매주 일요일 아침에 앞산[大德山]에 오르던 등산을 정년퇴임 하면서 매주 수요일 낮 갓바위 등산으로 바뀐다. 세월이 흘러 갓바위 등산 회수가 500회를 넘어서고 또 매일신문에 크게 보도*** 가 된 이후에는 새로운 욕심이 생긴다. 대충 계산을 해보니 갓바위

---

* 청도10대 명산은 남산, 용각산, 화악산, 철마산, 비슬산, 가지산, 억산, 운문산, 문복산, 선의산 등임.
** 갓바위 1000의 산행 회수(연간 및 연누계), 회원변천, 타지산행과 관광여행, 등 특기사항은 이책의 부록 〈갓바위 산행기록〉 참조.
*** 2016.11.22.(화)자 매일신문 17면에 전면 게재됨.

1,000회를 할 때쯤 나이 팔순과 올해에 맞을 것 같더라. 또 매일신문에서 "갓바위 오르는 1365계단, 기억을 더듬는 시간, 퇴직 후 13년 동안 750여 차례 올라, 왜 갓바위에만? 인생 돌아볼 수 있어 부처님께 소원 비는 재미도 쏠쏠하죠. 5년간 계속 올라 1000번 채우고 싶어요. 9988! 빛나는 실버, '갓바위 산신령' 김동진 씨"라며 '갓바위 산신령'은 매일신문에서 나에게 부쳐준 선물로 나의 별호가 되고 있다. 1,000이라는 숫자보다 맘 먹은데로 성취했다는것에 의의를 두고 싶다.

비가 오나 눈이 오나 날씨와는 상관없이 매주 수요일이면 팔공산 갓바위만을 오르는 모임이다. 모두 비슷한 연배에다 퇴직한 공직자들로 모두 대구에 사는 친구들, 게다가 모두가 대학 동문이라는 인연으로 만난 희한한 모임이다. 회원은 처음에 3명(이춘태, 이종보, 김동진)이 명절산행팀으로 시작해서 한때는 8명에 이르다가 현재는 4명이다. 경북대 동창회보에 '경북농대 갓바위등산팀'이라* 소개도 되었다.

경북대학교 농과대학 출신인 회원명단을 보면 남대현회장(농학과 57), 서정조(원예학 59), 조준일(농학 60), 박순호(농학 62), 정석락(농화학 62), 정운돌(농화학 62), 홍인식(농화학 62), 박진규(농화학 65), 김동진(원예학 62) 등이다. 한편 작고회원(이춘태, 이종보, 서정조)도 있다. 삼가 고인의 명복을 빈다.

---

* 2009.1.31. 경북대동창회보 제152호에 게재됨.

등산을 하다보니 갓바위만을 고집하여 편식한 것이 아니고 짬을 내어 다른 산도 종종 올랐는데, 지리산(천왕봉 2006), 계룡산(2007), 토함산(2007), 한라산(설중산행 2008), 비슬산(2008), 금정산(2008), 북한산(2009), 팔공산(비로봉 입산통제 해제후 2010) 등을 외도산행外道山行했으며 세월이 흐를수록 나이 탓으로 산이 아닌 유명 관광지들도 찾아가곤 했었다.

2011년 가을엔 발뒤꿈치踵骨 골절로 수술을 받는 바람에 이듬해까지 1년을 통으로 등산을 중단하는 일도 있었다. 영영 등산은 하직인 줄 알았는데 갓바위 부처님의 도움 덕분인지 상처가 잘 아물어 등산을 계속할 수 있었다. 그래서 2013년에는 1년 동안 쉰 벌충을 하느라 한 해 동안 갓바위를 130번이나 올랐다.

등산을 하면 늘 인생살이와 비교가 된다. 오르막이 있으면 내리막이 있게 마련이고 특히 '일천삼백유십오 계단* 갓바위 가는 길 한 계단이 청춘이고 한 계단이 인생일세' 현진이가 노래한 '갓바위 가는 길'**의 가사처럼 말이다. 갓바위 까지의 교통편은 대구쪽은 401번 대구 시내버스이고 경산 와촌 하양쪽은 803번 경산 시내버스인데 안심역에서 지하철 1호선을타고 중앙로역에 내리면 전국적으로 유명한 국일따로식당에서 국밥에다 막걸리 한잔으로 갓바위 등산이 끝난다. 팔순에 갓바위 1,000이라, 춘풍추우春風秋雨 18년에 1,365

---

* 1,365계단은 일년은 삼백육십오일을 상징한다고 함.
** 갓바위 가는 길 – 김대성 작사작곡, 현진이 노래

계단, 401번과 803번 버스, 지하철1호선, 국일따로식당 이 모두가 1,000번으로 이력이 같다.

끝으로 갓바위 1000을 하는 동안 함께 동행해준 여러 회원님들에게 고맙다는 인사를 드린다. 그리고 경북대동창회보 제152를 아래와 같이 소개한다

제152호 경북대동창회보_행사소식

경북농대 갓바위 등산팀, 매주 팔공산 갓바위 등산

비가 오나 눈이 오나 날씨와는 상관없이 매주 팔공산 갓바위만을 오르는 동문들의 모임이 있어 화제다. 이름하여 '경북 농대 갓바위 등산팀'. 이들은 모두 비슷한 연배에다, 퇴직한 공직자들, 게다가 모두가 모교 농생대 동문이라는 인연으로 만난 희한한 모임이다. 약 10여 년 전 대구에 거주하면서 영천 지역에 근무하던 동문 공무원 3명이 매주 일요일 아침 정기적으로 앞산 산행을 해오던 중, 6여 년 전 모두가 정년퇴직을 하고부터는 코스를 팔공산 갓바위로 바꾸면서 시간도 평일인 수요일 낮으로, 세월이 흐르면서 인원도 한두명씩 늘어나 현재는 모두 8명이 되었다.

수요일 아침 401번 시내버스를 타고 갓바위 주차장에 도착, 일행 모두가 모이면 관암사에서 약수로 목을 추기는 본격적인 갓바위 등정이 시작된다. 돌계단을 오르며 살아온 이야기, 자식 이야기와 세상 돌아가는 이야기를 나누다 보면 정치 이야기 대목에서는 열을 올리기가 일쑤. 그러면 우리는 산길 중간에 위치한 단골 간이 찻집에 들러 약차 한 잔으로 잠시 쉬어 간다. 이렇게 1,400계단 2㎞를 쉬엄쉬엄 오르다보면 어느새 정상인 藥師大佛 갓바위 부처 앞에 도착한다.

정상에 도착한 우리는 각자 부처님께 소원을 빌고는 약사암 용덕암을 돌아 원래 출발점인 관암사 주차장에 도착하면 등산은 끝이 난다. 점심은 보통 중앙통에 있는 식당에서 하는데, 막걸리에다 국밥으로 거나하게 배우 채우고나면 하루일정은 모두 끝이 난다.

현직에서 일 할 때는 식량증산, 녹색혁명 등 한국 농업 선진화에 일조를 하기 위해 농과대학 출신으로 열심히 뛰다가 퇴역 후에는 산과 더불어 자연을 벗하여 건강도 생각하고 친목도 다지면서 매주 갓바위를 오른다. 일년에 한 두 번은 전국 명산을 찾아 외도를 하기도 하는데, 대충 일 년에 50번이 넘게 갓바위 부처님을 만나는 것 같다.

매주 수요일 아침, 전원이 다 참석하면 좋고 한 두 명이라도 상관없다. 우리는 산이 좋아 산을 오르는 경북농대 갓바위 등산팀 이다.

회원명단

성명	출신학과	학번	퇴임전 직위
남대현회장	농학과	57	영천군농촌지도소장
박순호 총무	농학과	62	대구동중교감
서정조	원예학과	59	농산물검사소대구출장소장
조준일	농학과	60	영천시농축산국장
김동진	원예학과	62	청도군부군수
홍인식	농화학과	62	(주)경농 공장장
정석락	농화학과	62	성신화학대표
박진규	농화학과	65	영천시장

글·사진 제공 – 김동진(원예학과, 62, 전 청도군 부군수) 동문

팔공산 갓바위

산이 있어 산에 가고 산이 좋아 산을 오른다고 한다. 나도 전국
의 명산을 삼십 수년간 어지간히도 다녔다. 우리 근방의 산은 말할
것도 없고 한라산을 비롯하여 지리 가야 덕유 태백 소백 치악 오대
설악산 등등을 두루 올랐고 백두산은 서북 종주까지 했으니 남 한
라에서 북 백두까지 유명한 산을 많이도 밟았다. 공직에서 퇴임한
후로는 30여 년 동안 생활화된 새벽 등산으로 매일 동네 산을 오
르면서 아침을 열고 하루가 시작된다. 요즘은 먼 길 원거리 산행은
될 수 있는 대로 피하고 가까운 팔공산 갓바위를 매주 한 번씩 10
년째 주중 행사로 오르고 있다.

갓바위를 매주 등산하다

비가 오나 눈이 오나 날씨와는
상관없이 매주 수요일이면 팔
공산 갓바위만을 오르는 모임이 있다. 모두 비슷한 연배에다 퇴직
한 공직자들, 게다가 모두가 대학 동문이라는 인연으로 만난 희한
한 모임이다. 약 15여 년 전 대구에 거주하면서 인근 지역에 근무
하던 공무원 3명이 매주 일요일 아침 정기적으로 앞산 산행을 해

308

오던 중 10여 년 전 모두 정년
퇴직을 하고부터는 코스를 팔
공산 갓바위로 바꾸면서 시간
도 평일인 수요일 낮으로, 세월
이 흐르면서 인원도 한두 명씩
늘어나 현재는 7명이 되었다.

갓바위에 오르는 길은 두 군데로 대구 방향 갓바위 주차장에서
관암사를 지나 오르는 길과 경산 방향 선본사에서 오르는 길이 있
다. 대구 쪽 길은 앞 갓바위, 경산 쪽 길은 뒷갓바위로 불리는데 우
리는 주로 앞 갓바위 길을 오른다.

수요일 아침 401번 시내버스를 타고 갓바위 주차장에 도착 일
행 모두가 모이면 관암사로 가서 약수로 목을 축이고는 본격적인
등산이 시작된다. 돌계단을 오르며 살아온 이야기, 자식 이야기와
세상 돌아가는 이야기를 나누다 보면 정치 이야기 대목에서는 모
두가 정치인 정치평론가가 되어 열을 올리기가 일쑤, 그러면 우리
는 산길 중간에 있는 단골 간이찻집에 들러 약차 한잔으로 잠시 쉬
어 간다. 이렇게 1,400여 개의 돌계단 2㎞를 쉬엄쉬엄 1시간 남짓
오르다 보면 어느새 정상인 약사대불 갓바위 부처 앞에 도착한다.
정상에 도착한 우리는 부처님께 각자 소원을 빌고는 하산을 하는
데 약사암, 용덕암을 돌아 원래 출발점인 갓바위 주차장에 도착하
면 등산은 끝이 난다.

점심은 보통 중앙통에 있는 국일따로식당에서 하는데 막걸리에다 국밥으로 거나하게 배를 채우고 나면 하루의 일정이 모두 끝이 난다.

갓바위 정식 명칭은 관봉석조여래좌상

경상북도 경산시 와촌면 대한리 산44번지 팔공산 남쪽 관봉冠峰의 정상에 암벽을 배경으로 하여 조성된 높이 4m의 거대한 석불좌상으로 사람들이 흔히 '갓바위 부처'라고 부르는 이 불상의 정식 명칭은 '관봉석조여래좌상冠峰石造如來坐像'이며 선본사에서 관리하고 있다. 선본사禪本寺는 팔공산의 관봉 아래에 있는 대한불교조계종 직영 사찰이다.

팔공산 능선의 동쪽 끝 봉우리인 해발 850m의 정상에 정좌한 모습으로 새겨진 갓바위 부처는 통일신라 시대의 대표적 걸작으로 평가받으며 1965년에 보물 제431호로 지정되었다. 갓바위 부처는 자연적으로 솟은 화강암 한 돌을 깎아서 불상의 몸뿐만 아니라 좌대까지 만들었으며 광배는 없지만 뒤쪽에 마치 병풍을 친 듯 바위가 둘려있다. 머리 위로 두께 15㎝ 정도의 갓 모양을 한 얇은 바위가 얹혀 있다.

얼굴은 양쪽 볼이 두툼하고 비교적 둥글고 풍만한 편이며 입술은 굳게 다물어 근엄한 표정에 이목구비가 조화롭게 잘 표현되어 있다. 이마 한가운데는 백호白毫가 둥글게 솟았고 오뚝한 코 아래

310

의 인중도 두드러져 있다. 두 귀는 길게 양쪽 어깨까지 늘어졌으며 목에는 삼도三道가 뚜렷하다. 두 어깨는 반듯하고 넓어 신체와 잘 어울리며 오른손은 오른쪽 무릎 위에 올려놓고 왼손바닥 안에 작은 약합이 오르다 있는 것이 뚜렷해서 약사여래불로 분류하고 있다.

이 갓바위 부처님은 원광법사의 수제자인 의현대사가 어머니의 명복을 빌기 위하여 638년(선덕왕 7년)에 조성한 것이라고 전해진다. 그러나 전체적 양식으로 보아 8~9세기 작품으로 보는 것이 학계의 일반적인 정설이다.

천 년의 미소를 머금은 듯 한없이 과묵하고 근엄한 표정으로 내려다보는 갓바위 약사여래불 부처님은 항상 변함없이 그곳을 지키고 있다. 그리고 수많은 사람이 마음속 고통을 덜고자 간절한 소망을 이루고자 어김없이 이곳을 찾는다.

이 석불은 오래전부터 영험하기로 소문나 있으며 '지성으로 빌면 누구나 한 가지 소원은 들어준다'라고 해서 이른 새벽부터 전국 각지에서 치성을 드리러 오는 사람들이 줄을 잇고 갓바위 부처의 시선이 부산 울산 쪽을 보고 있다고 하여 그곳 사람들이 유독 많이 찾는다고 한다. 특히 입시 철에는 간절한 기도를 드리는 수험생 어머니들의 모습은 언제나 언론 지면과 영상에 크게 보이곤 하며 매달 초순 그리고 1월 1일에는 기도와 해돋이 인파로 성황을 이루어 갓바위의 상징이 되고 있다.

소설小說 갓바위도 있다

갓바위에 대한 소설이 있다. 제목
이 '소설 갓바위'(이룸 지음/ 서울:도
서출판 맥/ 2003년 발행)로 내용을 요약해 보면 대충 다음과 같다.

정성스럽게 기도하면 한 가지 소원만큼은 꼭 들어준다는 갓바위
약사여래불의 영험함과 갓바위의 시선은 어디로 보고 있으며 그 시
선을 둘러싼 거대한 음모가 숨어있다는 것으로 소설은 시작한다.

갓바위 부처 주변의 여러 절과 암자들에 소속된 스님들과 식솔
들의 얽히고설킨 인간관계 속가에서부터 시작되는 부자 모녀 관
계 각종 염문 연애 이야기 돈이 모이니 불전을 둘러싸고 전개되는
폭력 암투와 난투극 여기에 부수되어 부처의 시선에 따라 선거에
서 대권이 결정된다는 허무맹랑한 괴소문에 중앙종단과 지역의
군부대 장성과 국회의원 등 정치권이 개입되고 음모와 난투는 더
욱 극렬해진다. 그러나 마지막에는 악한 자들이 모두 개과천선하
여 선행함으로써 갓바위 산문의 갈등은 모두 해소되고 권선징악
으로 소설은 끝이 난다

갓바위 부처의 시선은 오로지 바라보는 사람을 향하니 부처를
마주 보는 자에게 여래불의 가피가 미친다. 아울러 과욕을 버리고
겸허한 자세로 경외하고 소망이 있거든 먼저 마음을 다스리고 그
소망을 위해 정진하면 반드시 이루어질 것이다. 약사여래불!

노래 갓바위도! | 갓바위를 주제로 한 노래도 있다. 이영선 작사에 서정하 곡으로 김동아가 노래한 '갓바위'로 『김동아 찬불가요 2집/ MAX RECORD』에 실려 있다.

〈갓바위〉

1. 중생에 지은 업보 등에 업고서
   갓바위 가는 길은 한나절인데
   이끼 내린 돌담길에 산새가 울면
   갈 길을 잃어버린 나그네 마음
   약사여래불 깊으신 그 뜻
   팔공산아 너는 알겠지
2. 동화사 풍경 소리 밤은 깊은데
   갓바위 가는 길은 멀기만 한데
   촛불 켜고 소원 비는 아낙네 마음
   길손이 알 길 없어 가슴 태우네
   약사여래불 높으신 그 뜻
   팔공산아 너는 알겠지

또 '갓바위 가는 길'이란 노래도 있다. 김대성 작사 작곡에 현진이가 노래한 곡인데 대구사회문화대학에 음악 강사인 최혜성의 혜성가요교실 15권(2018. 09. 04)에 실려 있다.

〈갓바위 가는 길〉

1. 일천삼백육십오 계단 갓바위 가는길
   한 계단이 청춘이고 한계단이 인생일세
   염불하는 저 나그네 돈이 무엇이더냐
   명예가소중하더냐여보시게공수래공수거
   인생이 아니더냐 속세에 지은 업보
   모두다 내 탓이로다 팔공산아 갓바위야
   찬불하는 저 나그네

2. 일천삼백육십오 계단 갓바위 가는길
   한계단이 눈물이고 한 계단이 사랑일세
   염불하는 저나그네 사는 게 무엇이더냐
   한번왔다가는세상여보시게공수래공수거
   인생이 아니더냐 속세에 지은 업보
   모두다 내 탓이로다 팔공산아 갓바위야
   찬불하는 저 나그네 찬불하는 저 나그네

갓바위 1,000번을 희망하며

공무원으로 현직에서 일할 때는 식량 증산 녹색 혁명 등 한국 농업 선진화에 일조하고 새마을사업 조국 근대화의 역군으로 열심히 뛰다가 퇴역 후에는 산과 더불어 자연을 벗하여 건강도 챙기고 일행들과 친목도 다지면서 매주 오른다. 일 년에 한 두 번은 전국명산을 찾아 외도하기도 하는데 대충 일 년에 50번은 넘게 갓바위를 오르게 된다. 매주 수요일 아침 전원이 다 참석하면 좋고 한두 명이라도 상관없다. 이러구러 산이 좋고 갓바위가 좋아 오르다 보니 나는 퇴직 이후 16년 차인 2019년 7월 현재 900번을 갓바위 부처님의 시선과 마주치게 되었다.

다행히 우리에게는 팔공산이 가까이 있고 갓바위가 멀지 않은 곳에 있다. 통일신라 시대에 조성되어 천수 백 년을 비바람 맞으며 견디어 온 석조문화재를 대구에 사는 우리는 백문이 불여일견이라고 한 번씩은 볼 만하다고 생각된다. 돌계단을 오르며 살아온 인생사 한번 돌아도 보고 건강도 챙겨보고 갓바위 부처 앞에서는 욕심이 생긴다면 한 가지 소원은 들어준다니 갓바위 부처 구경도 하고 갓바위 등산도 권해보고 싶다.

갓바위 부처님이 나에게 건강과 수명을 허여許與해 주신다면 일주일에 한 번씩 앞으로 계속 더 올라 갓바위 1,000번을 희망하면서 오늘도 노래를 불러가며 열심히 오르고 있다.

(2019 07 10)

오늘도
산길을 걸으며

'산에 왜 가느냐?'고 물으면 '산이 거기에 있으니까 간다. 산이 좋아 간다'라고들 이야기한다. 그렇다. 산이 있어 산에 가고 산이 좋아 산길을 걷는다. 예부터 지자요수知者樂水요 인자요산仁者樂山 이라던가. 어진 사람仁者은 의리에 편안하여 중후하고 욕심에 움직이지 않는 고요한 마음이 흡사 산과 같아 자연히 산을 좋아한다고 한다.

세상사 괴롭다 해도 산에만 갈라치면 가슴이 후련해지고 산 사람의 기분은 저절로 좋아지게 마련이다. 나는 원래 청도의 나월산촌蘿月山村 그야말로 두메산골 출신인지라 여름이면 소먹이로 산에 가고 겨울이면 나뭇짐 지고 산길로 다녔으니 산 타는 데는 어릴 적부터 이골이 나 있었다.

성인이 되어 공직생활을 하면서 이리저리 객지를 정신없이 돌아다니다가 어느 땐가 등산화를 신고 배낭을 둘러매고 소위 등산이라고 다시 산을 타기 시작한 지가 한 30년은 족히 될 성싶다.

등산을 새로 시작하고부터는 무슨 거창한 산악인이나 된 것 같이 제 딴에는 온갖 장비를 갖추어서 달력에 붉은 표시가 된 일요일

316

이나 공휴일이면 무턱대고 산을 찾아 나선다. 혼자도 좋고 일행이 있으면 더욱 좋다.

우리나라는 어디를 가나 국토의 7할이 산지이니 산도 많고 또 좋은 산이 많다. 남한에서 한라가 제일 높다고는 하나 산 중허리까지 차편을 이용하게 되니 그래도 산이라면 지리산이나 설악이다.

지리산은 그 육중하고 광활한 산자락이 남자에 비유되고 설악의 기기묘묘한 뫼 봉우리는 여자에 빗대어지곤 한다. 지리산 천왕봉 정상으로 가는 길은 어디로 오르던지 가도 가도 끝이 없이 높고도 멀기만 하고 하산 길도 온종일 걸어야만 하는 우리나라에서 가장 힘들고 긴 등산 코스이다.

설악산은 워낙 명산으로 대청봉 정상에서 내려다보면 용의 이빨처럼 생겼다 해서 용아장성이 있고 공룡같이 무섭고 험하다고 공룡능선 부처처럼 생긴 바위가 천 개도 넘는다고 천불동계곡이라 경치가 대단하다.

흔히들 금강산의 경치를 설악산에 견주며 설악의 열 배가 묘향산이고 묘향의 열 배가 금강이라니 금강산은 설악의 백배라는 말인가? 그래도 설악산은 멋진 산이다. 어느 해에는 설악에 미쳐 연이어 네 번이나 대청봉을 오른 적도 있었으니.

또한, 옛날에는 산에만 가면 꼭 정상을 해야 직성이 풀려 주변 경치나 산수는 즐길 줄도 모르고 무조건 정상을 목표로 남에게 뒤질세라 앞다투어 오르기만 했으니 지리산 천왕봉을 다녀와서 무엇을 보고 왔느냐고 물으면 앞서가는 아가씨의 엉덩이만 보고 왔다는 대답이 나온다.

실제 산행은 날씨나 계절과 관계없이 자기에게 알맞은 산을 즐기는 것이면 족하리라. 화창한 날은 물론 비가 오면 오는 대로 눈이 오나 바람이 부나 그런대로 산행의 맛은 따로 있는 법. 새봄을 맞아 만물이 소생함을 보고 여름의 신록 속에 가쁜 숨을 휘몰아 쉬며 땀에 뒤범벅이 되다가도 계곡물에 발을 담가 보는 그 맛, 천자만홍의 가을 단풍산을 오르며 높은 하늘도 쳐다보고 백설이 뒤덮인 겨울 산을 넘어지고 미끄러지며 타고 넘는 등산이란 정말 멋진 산행의 진수이리라.

우리는 산길을 걸으며 세상과 인생을 배운다. 숨을 헐떡이며 기진맥진하도록 가파른 오르막이 있으면 이내 내리막길이 생기며 가도 가도 끝이 없는 오르막길이 계속되다가도 고개를 하나 넘으면 다시 내리막길이 나타나며 가슴이 섬뜩하고 다리가 후들후들 떨리도록 아슬아슬한 낭떠러지 바윗길을 돌아서면 순탄한 평지길이 나서니 등산은 우리가 살아가는 인생살이와 같다고나 할까.

산길을 걷노라면 마주치는 사람이 낯설어도 서로 인사하며 길을 양보도 하고 반겨주니 산행은 마냥 즐겁기만 한 것. 산을 좋아하는 사람치고서 나쁜 사람이 없다. 악인嶽人에게는 정말 악인惡人이 없다고들 한다.

산은 언제나 우리를 부르고 있다. 이순의 나이를 살아가는 우리 친구들에게 인생을 뒤돌아보며 건강도 챙기면서 자그마한 여유가 생기거든 아니 일부러 짬을 내어서라도 등산을 권하고 싶다. 산은 굳이 멀리 가지 않아도 좋고 자기 몸에 맞는 맞춤 산행이면 좋을 성싶다.

다행히도 대구에 사는 우리에게는 멋진 산이 가까이에 많이도 있다. 시내 각급 학교 교가에 단골 메뉴로 나오는 팔공산, 비슬산, 앞산이 지척에 있고 가야, 매화, 금오, 황악, 운문, 가지, 주왕, 청량, ~~주흘~~, 조령, ~~등등~~ 얼마든지 많은 유명한 산이 멀지 않은 곳에 있으니 하늘이 우리에게 준 천혜의 선물이 아니겠는가.

난 옛날부터 팔공산 비슬산은 말할 것도 없고 지리산, 설악산, 한라산, 백두산 등 전국에서 유명하다는 산을 그것도 한번이 아닌 몇 번씩이나 열심히도 올랐다. 1988년 7월엔 한라산을 초등하여 백록담을 보고, 2000년 8월에 백두산 천지를 천문봉에서 관광한 이후 2004년 광복절날에 63세의 나이로 우리 땅이 아닌 중국 땅의 백두산을 다시 올라 서파에서 북파까지 장장 12시간에 걸쳐 서북 종주하였으니 나는 남한라와 북백두를 모두 올랐다.

공직에서 퇴임하고부터는 매일 아침 동네 뒷산 식전 산책으로 하루가 시작되고 팔공산 갓바위를 매주 한 번씩 오르고 있다.

정말 산을 아끼고 사랑하며 즐길 줄 아는 인생이 되도록 노력하면서 오늘도 배낭을 걸머지고 산길을 걷는다.

매화산- 박광 청도부군수, 이경식, 김호상과장. 1987년

지리산 천왕봉 갓바위팀. 2006년

320

중국 옥룡설산, 경북고42회, 2015년

중국 화산, 2016년

가지산을
오르다

3월 11일 일요일. 3월 정기산행일이다. 매달 정해진 날짜에 꼬박꼬박 배달되는 회보를 통해 정기산행 안내를 보니 이번 달 산행은 제211차 군내산행이며 목적지가 가지산이라고 한다.

명색이 창립회원 임에도 88년도에 경북도청으로 근무지가 바뀌게 되어 산행참석이 여의치 못하였다. 청도를 떠나면서 다른 모임이나 단체에는 모두 탈퇴를 하였으나 청도산악회만은 애착이 있어 오늘날까지 회원으로 있었고 운문산악제와 정기총회 때만은 빠짐없이 참여한 것으로 그나마 스스로 위안으로 삼은 셈이다. 1991년 제9차 정기총회 때에는 일 년 개근 표창패를 수상할 정도로 산행을 열심히 한 적도 있었지만 1992년도부터 고등학교 동기회에서 산악회가 결성되어 매달 정기적으로 산행을 하다 보니 몸과 마음의 고향인 청도산악회의 산행을 등한시한 것이 아닐까 하고 반성도 해본다.

그러다가 작년 초에 청도군으로 다시 오게 되어 군 관내 산행만은 꼭 참석하려고 스스로 다짐하였으나 바쁜 공무를 핑계로 그것마저도 여의치 않았었다. 특히 이번 회보의 산행 안내에는 가지산

322

의 한자표기에 대한 설명으로 청도산악회 15년사에 실린 「加智山名 小考」가 소개되어 있었는데 국립지리원에 조회하고 소고小考를 쓸 때의 감회가 새로워 이번 가지산 산행만은 꼭 참석하리라 마음먹고 있었다.

가지산은 청도군 운문면과 울산광역시 울주군 상북면 그리고 경남 밀양시 산내면 등 3개 광역시도 3개 시군에 걸친 소위 영남알프스의 주봉으로 해발 1,240m의 높은 산이다. 가지산으로 오르는 코스는 크게 운문령에서 오르는 길, 사리암 앞에서 학수대를 거쳐 오르는 길, 아랫재에서 오르는 길, 석남고개에서 오르는 길 등이 있다. 이번 산행코스는 운문령에서 출발하여 귀바위 쌀바위를 거쳐 정상에 오르고 아랫재에서 독가촌으로 내려와 사리암 주차장에 이르는 코스이다.

아침 일찍 첫 집결지인 바르게살기공원에 도착하니 반재돈 회장께서 길 건너 읍사무소 정문에 서서 우리를 바라보고 등산시점인 운문령으로 먼저 가라고 손짓을 해주었다. 일행 4명과 함께 승용차로 운문령에 당도하니 벌써 많은 회원이 울긋불긋 원색의 물결을 이루며 서로 인사하랴 주차하랴 시끌벅적하였다. 도로를 벗어나 오른쪽으로 난 가지산 등산로 초입 넓은 곳에 60여 명의 회원이 집결하여 인원점검과 산행코스 안내 등 간단한 의식행사를 마치고 9시 20분에 산행을 시작하였다.

이른 아침 집을 나설 때 그렇게도 좋던 날씨가 갑자기 구름이 끼고 샛날이 되어 바람도 불어 을씨년스런 가을 날씨로 돌변하였다. 출발에 앞서 오늘 산행의 등반대장으로 지명을 받은 나는 선두그룹에 섞여 산을 오르게 되었다. 운문령에서 쌀바위까지는 임도가 잘 닦여져 있어 두어 번 휴식 끝에 쉽게 오를 수가 있었다. 이때가 출발한 지 한 시간 남짓하여 일행이 거의 한 무리를 이루고 있었다. 부직포로 둘러싸인 움막매점에는 어묵을 비롯한 간단한 간식을 판매하고 있었으며 가게 앞에는 지프도 한 대 서 있었다.

잠시 휴식 후 다시 산행이 시작되었는데 여기서부터는 응달길로 주위에는 겨울눈이 녹지 않고 그대로 남아있었고 길은 사람의 왕래로 다져져 빙판이었다. 게다가 바람이 일기 시작하고 눈보라까지 휘날리니 날씨는 영락없는 한겨울로 변해 버렸다. 이제부터 본격적인 겨울 산행으로 아이젠을 착용하는 회원들이 여기저기 눈에 띄기 시작하였다. 배낭에서 꺼낸 아이젠을 신발에 맞춰 끼우고 산을 올랐으나 길이 워낙 빙판이 져서 상당히 애를 먹었다. 애써 오르기를 반 시간여 만에 정상이 바라다보이는 짤록이 헬기장이 나타났다. 모두 한데 모여 안개와 눈보라로 가려진 정상이 나타나기를 기다렸다가 기념촬영을 하고는 오르기를 계속하였다. 여느 때 같으면 빤히 보이는 정상까지 단숨에 오를 수 있는 코스인데도 나쁜 일기와 특히 많은 사람의 내왕으로 빙판길이 된 등산로를 피해 산비탈로 이리저리 나무를 잡고 왔다 갔다 돌면서 때로는 미끄러져 가면서 정상으로 한 걸음 한걸음 향했다. 이윽고 정상에 이르니 부산 대구 울산 밀양 등 각처에서 온 많은 산군이 오가고 더러는 모여 있었다.

선발대에 끼여서 올랐기에 후미 그룹이 모두 도착하기까지는 상당한 시간이 필요했다. 정상은 한겨울 날씨처럼 매우 추워서 귀막이 모자에 파카 후드까지 덮어쓰고 나름대로 보온에 신경을 쓰면서 기다리니 열두 시쯤이 되어서야 나머지 회원이 정상에 도착했다. 사방으로 흩어진 회원들을 우리 청도산악회에서 건립한 가지산 표석 앞에 모이게 하고 먼저 간 산악인에 대한 묵념으로 시작하여 만세삼창 야호 삼창 신입회원들의 산악인 선서로 간단하게 등정식을 하고 전체 기념촬영과 개별적인 사진 촬영을 마쳤다.

원래는 정상 부근에서 점심을 먹을 계획이었으나 워낙 바람이 세차게 불고 날씨마저도 차가워서 장소를 변경하여 아랫재에 가서 점심을 먹기로 하고 하산을 시작하였다. 정상에서 10여 분쯤 내려오다 보니 혼란이 생겼다. 당연히 하산 행렬이 줄줄이 이어져야 할 텐데 사전 의논도 없이 끼리끼리 적당한 장소에서 터를 잡아 중식을 하느라 뒤따르는 줄이 없어져 버린 것이다. 역사와 전통 그리고 규모까지도 자랑하던 우리 산악회가 이런 문제가 생기다니... 반드시 고쳐야 할 사항이다. 회원이 270여 명에 이르는 매머드 군단에다 20대 초반에서 70대까지 다양한 나이와 세대 차이로 인해 지휘계통에 틈이 생겼다고 보아진다. 노장 세대라고 여겨지는 나로서도 약간은 기분이 씁쓰레하였다. 이때부터 대오는 흩어지고 선후미

간의 거리와 시간은 멀어지게 되었다. 회장을 위시한 우리 일행 십여 명도 한참을 내려오다 할 수 없이 호박소에서 올라오는 길과 마주치는 근처의 양지바른 큰바위 위에 자리를 정하여 점심을 먹었다. 중식을 마치고 다시 하산을 계속하였다. 눈도 어지간히 녹아서 아이젠을 벗어버리고 내려오다 미쳐 녹지 않은 잔설 때문에 두어 번 미끄러지기도 하면서 30여 분만에 운문산과 갈림길 네거리인 아랫재에 도착했다. 이때가 오후 두 시 반이었다.

여기서 휴식을 하면서 움막집에서 수양한다는 젊은이로부터 고로쇠 수액을 얻어 마셨다. 미량요소가 많아 위장병 당뇨에 효험이 있다 하여 많이들 마셨다. 맛이 달짝지근한 것이 마실만 하였다. 정상부와는 달리 산 아래쪽은 화창한 봄 날씨로 변해 있었다. 너덧 시간을 걸은 데다 화사한 햇볕이 내리쪼이는 마른 풀밭 위에 누우니 뻐근한 다리가 풀어지면서 일시에 피로가 밀려왔다. 하지만 다시 피곤한 몸을 일으켜 산행 종점인 사리암 주차장을 향하여 하산을 계속하였다.

지나온 길은 오르막 내리막 경사가 심했으나 아랫제에서 계곡으로 통하는 청도 쪽의 길은 경사가 완만하고 평탄한 양반 길로서 발끝에 느껴지는 촉감 또한 좋았다. 이러구러 반 시간쯤 내려오니 옛날에 버섯을 재배하던 독가촌에 도착할 수가 있었다. 여기가 동창천으로 이어지는 실개천이 발원되는데 졸졸졸 시냇물 소리는 완전한 봄을 일깨워주었다. 맑은 계곡물에 손을 씻고 한 시간쯤 더 걸으니 사리암 주차장.

   봄을 맞아 모처럼 산행을 하였는데 가을 날씨에 운문령을 출발해서 겨울 날씨 속에 정상을 넘었으며 사리암에 도착하니 벌써 봄이 이미 와있었다. 그럭저럭 오늘 산행은 가을 겨울 봄 삼계절 산행을 모두 즐긴 셈이다.

〈2001. 3. 20〉 (청도산악회 회보99호)

설악산
유감

청도산악회가 창립한 이래 한 해가 가고 한 해가 오고, 즉 묵은 해가 가고 새 해가 오고, 해들이 거듭하기를 어언 스무 해가 되었으니 새삼 세월의 빠름을 느끼게 된다. 사십 대 초반에 청도군 문화공보실장으로 발령받아 온 후 얼마 되지 않아 청도산악회가 창립되었고 그 후 경북도청으로 자리를 옮겼다가 다시 청도군으로 왔으니, 그동안 강산이 두 번이나 바뀌었고 나로서는 올해에 소위 갑년을 맞았으니 개인적으로도 감회가 남다를 수밖에 없다. 근무처를 옮겨 다니는 동안 여건이 허락지 못해 다른 모임은 모두 탈퇴를 하였으나 오직 청도산악회만은 해마다 총회와 운문 산악제, 그리고 해마다 한두 번의 산행에도 참여하며 회원으로 오늘까지 버티고 있음은 창립회원이라는 나름대로 긍지와 우리 산악회에 대한 애정이 아닌가 생각을 해본다.

내 고향은 송금리 보리절[牟山]이다. 두메산골에서 태어나 어릴 때부터 소먹이고 소풀 뜯고 나무하느라 산길을 걷고 산을 타며 성장하고 살아왔다. 지금도 매일 하루도 빠짐없이 새벽 산길을 걷는다. 청도산악회 창립 당시 아니 그 이전부터도 산길을 걸었고, 오늘도 산길을 걸으며 내일도 산길을 걸을 것이다. 지난 20년간의 산행 편린들이 주마등같이 스쳐 간다.

설악산 등산!

1988년 10월 1일 국군의 날. 일요일. 개천절로 이어지는 연휴를 이용하여 2박 3일간 일정으로 청도산악회에서는 처음으로 우리 남한에서 세 번째로 높은 산인 설악산을 넘는다. 강원도, 홍천, 인제, 원통을 지나 한계령을 넘어 대한민국에서 제일 경치가 좋다는 한계령 계곡 오색약수터 아래에서 짐을 풀고 야영을 했다. 88올림픽 폐막일인 10월 2일 새벽 4시에 전원이 기상하여 아침을 먹는 둥 마는 둥 식사를 마치고 한계령으로 이동하여 한계령휴게소에서부터 등산이 시작되었다.

설악산 서북 능선으로 끝청 중청을 거쳐 설악산 정상인 1,708m의 대청봉을 신나게 올랐다. 가는 도중이나 정상엔 3일간의 연휴라 문자 그대로 인산인해였다. 대청봉이란 표석을 배경으로 사진 촬영을 하는데 만도 상당한 시간이 소요될 정도였다.

설악산을 몇 번 탄 경험이 있다 하여 등정에서 나는 가이드로 지명이 되어 하산 코스를 안내하게 되었다. 하산은 중청, 소청, 희운각 산장, 귀면암, 비선대를 거쳐 설악동으로 이어지는 천불동 코스를 택하였다. 대청봉을 출발하여 중청, 소청을 지나 희운각 대피소에 도착하니 점심때가 되어 모두 현장에서 취사하여 식사를 해결하였다. (그 당시에는 산에서 취사 행위가 가능하였다.)

희운각喜雲閣은 본 군 각남면 일곡 출신이신 최태묵崔泰默 씨의 산장으로, 喜雲은 지금은 고인이 된 그분의 아호이다. 옛날에 한 번 만나본 적이 있는 산장 주인 희운선생을 만나 뵙고, 반재돈 회장님과 喜雲 선생을 서로 소개하며 인사를 나눈 후 귀한 캔맥주까지 선물로 받아 마셨다.

점심을 마치고 충분한 휴식을 한 후 하산이 계속되었다. 희운각에서부터는 서울 명동을 방불케 하는 인파로 4열 5열로 밀려 내려왔는데 양폭산장 위편의 사다리 계단에서부터는 일렬로, 그것도 한 사람 한 사람씩 천천히 내려오게끔 되었으니 사건은 여기에서 터져 버리고 말았다. 갑작스러운 병목현상으로 좁은 공간에 수만 명의 인파가 오도 가지도 못하고 무려 여섯 시간이나 대기하는 소동이 벌어진 것이다. 설악산 국립공원 관리공단 측의 비공식적인 발표에 의하면 10만이 넘는 인원이 입장하였다고 하니 그 혼잡을 가히 짐작할 수 있으리라.

기다리는 동안 어느덧 해가 넘어가고 날이 어두워졌다. 저녁을 먹지 못하여 배는 매우 고픈 데다가 초가을 산장이라 날씨 또한 추워졌고 칠흑 같은 어둠에 한 치 앞을 분간할 수 없는 악조건 속에서 양폭산장부터 설악동까지의 머나먼 길을 평생에 처음 경험하는 야간등산으로 강행해야만 했었다. 어떻게 하든지 목적지인 설악동까지는 밤중이라도 가야만 한다. 배고픔이나 추위도 그렇지만 우선 움직이자니 랜턴이나 라이트가 필요했건만 준비가 안 되었으니….

누구인지도 모르는 낯선 사람이라도 라이트만 있으면 그 불빛에 따라 대여섯 명이 자연스럽게 한 조가 되어서 고개를 넘고 개울을 건너면서 낯선 산길을 밤새도록 걷고 또 걸었다. 가도 가도 끝이 없는 산길은 새벽 다섯 시가 되어서야 겨우 비선대에 도착할 수가 있었다. 비선대에서 유일한 동행인 김명수 회원과 라면 국물을 안주로 소주 한 병을 나누어 마시고서야 허기와 추위를 조금이나마 면할 수 있었다.

이러구러 갖은 고생 끝에 설악동에 대기 중인 버스에 승차한 것은 아침 여섯 시가 다 되어서였다. 정상적인 하산이었으면 저녁 다섯 시에 도착했을 산행을 산에서 밤을 새우고 일행 모두가 도착한 것은 그 이튿날 아침 여덟 시가 넘어서였다.

너무나 많은 사람이 동시에 입산한 탓으로 모두가 정상적인 산행을 할 수가 없었다. 우리 일행은 모두가 등산 경력이 얼마 되지 않아 비상식량, 비상 복장, 랜턴 등 비상시에 대응할 능력은 고사하고, 생각조차 한 바가 없었으니 설악산 산행은 고생스러웠어도 좋은 경험이었고 훌륭한 교훈을 체험으로 배운 셈이다.

산행이 우리의 인생살이와 비교되듯이 우리의 생활 중에도 평소에 비상시를 대비하는 유비무환의 정신이 필요하다는 것을 깨닫게 되었다고나 할까.

설악동에서 간단한 요기를 하고 일행은 남으로 향하여 낙산사를 관광하고 동해를 조망하면서 놓쳐버린 잠을 버스에서 청하다가 백암온천에서 온천욕으로 피로를 풀고 2박 3일간의 설악산 산행을 마쳤다.

비선대에 도착한 아침 녘에는 다시는 설악산 등산을 하지 않겠다던 회원들이 청도에 도착한 저녁때쯤에는 언제 날 잡아 설악산 등산을 한 번 더 가자고 하니 사람의 마음은 알다가도 모를 일이로고.

20개 성상의 연륜을 쌓아 이제 성년이 된 우리 청도산악회!

회원 모두가 늘 건강하고 행복하기를 기원하면서, 청도산악회여 영원하여라!!

(청도산악회지 제112호, 2002. 5. 21. 창립 20주년 기념특집호)

백두산
종주기

 2004년 8월13일부터 8월 17일까지 4박 5일 동안 나는 처(최용희)와 김봉현 씨(대구중 동기생) 내외와 함께 부부 동반하여 류청웅 씨의 주선으로 대구계성학교 총동창산우회 주관 백두산 종주 등정과 만주관광에 참가하게 되었다.

 □ 8월 13일 금요일

 오후 대구공항에서 집결하여 인원점검(40명 참가)과 탑승 절차를 마치고 대한항공편으로 14시 40분에 심양으로 향했다. 이륙 약 두 시간 후인 중국 현지시간으로 15시 30분에 심양도선공항에 도착하였다. 당초에는 심양에 도착 후 입국 절차 및 환승수속을 마치고 비행기로 바로 연길에 가서 저녁 후 호텔투숙 예정이었으나 현지 사정이 여의치 못하여 우선 심양 관광부터 하고 저녁 식사 후 연길로 가기로 하고 시내 관광에 나섰다.

 원래 심양은 옛 이름이 봉천으로 청나라 발원지이며 요녕성의 성도로 인구 약 720만 명을 포용하고 있는 중국에서 다섯 번째로 큰 도시이다. 조선 시대 소현세자가 볼모로 살던 곳이기도 하고 우리나라 젊은 여성들이 많이 끌려갔던 곳으로 화냥년還鄕女-廻節池이란 이름도 이곳에서 생겼다고 한다. 이렇듯 우리와 역사 문화적으로 인연이 깊은 곳이며 지금도 조선족이 약 13만 명이나 살고 있다고 한다.

요녕여유기차공사(중국에서는 버스를 汽車라 하고 우리가 말하는 기차는 火車라고 함) 소속의 관광버스를 타고 날이 다르게 발전하고 있는 중국 도시를, 거리의 중국인을 보면서 간단한 관광을 마치고 조선족이 많이 사는 서탑지구쪽에 있는 조선족 식당에서 저녁 식사를 마치고 심양도선국제공항으로 돌아오는데 시내 교통질서가 엉망이었다.

원래 17시 30분에 출발 예정이었던 중국 민항기(중국남방항공)가 일정이 바뀌어 20시 30분에 이륙하려던 것이 다시 연발이 되어 23시 30분에야 연길공항에 도착이 되었다(중국 비행기는 몇 시간쯤의 연발은 보통이란다). 공항 앞에서 대기 중이던 천파여유기차공사소속의 버스를 타고 숙소인 연길동북아대주점(호텔)에서 첫 밤을 보낸다.

나는 중국여행이 부부동반으로 세 번째이다. 처음은 2000년도에 북경과 백두산관광으로 백두산의 북파산문 입구에서 찦차를 이용 기상관측소까지 이동한 후 5분 정도만 걸으면 천문봉에 올라 천지를 내려다 볼 수 있는데, 그때는 운이 좋아 그렇게도 어렵다던 천지를 안개와 구름 한 점 없이 관광 한 바 있다. 두 번째는 2003년도에 우한을 거쳐 장가계 원가계의 천하제일경을 구경한 바 있다. 그러나 이번에는 계성학교 총동창산우회원들이 중국지역의 서파에서 북파까지 백두산 종주산행을 한다기에 참가하게 되었다.

334

□ 8월 14일 토요일

호텔에서 아침 식사를 마치고 버스로 연길에서 출발하여 안도현을 거쳐 백두산 초입인 이도백하에 이른다. 도로변에 옛날에도 들렀던 고려반점이란 조선족이 경영하는 식당에서 한국식으로 점심을 배불리 먹고는 백두산으로 들어간다. 차창 밖으로는 이곳에서만 있다는 미인송美人松 일명 長白松이 군락을 이루고 있다.

이도백하를 거쳐 백두산의 서쪽 입구로 가는 길은 험하고 버스로 연길에서 7시간이나 걸린다. 노면을 따라 버스가 흔들린다. 평지를 달리는 듯하지만 실제로 고도는 올라서 이미 해발 1,000m를 훌쩍 넘었다. 한데 산은 보이지 않는다.

그림자 짙게 드리운 낙엽송 숲만 연신 차창 뒤로 사라진다. 지나가는 곳곳에 장뇌삼을 재배하는 인삼밭과 인삼밭을 만들기 위한 벌목과 개간작업을 하는 곳이 많이 보인다.

버스는 어느새 장백산 산문西坡 입구에 멈춰섰다. 백두산에 들어왔다는 얘기. 산속에 있지만 산을 보지 못하고 들어온 셈이다.

여기가 장백산 국가급자연보호구 서파관리국 백두산의 자연생태를 보여주는 자연박물관이다.

이어서 안내받은 곳이 장백산대협곡일명 錦江大峽谷, The Gorge of Changbai Mt, 이야말로 비경이다. 6년 전에 즉 1998년 산불이 났을 때 그 불을 끄러 왔다가 우연히 발견했단다. 연대는 백두산 탄생과 얼추 비슷하다고 추정한다. 그 영겁의 세월 동안 이렇게 숨어 있었다. 이 계곡의 크기는 길이만 15㎞ 골의 깊이는 70~100m, 넓이는 100~200m. 발아래를 똑바로 내려보기 어려울 만큼 경사가 급하다. 말 그대로 V자 형상의 협곡이 굽이굽이 이어진다.

미국의 그랜드 캐니언 보다 규모는 작지만 그 깊고 넓은 골짜기 곳곳에 기묘한 생김새의 바위들이 화산 폭발 직후 자세 그대로 멈춘 곳에 나무들이 서 있다. 협곡의 물은 천지에서 발원했고 중국 측 송화강을 이룬다. 대협곡을 보고 난 후 청나라를 세운 누르하치의 탄생 신화가 얽힌 곳, 그러니까 만주족의 성지인 왕지는 날이 저물어 훗날에 보기로 하고 숙소로 간다.

서파 유일의 숙박지인 백운봉산장으로 가서 저녁 식사를 하고 4인 1실로 된 방을 배정받아 여장을 풀었다. 백두산 서파 산문 안쪽의 백운봉 산장은 다음날 산에 오르려는 이들로 북적였다. 산장은 석 달 장사로 한해를 난단다. 6월에서 8월까지 백두에 봄이 왔을 때, 천여 종이 넘는다는 야생화가 한창인 요즘이 그 절정을 이룬다,

중국의 화장실문화? 북경의 호텔급은 좌변기로 최상급, 그리고 다른 지역은 모르겠으나 만주 쪽의 도로변은 아직도 주위에 포장만 두르고 대변할 구멍만 뚫린 완전 오픈식으로 사용하고 있는게 일반적인데 백운봉산장의 화장실은 소변 대변소 구별 없이 옆 칸막이는 막혀 있으나 윗부분은 완전히 오픈돼있고 하단부는 정중앙에 옆 화장실과 연결된 가로세로 한자 정도의 홈으로 된 수로로 항상 물이 흘러가면서 용변을 보면 그 물살에 변이 그대로 떠내려

336

가게 되어있어 아주 특이한 형태이었다.

□ 8월 15일 일요일 광복절 날

드디어 백두산을 종주하는 날이다. 이번 백두산팀은 3개 그룹으로 나누어서 행동하기로 하였다. 먼저 서파에서 북파까지 종주팀, 천지까지 올라가서 일출만 보고 5호경계비 뒤 노호배능선으로 하산하여 종주팀과 북파의 하산지점에서 합류하는 팀, 나머지 한팀은 곧바로 북파로 이동하여 차량으로 천문봉에서 천지를 관광하는 팀이다.

새벽 2시 10분에 기상을 하여 관광팀인 처와 김봉현씨 내외의 배웅을 받으며 나는 종주팀에 소속이 되어 봉고 버스로 출발하였다.(02:50)

5호 경계비 주차장에 도착하여 차에서 내리니 때아닌 강풍으로 지척을 분간할 수 없다.(03:20)

이른 새벽 백운봉 산장에서 한 치 앞도 안 보이는 안개를 뚫고 환구로를 달려온 산행객들이 1,386개의 돌계단을 서둘러 오른다. 나도 미리 준비한 파카와 장갑 마스크 등으로 완전무장하고 선두 그룹에서 열심히 계단을 오른다.

계단이 끝나는 지점, 백두산 천지가 내려다보이는 서쪽 청석봉 아래 능선이다. 장군봉 등 백두산 천지를 둘러싼 16 연봉의 절반 이상이 호수와 함께 180도 파노라마뷰로 똑똑히 보인다.(04:00)

여기는 북한과 중국의 국경 지역. 1m 높이 사각 화강암 기둥의 국경 표석에는 앞면에 빨간 글씨로 '中國', 뒷면에 파란 글씨로 '조선'이라고 쓰여 있다. 아래 바닥에 놓인 녹슨 굵은 철사 한 가닥이 한 산을 두 이름으로 장백산과 백두산으로 달리 부르게 한 조중국경선이다. 한 걸음만 옮겨놓으면 바로 북한 땅을 밟을 수 있다.

조중국경인 백두산 5호경계비에서 맞는 천지의 새벽은 장엄하다 못해 경건하다. 아! 백두여! 천지여…! 이렇게 깨끗한 천지를!

일출을 보기 위해 기다리자니 추위는 여전하다.

분명히 8월 15일 광복절날 여름철 새벽인데도 겨울 날씨다. 온도계는 영상 5도를 가르키고 있다는데 체감온도는 영하 5도를 밑돌고 있으니. 이윽고 천문봉과 장군봉 사이로 해가 솟는다. 난생처음이자 아마 마지막이 될지도 모를 백두산 천지 일출을 본다.(04:45)

안개도 구름도 한 점 없는 일출이다. 탄성 탄성의 연발이다 일출을 배경 삼아 기념촬영도 하고 등정식으로 "앞에는 섰는 것 비슬산이요, 뒤에는 팔공산 둘렀다...."라는 대구계성학교 교가가 백두의 천지를 울린다.

천지 종주는 서파에서 시작해 5호 경계비에 오른 뒤 평균 고도 해발 2,500m 이상의 청석봉, 백운봉, 록명봉, 차일봉을 차례로 넘어 소천지로 내려오는 13㎞ 구간이다. 천지를 오른편에 끼고 장장 10시간 이상을 내닫는 여정이다.

백두산은 한반도의 등줄기 백두대간의 출발점이자 송화강과 압

록강, 두만강의 시원이 되는 천지를 품은 민족의 성산으로 한민족 개국 신화의 배경이기도 하다. 우리나라와 중국의 국경지대에 자리 잡은 휴화산으로 남북한을 통틀어 가장 높은 산으로 남한에서는 2,744m, 북한에서는 2,749.2m로 표기하여 약 5m의 차이가 난다. 백두산의 서쪽과 북쪽은 중국 길림성에 속하고 동쪽과 남쪽은 북한의 양강도에 속한다.

백두산의 중국 이름은 장백산이다. 머리가 허옇다 하여 백두산이니 중국 측 이름도 뜻은 같겠다. 이 산을 국경이 가로지른다. 본디 물은 하나이겠으나 애꿎은 천지 물은 남쪽 60%가 북한 물이고, 북쪽 40%는 중국산이다. 1962년 양국이 맺은 조약의 결과다.

백두산은 여러 봉우리를 거느리고 있는데, 천지를 둘러싸고 있는 해발 2,500m 이상인 봉우리 만도 16개이다. 제일 높은 봉우리는 장군봉(2,749.2m)으로 중국에서는 백두봉이라한다. 두 번째 높은 봉우리는 백운봉(2,691m), 기상대가 있는 곳이 천문봉(2,670m)이다.

백두산 天池는 여러 차례의 화산 폭발과 함락 때문에 이루어진 칼데라호이다. 수면의 해발 고도는 2,189m로 전 세계에서 가장 높고 가장 깊은 산정山頂 호수이다.

천지 동서의 길이는 3.51km, 남북의 길이는 4.5km이다. 평균 물 깊이는 200m이며 가장 깊은 곳은 384m이고 총저수량은 19.55억㎥이다. 천지의 물은 북쪽 승사하를 따라 일 년 내내 장백폭포로 흘러내려 송화강을 이룬다. 천지는 자체로 북한의 천연기념물 351호이다. 조중국경을 뒤로하고 5호 경계비에서 왼쪽으로 마천봉(2,564m)과 청석봉(2,662m)의 허리를 에두르는 것으로 산행이 시작된다.(04:55)

형형색색의 우의를 입은 산행객들이 한 줄로 길게 늘어서 미지의 세계로 여행을 떠나는 모습은 백두산에서나 볼 수 있는 생경한 풍경. 청석봉 허리는 급경사 인데다 날카로운 바위들로 이루어진 너덜지대와 아직도 겨울인 잔설 지대, 그리고 미끄러운 이끼밭이 교차해 처음부터 산행객들을 주눅 들게 한다. 백두산 날씨는 변덕스럽기로 유명하다. 게다가 오늘도 일진 강풍이 휘몰아치고 있어 몸이 날려 갈 것 같다. 일 년에 290일은 강풍이 분다고 하니….

숨이 턱에 찰 무렵 발끝조차 옮겨놓기가 힘이 든다. 청석봉 왼쪽 날개에 선다. 오른쪽으로 장엄한 형상의 청석봉이 모습을 드러내고 골프장을 닮은 백두산 서파 고원은 드넓은 만주벌판을 향해 말을 달리듯 거침없다. 천지와 함께 능선을 달리던 실낱같은 길은 또 백운봉에 가로막혀 한허계곡을 향하여 내려선다.

한허계곡을 품고 있는 고산 초원은 영화 "사운드 오브 뮤직'의 알프스 초원을 무색케 할 정도로 광활한 데다 이름 모를 온갖 희귀한 야생화들이 피고 지는 천상의 화원이다.

천지의 물이 땅속으로 스며들어 백운봉 허리에서 튀어나와 폭포를 이루며 흐르는 한허계곡은 산행객들이 도시락으로 아침을 때우는 곳. 우리 일행도 이 계곡에서 아침 식사를 했다.(07:00)

340

아침 식사는 도시락이었는데(밥 도시락과 쪄서 말린 소고기와 땅콩, 풋고추 서너 개와 고추장으로 된 찬 도시락), 너무나 춥고 손이 시리어서 젓가락질하기가 곤란하다. 식수 물은 계곡물 즉 천지물 그대로를 마시고 출발했다.(07:50)

한허계곡에서 백운봉 능선까지는 최대의 난코스. 경사가 가파른 데다 너덜 지대를 올라야 하므로 깔딱고개란 별명이 붙었다. 젖 먹던 힘을 다해 능선에 올랐다 싶으면 백운봉은 저만치서 어서 오라고 손짓한다. 천지는 백운봉(중국 쪽에서 최고봉) 능선에서 볼 때 가장 아름답단다. 가파른 포물선을 그리는 내 눈엔 주름치마처럼 눈 녹은 물이 흘러내린 흔적이 선명하고 물가엔 온갖 야생화들이 피어 눈을 아리게 한다. 백운봉 아래 능선에서 저 건너 북한 땅 아니 우리 땅에 있는 최고봉인 장군봉(2,749.2m)을 한없이 바라보고 또 본다. (09:30 ~ 10:00)

녹명봉(2,603m)으로 오르는 길은 아찔한 바위 벼랑의 연속. 너덜 지대를 올라 이끼로 뒤덮인 길을 걷는다.(11:30)

경치가 으뜸이라는 용문봉(2,596m)은 오르지 않고 봉우리 못 미쳐 광활한 초원지대에서 점심을 때우는데 바람이 워낙 세차다.(12:00 ~ 13:00)

용문봉부터는 내리막길, 운이 워낙 좋아 온종일 쾌청한 날씨, 종주 구간 내내 구름 한 점 없는 천지를 조망하다가 용문봉을 뒤로하고 하산을 한다.

왼쪽으로 승사하와 장백폭포를 구경하고 내려오다 오른쪽으로 만년설이 덮인 곳 아래로 옥벽폭포를 구경하는데. 이도백하 계곡 북쪽 건너편으로 기상관측소와 천문봉도 보이고 그곳으로 오르내리는 도로와 차들도 보인다.(13:30)

종점을 향하여 하산을 하는데 형형색색의 이름 모를 야생화가 지천으로 깔린 융단 같은 초원을 끊임없이 밟고 밟으니 드디어 마지막 지점인 소천지小天池에 도착했다. 소천지는 천지를 본떠 만든 인공호수이다. (14:50)

만보기에 나타난 숫자는 25,583보로 14.1km. 산행시간 11시간 30분. 장백노천온천에서 땀을 씻고 이도백하의 고려식당에서 바비큐 파티로 하루의 피로를 풀고 중공군대에서 경영한다는 백두산삼강대반점에 투숙함으로써 백두산 종주등산은 끝이 났다.

특히나 우리 민족이 해방된 광복절날에 우리 땅이 아닌 중국 땅의 백두산을 올랐다는 것에 감회가 새롭다.

1988년 7월 25일 한라산 백록담을 초등하고 2000년 8월 2일 백두산 천지를 천문봉에서 관광한 이후 나는 이날(2004. 8. 15.) 63세의 나이로 백두산을 다시 올라 서북종주를 하였으니 이제 남한라 북백두를 모두 올랐다.

(경북행정동우회지 12호 2008년)

남산
시산제

새해 연초에 청도산악회 회보 제12호를 받아 보았다. 외지에 나와 있으면서 매달 회보를 꼬박꼬박 받아 볼 때마다 회보 발행에 애쓰시는 편집위원들에게 미안한 감이 들면서 마음속으로 늘 감사를 드리곤 한다. 이번 회보의 첫 면을 보면 새해 인사와 함께 제12회 정기총회 및 남산 시산제 개최를 알리는 안내문이 실려 있다.

직장과 거처가 고향과 떨어져 있으니 늘 마음에 있어도 산행에 자주 참석을 못 하였기에 새해에는 연례행사와 월례등반이 되도록 많이 참석하리라 다짐하면서 정기총회와 남산 시산제始山祭에 참석하였다. 총회 때에는 60여 명으로 출발한 우리 산악회가 창립 열두 돌을 맞으면서 200여 회원을 거느린 거대한 산악회로 발전한데에 놀랐고 일 년 개근도 힘이 드는데(나는 12년 동안 딱 한 번 일 년 개근을 하였음) 최무의 부회장이 산악회에 가입한 후 내리 5년 개근 산행이라는 대기록에 다시 한번 놀랐다.

남산 시산 등산이 있는 이 날은(1994.1.16) 결혼식과 주말 모임 등으로 행사가 많은 날이었지만 만사를 제쳐두고 아침 일찍 대구에서 출발하여 집결 장소인 청도읍사무소 앞에 도착하니 반재돈 회장을 비롯한 여러 회원이 이미 나와 있었다. 회원이 도착하는 대로 신둔사薪芚寺까지 승용차에 분승하여 출발하였는데 나는 회장, 이 대원 경찰서장, 김상돈 이사와 함께 찦차를 타고 전날 매일신문에 게재된 청도산악회를 소개하는 기사에 관한 대화를 나누면서 산행 기점인 신둔사 입구에 도착하였다.

신둔사에서 정상까지는 A, B 코스로 나누어 오르게 되었는데 나는 회장과 김상돈 이사, 이균식 회원 배영호 선생님의 가족들 등 등 10여 명이 소위 A 코스로 신둔사에서 남산골 쪽으로 조금 내려와서 개울을 건너 장군샘 전망대 헬기장을 거쳐 한 시간 남짓 만에 정상에 오르게 되었다. 엄동설한의 겨울철인데도 일기가 봄 날씨 같아 가파른 오르막길을 쳐올릴 땐 숨을 헐떡이며 땀을 흘리면서 오르는데 앞서가던 김상돈 이사는 어찌나 재빨리 오르는지 따라갈 수가 없었다. 정상에 오르니 이미 선발대가 도착하여 주변 정리와 시산제 준비를 마친 상태였고 조금 있으니 B 코스를 택한 회원들이 속속 도착함과 동시에 청도읍에서 아침 조기 등산을 하시는 연세 드신 원로 등산인 여러분들이 참석하시어 한결 의의가 있었다.

청도 남산은 일명 오산鰲山이라고도 하여 예로부터 청도의 문헌에도 자주 오르내리는 명산이요 산서 지방 전체를 한 눈으로 조망할 수 있는 우리 지방의 진산이다. 청도는 우리들의 고향이지만 정말로 산골이요 산중촌이다. 사실 "청"자 들어간 지명치고 산촌이 아닌 곳이 드물다. 예를 들면 경북에는 청도를 비롯하여(해당 지역 사람들에게는 약간 미안하다는 말씀을 드림) 청송 경남의 산청 충청도의 청양 청원 그리고 이북에 있는 함경도의 북청…. 등등 "청"자만 들면 산山을 연상하게 되고 산골로 치부된다. 그만큼 "청"자와 산은 인연이 깊은가 보다.

산중촌인 우리 청도에는 이름 그대로 산이 정말로 많은 곳이다. 산동 지방은 영남 알프스의 주봉인 가지산 운문산 억산 문복산 선의신올 비롯하여 구룡산 구만산 육화산 등이 있고 산서로 넘어오면 남산을 위시하여 화악산 용각산 철마산 비슬산 묘봉산 천왕산 삼성산 홍두깨산 등등 산들이 많은데 다른 산들은 모두가 인근 시군과 경계를 하고 있으나 유독 남산만은 청도읍 화양읍 그리고 각남면 등 3개 면을 감싸 안은 채 우리 청도땅 가운데 우뚝 서 있는 유일한 청도산이기에 더욱 애착이 가며 사랑을 받는 산이다. 올해부터는 해마다 시산제도 남산에서만 지내기로 한 큰 뜻도 여기에 있으리라.

한참 동안의 휴식이 끝나고 이윽고 시산제가 시작된다. 반재돈 회장이 제관祭官이 되어 남산의 산신령님에게 금년도 청도산악회의 산행 시작을 고하고 아울러 회원들의 일 년 무사 산행을 기원하면서 간소한 주과포로 제사를 올리오니 흠향하시라는 뜻을 고하는 행사이다.

해마다 정월 달의 시산제나 8월에 개최하는 운문산악제는 축문을 고하는데 경험 많고 초성이 좋으신 양준석 감사가 도맡아 놓고 단골이 된다. 그래서 정관에도 없는 축관이사祝官理事(?)라는 직함을 드리면서 그간의 애쓰신 노고에 감사드린다. 창립 이후 오늘날까지 12년 동안 아무런 사고 없이 무사한 산행을 한 것도 시산제와 산악제를 정성껏 잘 모신 덕분이라고 생각한다.

〈始山祭 祝文〉

維歲次甲戌正月丁亥朔十六日壬寅

淸道山岳會長潘在敦敢昭告于

南山神之靈今爲淸道山岳會

新歲始山自今以後登山活動

神其保佑卑無後艱謹以淸酌

脯果恭伸奠獻尙饗

경북고 42산악회

시산제에 이어진 등정식에는 반재돈 회장의 인사 말씀과 고문이신 이대원 경찰서장의 축사 권기호 부군수의 선창으로 만세삼창 그리고 최무의 부회장의 "야호" 삼창을 끝으로 정해진 행사를 모두 마쳤다. 준비한 막걸리가 적어서 몇몇 사람만 겨우 반 잔씩으로 음복을 하고 돼지머리에다 떡 그리고 각자가 마련한 음식으로 산정식사를 맛있게 하면서 남산의 표석 이야기 권기호 부군수와 이경식 전 산림과장의 배려로 심어진 주목에 관한 이야기 그리고 신년 덕담 등을 하면서 식사를 마친 후 우리나라에서 최고로 멋지게 만들어 세워놓은 '남산표석南山標石'을 뒤로하고 삼면봉三面峰(청도 화양 각남 3개 읍면이 분기되는 지점의 봉우리) 한재고개 봉수대로 남산 종주를 하고 체육공원으로 하산하였다.

정상을 떠난 지 두어 시간여 만에 체육공원에 도착하니 집행부 회원들께서 준비한 동동주가 우리를 반기고 있었다. 잔을 주거니 받거니 하면서 얼큰한 술국에다 하산주 몇 잔을 맛 좋게 들이키고는 약수탕(목욕탕)으로 발길을 옮겼다.

동동주로 인한 술기운도 깨우고 산행으로 땀에 젖은 몸뚱이를 약수로 시원하게 씻고는 대구로 오려는데 권기호 부군수와 박영욱 부회장 그리고 김상돈 이사께서 그냥 헤어질 수 없다고 하여 청도읍 사무소 앞에서 맥주 한 잔씩을 나누었다. 저무는 겨울날 저녁 가랑비마저 내리는 판에 승용차를 가지고 간 탓으로 진짜 맥주 한 컵만을 마시고 일어서야만 했다. 촉촉이 내리는 빗속으로 대구를 향하여 콧노래를 부르며 신나게 귀가를 하였다.

정말로 산행은 즐겁고 정이 드는 것이다. 산정무한이라 했던가 이르는 곳곳마다 신기하고 만나는 사람마다 반갑고 즐겁고…. 올해는 첫 산행이 좋았으니 일 년 내내 즐거운 일이 이어지리라 생각된다.

청도산악회 회원 여러분들의 건강과 행운을 기원하면서 산이 부른다. 산으로 가자.

〈1994. 1. 21〉 (청도산악회보)

운문
산악제

삼국통일의 위대한 국민정신인 화랑도의 세속오계가 태동한 이곳유서 깊은 운문 산록에서 청도산악회 창립 제20주년 기념 및 운문산악제를 개최하게 된 것을 매우 뜻깊게 생각하며 전 군민과 함께 진심으로 축하를 드립니다. 그리고 오늘 이 행사를 빛내주시기 위해 참석해주신 내외 귀빈여러분께 감사를 드리고, 본행사를 준비하시느라 애쓰신 임원, 회원 여러분의 노고에도 치하를 드립니다.

청도산악회는 20여 성상동안 숱한 난관과 어려움 속에서도 10대 명산 표석 설치, 등산로 개척등 많은 성과를 이루어 왔고 또 회의 발전도 거듭해 왔습니다. 청도산악회의 발전을 다년간 이끌어 오신 반재돈 명예회장님, 그리고 함께 동참해 오셨던 김상돈 회장님과 산악회원 여러분 모두의 노고에 깊은 감사를 드립니다.

특히 올해는 〈2002. 한일 월드컵〉을 통해 4천7백만 국민이 하나되는 장엄한 우리 국민의 저력과 우수성을 발견한 뜻깊은 해라고 생각됩니다. 이러한 애국심의 열기는 평소 청도를 사랑하고 우리 고장의 발전과 번영은 물론 산악운동에 앞장서 오신 청도 산악회원 여러분의 열정이 모여서 애향심을 이루고 또 우리 군민의 마음을 하나로 결집시켜 왔듯이 이러한 애향심과 산 사랑의 열정이 결집되고 발전되어 전 국민적인 위대한 응원 열기와 애국심으로 표현된 것이라고 생각 해볼때 금년의 운문산악제는 더욱 그 의미가 깊다고 생각합니다.

자연과 일치를 이루는 산악운동의 정신과 같이 천혜의 자연 경관을 잘 보존하는 한편 맑은 물을 보존하면서 아름다운 꽃길도 더욱 잘 가꾸어서 누구든지 와서 살고 싶어하는 전원 주택도시로, 또 전국 최고의 맑고 깨끗한 청정고장 청도로 더욱 발전시켜 나갈 것입니다.

푸른 산과 맑은 물 그리고 아름다운 꽃으로 어우러진 살기 좋은 청도로 발전하는 일에 청도 산악회가 구심체 역할을 맡아 주시기를 바라며, 오늘 이 뜻깊은 창립 20주년과 운문산악제가 회원 상호간 친목 도모와 함께 지역 환경 보존과 산사랑 실천을 다짐하는 한마당 자리가 되시기를 기대합니다. 아울러 회원 여러분께서는 지금까지도 청도의 발전을 위해 군정에 많은 성원을 보내주시고 동참해오셨습니다만, 앞으로도 군정 발전에 변함 없는 동참과 지속적인 성원을 보내주시기를 바랍니다. 그리고 청도의 현안사항을 한가지 말씀드릴 것은 청도군이 자치제실시이후 전통민속 소싸움을 활성화하고, 또한 상설소싸움장을 마련하고 있습니다.

이를 지역 발전과 세수 증대에 기여하고, 완전한 지방자치제를 위한재정자립에도 큰 도움이 될 우권법(전통소싸움에관한법률)이 지난 7. 31자로 국회에서 통과되었습니다. 청도소싸움은 이제 우리나라를 대표하는 민속관광 상품으로 자리 잡았고, 또한 청도는 세계속의 관광청도로 발돋움하게 되었습니다.

이는 온 군민의 동참과 뜨거운 성원으로 이루어진 것인 만큼, 앞으로도 지금까지와 마찬가지로 많은 관심과 애정 그리고 성원을 보내주실 것을 당부드립니다.

청도산악회 창립 제20주년 및 제20회 운문산아제를 다시 한번 축하드리고 산악회의 발전을 위해 애쓰시는 여러분의 노고에도 거듭 감사를 드리며 청도산악회의 무궁한 발전과 함께 회원 여러분의 건승을 기원드립니다. 감사합니다.

청도군 부군수 김동진

〈2002. 8. 17〉

청도산악회

나는 원래 청도의 산골 출신인지라 여름이면 소먹이로 산에 가고 겨울이면 나뭇짐 지고 산길로 다녔으니 어릴 때부터 산을 많이 다녔다.

사회생활을 하면서 어느 땐가 등산화를 신고 배낭을 둘러매고 소위 등산이라고 산을 타기 시작한 지도 어느덧 40년이 넘었다.

등산을 혼자 시간 나는 대로 갈 때도 있고 마음 맞는 친구들과 산을 오를 때도 있지만 소위 본격적으로 등산을 한 것은 시중의 등산사나 아니면 산악회에 소속이 되고부터 이리라.

등산에 관한 메모를 해둔 산행일지를 보니 많은 회사와 산악회 이름이 나오는데 우선 청도산악회 시절을 회고해 본다.

내가 청도군청에 근무할 때의 일이다. 1982년 5월 21일에 청도의 뜻있는 분들과 함께 산악회를 만들어 보자는 의견이 있어 협의하고 뜻을 모아 청도 고수리에서 발기총회를 하고 청도산악회가 창립되었다.

청도에서 병원을 경영하는 반재돈씨를 회장으로 추대하고 관심이 있는 많은 분의 참여로 청도산악회를 만들었다. 1982년 8월 8일 창립기념 등반을 했으며 1983. 3. 28 사단법인 대한산악연맹 대구, 경북연맹에 가입하고 기념으로 1983. 4. 10에는 당시 연맹 회장인 이효상 님을 모시고 운문사 입구 송림치대에서 대한산악연맹대구경북연맹 가입기념 운문산악제를 거행하기도 했다. 초창기에 김상대 청도경찰서장이 대한산악연맹의 임원으로 있으면서 우리에게 많은 지도와 도움을 주었다.

1983. 6. 26에는 속리산으로 첫 관외 산행도 하면서 청도의 10 대 명산을 시작으로 전국의 유명한 산을 많이도 올랐다. 매월 한 번씩 일기와는 무관하게 빠짐없이 등산이 계속되었고 창립 당시 청도의 저명인사의 많은 참여로 출발 때부터 등산회가 활성화가 되었다.

회원도 처음 54명에서 출발하여 내가 경북도청으로 자리를 옮길 때인 1988년에는 89명의 회원으로 알았는데 2000년 내가 청도로 다시 올 때는 200여 명이라고 들었다. 창립 40년이 가까워져 오는 지금은 청도산악회 홈페이지를 보니 회원이 무려 353명이라고 한다. 1993년부터 매월 회보를 발간하고 1997년에는 청도산악회 15년사를 발간하여 배부한 바도 있다.

청도산악회를 통하여 등산을 시작하였고 초창기인 80년대에는 등산 장비도 시원찮은 데다 또한 귀한 시대여서 등산 장비 등을 장만하는 데 많은 공을 들였음도 사실이다. 등산바지 남방 조끼 스타킹 등산모 특히 겨울철의 방한 의류에다 등산화를 비롯한 운행 장구 코펠 버너 등 취사 용구 텐트 침낭 매트 등 막영구 등 요즈음은 별로지만 당시에는 모두가 거금이 소요되는 귀중한 물건들이었는데?

등산과 함께 회원 상호 간의 친목 도모와 지역사회의 보탬이 되는 봉사활동에도 많은 참여를 하였다고 자부를 한다. 달력에 빨간 날은 미친 듯이 배낭을 메고 청도 관내의 산은 말할 것도 없고 전국의 유명한 산을 향하였기에 청도에 재직하는 10여 년 동안에 청도산악회에서 70여 개의 유명한 산을 올랐다고 나의 산행일지에 기록이 보인다.

제일 기억에 남는 것은 1988년 10월 1일부터 2박 3일간 설악산 등산이다. 88올림픽 폐막일인 10월 2일 새벽 4시에 기상하여 청도산악회원 40여 명이 한계령 휴게소에서 등산을 시작하여 설악산 서북 능선으로 끝청 중청을 거쳐 대청봉에 오르고 하산은 중청, 소청, 희운각 산장, 양폭산장 귀면암, 비선대를 거쳐 설악동으로 이어지는 천불동 코스를 택하였는데 양폭산장 위편의 사다리 계단에서 병목현상(10만 인파가 대청봉을 올랐다고 함)으로 6시간 정도 이리저리 밀리다가 밤새도록 걸어서 그 이튿날 12시간을 지각하

354

여 아침8시에 설악동의 버스에 승차한 일이다

그리고 2002년 8월 17일 청도산악회 창립 제20주년 및 제20회 운문산악제를 개최할 때는 청도군 부군수로 재직하면서 청도군수 자격으로 축사를 한 것도 기억으로 남는다.

1983년 청도산악회 삼계리에서

남성현7회산악회

남칠산악회南七山嶽會는 남성현南省峴초등학교 제7회 동창산악회를 말한다. 우리 동기동창들은 매년 3월 1일에 정기총회와 6월경에 야유회 등 1년에 두 번씩 모임을 하고 있는데 30여 명이 참석하는 정도였다.

늘그막에 한 달에 한 번씩 만나서 산천경개 구경도 하고 서로 간의 얼굴도 보자는 취지로 동창회와는 별도로 산악회를 만들자고 합의가 되었다. 2004년 3월 9일 운문사에서 명색이 창립총회를 하고 사리암까지 기념 등산도 하였다. 첫 모임에 15명이 참석했는데 김영찬 친구가 회장을 맡아 현재까지 수고하고 있으며 현재 회원은 11명이다. 창립 당시 우리들의 평균 연령이 63세였는데 올해로 팔순八旬이니 세월은 정말 빠르기도 하네.

창립 때부터 청도의 명산을 먼저 올랐다. 남산, 용각산, 운문산을 시작으로 가지산(석남사)에도 올랐다. 덕절산, 비슬산(용천사), 동학산(대적사), 매전면 중산리, 화학산, 등등 청도의 산을 오르기는 했으나 높은 산은 아예 겁을 내는 통에 낮은 산만 고르다 이웃 고을도 많이 다녔다. 다니다 보니 이동 수단 즉 교통이 제일 문제가 되었다. 청도군 관내와 인접 지역은 개인의 승용차를 2~3대로 가능한데 멀리 원행에는 문제가 되었다. 그래서 바로 인접하고 있는 창녕군, 의령군, 밀양시의 천황산(얼음골), 삼성산, 만어산, 능동산, 양산시 천태산, 경주의 남산, 단석산(신선사), 영천의 보현산, 3사관학교, 김해시 무척산(천지못) 등은 승용차로 해결했다. 청도에 기차역이 있으니 기차(무궁화호 열차)로 가능한 지역을 찾아다녔다. 경산의 성암산, 구미시의 금오산, 천생산, 대구의 앞산, 갓바위, 팔공산, 용지봉, 대구수목원, 달성군 송해공원, 고령군 주산, 칠곡군 호국평화공원, 김천시 황악산(직지사), 대전시 계룡산(갑사), 옥천군 육영수 여사 생가, 부산시 태종대, 이기대 등은 모두 기차를 이용했다.

2011년도에 들면서 칠순맞이 서울 나들이를 하게 되었다. 첫날은 오전에 서울까지 이동하여 금강산도 식후경이라고 서울역 그릴에서 각자 취향에 맞춰서 시급한 민생고부터 해결하였다. 오후에는 우리 친구들 12명 모두의 종교가 불교로 통일이 되어 우선 대한불교 조계종 총본산인 조계사를 둘러보면서 도보로 광화문 거리 경복궁 일대를 관광했다.

이튿날은 서울시티투어를 하는데 서울시티투어는 순환 코스인데 30분 단위로 시티투어버스가 출발하여 관광할 곳에서 하차하여 둘러보고는 다음 버스를 이용하면 되도록 돼 있다. 광화문 네거리를 출발하여 덕수궁, 용산 전쟁기념관, 남산타워, 동대문시장 구경과 먹거리 골목에서 음식 종류별로 푸짐한 점심 행사 등이 오래도록 기억에 남는다. 오후에는 창경궁을 관광하고 청와대 쪽으로 이동했다. 청와대 구경은 국민에게 개방은 되어 있는데 사전 예약 신청이 필요 한 곳이다.

우리는 청와대에는 들어가지 못하고 청와대 앞에 마련된 청와대 사랑채에서 볼거리가 많아서 구경하면서 관광객을 위한 포토존(이명박 대통령 내외 상이 마련돼 있어 사진 촬영을 할 수 있음) 앞에서 단체 사진 촬영도 하고 휴식을 하면서 1박 2일 시골 사람의 서울 구경을 마치고는 서울역에서 저녁 식사를 마치고 경부선 열차에 몸을 실으면서 시티투어를 마쳤다.

서울시티투어에서 마수를 붙여 내친김에 대구시티투어(도동서원, 현풍석빙고), 부산시티투어(태종대, 해운대), 2015년에는 대전시티투어(동학사, 국립현충원, 뿌리공원), 밀양시티투어(영남루, 얼음골, 천황산, 밀

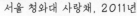
서울 청와대 사랑채, 2011년   대구 KBS, 2016년

양연극마을), 2019년엔 광주(금남로, 무등산 증심사, 아시아문화전당, 양동시장) 시티투어까지 하였다.

80줄에 들어선 나이 관계로 몇 년 전부터는 산악회가 산행은 멀리하고 관광유람단이 되어 먹거리 볼거리를 찾아 전국단위로 겁도 없이 돌아다니고 있다. 마산의 가고파국화축제는 두 번이나 참여했고 대구수목원의 국화축제, 청도박물관 견학, KBS 대구 방송국 견학도 우리들의 산행일지에 올라있다.

매달 제1 월요일은 남칠 산행 일인데 특별한 목적지가 없을 때는 오전 10시에 청도역에 모이기만 하면 현장에서 점심 메뉴를 결정하고 행동 개시를 하는데 창립 이후 현재까지 변치 않고 시행하는 연중행사가 두 가지 일이 있다. 하나는 연초에 청도의 산신령에게 연중 무사 산행과 건강을 기원하는 시산제를 올리는 일이고, 또 하나는 8월엔 혹서기를 고려하여 청도 남산 기슭의 계곡에서 맑은 물에 발 담그고 여러 가지 과일과 음식으로 회식을 하면서 하루를 즐기는 남산골야유회를 말한다. 노년을 건강하고 즐겁게 살면서 잘 모이고 있다. 시산제 축문을 소개하면서 끝을 맺는다.

유세차 서기 2020년 갑진년甲辰年 양력 정월 초여샛날,

이 좋은 날을 받아 남성현초등학교 제7회 산악회 회장 김영찬과

구인회 김길환 박주연 양정숙 엄영화 이봉수 장순경 정동
춘 정진식 김동진은 청도의 명산 용각산龍角山 산신령님께
　　삼가고 하나이다
　　갑진년 한 해 동안 우리 산악회를 굽어살피시어 사고 없는
안전산행이 되게 하여주시고 회원 상호 간의 친목이 더욱 돈
독하도록 하여주시기를 바랍니다
　　또 한 우리 회원 개개인이 안 아프고
　　건강하게 하여주시고 우리 모두의 가정에
　　우환 없이 행복이 가득하기를 기원합니다
　　또 한 가지 더 시화연풍하여 풍년이 들게 하여주시고
　　제발 시끄러운 세상이 안정되고
　　우리가 나라 걱정을 안 하는 한 해가 되도록
　　하여주시기를 소망합니다
　　오늘 우리는 모두
　　삼가 맑은술과 몇 가지 음식으로
　　정성을 들여 제사를 올리오니
　　흠향歆饗하시옵소서.

부록

6장

牟山 金東鎭 年譜

1942(1歲)	8. 26	清道郡 華陽面 松金洞 462番地에서 出生 (陰曆 壬午年 7月 15日〈水〉辰時. 金海金氏 始祖 首露 王의 73世孫. 父 泰鉉 母 清道金氏 福祚의 長男. 戶籍 上 1943年 8月 15日生)
1944(3歲)	3. 28.	祖母 (鄭 分) 別世 (陰曆 甲申年 3月 5日)
1945(4歲)	8. 15.	大韓民國 光復
	11. 22.	妻 崔蓉姬 出生 (陰曆 乙酉年 10月 18日〈木〉. 父 慶州崔氏 太奉 母 仁同張氏 福生)
1948(7歲)	8. 15.	大韓民國 政府 樹立
1949(8歲)	9. 1.	南省峴國民學校 入學 (擔任 : 吳道根)
1950(9歲)	6. 25	韓國動亂勃發
	7.	初旬 아버지(金泰鉉)께서 韓國戰爭前後 清道郡民間 人 集團犧牲事件(國民保導聯盟)에 연루되
	9. 1	國民學校 2學年 (擔任 : 馬文烈)
1951(10歲)	9. 1	國民學校 3學年 (擔任 : 金光浩)
1952(11歲)	4. 1	國民學校 4學年 (擔任:宋在德. 學期制 改編으로 各級 學校의 學年初를 4月 1日로 함)
1953 (12歲)	4. 1	國民學校 5學年 (擔任 : 孫基甸)
	7. 27	韓國戰爭 休戰協定 調印
	10. 1	國民學校 5學年 2學期 (擔任 : 金在禧)
1954(13歲)	4. 1	國民學校 6學年 (擔任 : 孫基甸)
	11. 27	慶州 修學旅行
	11. 29	처음으로 大邱 구경

1955(14歲)	1. 2	祖父 (金啓實) 別世 (陰曆 甲午年 12月 9日)
	3. 21	南省峴國民學校 卒業 (校長 : 金相宇)
	4. 2	大邱中學校 入學 (1-6. 擔任 : 申在杰. 校長 : 文基錫)
1956(15歲)	4. 2	大邱中學校 2學年6班 (擔任 : 李昌浩)
1957(16歲)	1. 19	처음으로 釜山 구경
	4. 1	中學校 3學年6班 (擔任 : 秋福萬)
	7. 6	父(金泰鉉) 別世(族譜上에는 1950年 庚寅年 陰曆 11月 21日 卒. 實際로는 1950年 韓國動亂 勃發後 7月初에 出家 以後 終乃 生死에 대한 消息이 없었으므로 1964 年부터 生辰日을 祭祀日로 決定하여 祭祀를 모심)
1958(17歲)	2. 25	大邱中學校 卒業 (校長 : 文基錫)
	4. 10	慶北高等學校 入學(1學年6班. 擔任 : 李相烈. 校長 : 金鍾武)
1959(18歲)	4. 1	高等學校 2學年4班 (擔任 : 李相烈)
	9. 17	사라호 颱風 (陰曆 8月 15日. 秋夕)
1960(19歲)	2. 28	2.28 大邱學生義擧
	4. 1	慶北高等學校 休學 (農業從事)
	4. 19	4.19 民主革命
1961(20歲)	4. 1	慶北高等學校 復學(3學年 8班. 擔任 : 金星漢)
	5. 16	5.16 軍事革命 勃發
1962(21歲)	2. 7	慶北高等學校 卒業 (校長 : 崔根培)
	3. 12	慶北大學校 農科大學 園藝學科 入學 (總長 : 桂哲淳. 學期制 改編으로 各級學校의 學年初를 3月 1日로 함)
1965(24歲)	3. 2.	慶北大學校 休學
	5. 4	軍 入隊 (論山訓練所. 제25聯隊 3中隊, 軍番 11450446. 兵科 憲兵 〈05〉)
	6. 17	陸軍通信學校入校 (大田, ROC 18주교육)
	11. 2	陸軍 第3師團 砲司令部 第2913飛行隊 (江原道 鐵原郡 葛末面 芝浦里 所在)

363

	11. 4	첫休暇(처음으로 서울구경, 3日間)
1966(25歲)	2. 1	陸軍 一兵 進級
	7. 8	美步兵 第2師團 第122通信大隊 B中隊(2nd Infantry Division."Indian Head"122nd Signal Battalion Bravo Company. KATUSA 京畿道 坡州郡 廣灘面 新山里 所在)
	10. 1	陸軍 上兵 進級
1967(26歲)	6. 1	陸軍 兵長 進級
	10. 14	軍隊 滿期除隊(陸軍 第50豫備師團)
1968(27歲)	3. 2	慶北大學校 復學(4학년)
	3. 19	總務處 4級 農業職 國家公務員 公採 合格
	4. 5	4級 農村指導職 國家公務員 公採 合格
	8. 1	蔚珍郡 農村指導所 北面支所(新規任用)
1969(28歲)	2. 25	慶北大學校 農科大學 卒業 (總長 : 朴正基. 農大學長 : 金文鎬)
	3. 25	中等學校 園藝 準教師 資格 取得
	8. 20	月城郡 農村指導所 西面支所
1970(29歲)	1. 25	淸道郡 農村指導所 華陽支所
	3. 19	迎日郡 産業課 蠶業係(農業技士補)
	10. 1	迎日郡 産業課 農事係(農林技士補)
	11. 14	新規基礎行政班教育(5週 慶北教育院 優等賞)
1971(30歲)	12. 19	崔蓉姬와 結婚(大邱禮式場. 陰曆 11月 2日〈日〉. 慶州로 新婚旅行)
1972(31歲)	3. 16	中等學校 外國語(英語) 2級正教師 資格取得
	6. 1	迎日郡 內務課 行政係
	10. 10	長男 南逸 出生(陰曆 壬子年 9月 4日, 淸道서호연醫院)
	10. 17	非常戒嚴令宣布(10月 維新)
1973(32歲)	3. 21	行政職轉職(地方行政主事補)
1974(33歲)	3. 15	浦項市 總務課 統計係

	4.15	長女 南珠 出生(陰曆 甲寅年 3月 23日〈月〉浦項善隣病院)
	6.1	浦項市 産業課 商工係長(地方行政主事 昇進)
1975(34歲)	1.20	浦項市 社會課 救護係長
	12.19	胃腸切除手術(浦項東海醫療院. 丁海明 專門醫 執刀)
1976(35歲)	2.16	次女 宥廷 出生(陰曆 丙辰年 1月 17日〈月〉浦項東海醫療院)
1977(36歲)	2.28	慶尙北道 龜尾地區出張所 文化公報係長
	3.14	龜尾地區出張所 祕書室長
	10.29	幹部養成班教育 修了(內務部 地方行政研修院. 研究論文：一線行政 强化方案-中小都市 洞行政 强化方案. 5/9 입교 研修院長：姜信翼)
	11.24	慶尙北道 龜尾地區出張所 産業課 商工係長
1978(37歲)	2.15	龜尾市 管理課 管理係長
1979(38歲)	5.22	永川郡 文化公報室長 직무대리
1980(39歲)	1.4	永川郡 文化公報室長(地方行政事務官昇進)
1982(41歲)	3.16	淸道郡 文化公報室長
1983(42歲)	4.24	어머님 進甲(回甲宴, 陰曆 3月 11日. 62歲)
	10.22	淸道郡 새마을課長
1984(43歲)	2.25	慶北大學校 行政大學院 卒業(行政學碩士)
	12.2	大邱直轄市 壽城區 泛魚4洞 211-60로 移徙
1985(44歲)	12.20	外國語 能力試驗 合格(LATT〈Language Arts Testing & Training〉)
1986(45歲)	9.20	第10回 서울아시아競技大會 開幕(通譯案内員奉仕〈英語〉. 大邱 選手村. 10.5 閉幕)
1987(46歲)	4.24	淸道郡 社會課長
1988(47歲)	6.24	慶尙北道 地方公務員教育院 敎務係長
	7.27	聘父(崔太奉)別世(陰曆 戊辰年 6月 14日)
1990(49歲)	2.15	慶尙北道 家庭福祉課 老人福祉係長

1991(50歲)	9. 16	慶尙北道 總務課 考試係長
1992(51歲)	7. 29	慶尙北道 議會事務處 産業委員會 專門委員 (地方書記官 昇進)
1993(52歲)	9. 16	어머니(金福祚) 別世 (陰曆 癸酉年 8月 1日, 享年 72歲)
1994 (53歲)	7. 23	聘母 (張福生) 別世 (陰曆 甲戌年 6月 15日)
1995 (54歲)	12.8	高級幹部養成課程教育 修了(第15期 內務部 地方行政 研修院. 研修院長：羅承布, 金忠奎 2/22입교)
1996(55歲)	2. 17	慶尙北道 企劃管理室 統計電算擔當官
	11. 22	慶淸會 會長 (在慶北道廳 淸道郡鄕友會)
1997(56歲)	2. 14	慶尙北道 社會家庭福祉局 家庭福祉課長
	11. 17	慶尙北道 文化體育觀光局 文化藝術課長
1998(57歲)	3. 28	長男 南逸 結婚 (新婦 李智恩 〈陽曆 1972. 3. 27日生, 查頓 이명진氏. 안상순女史〉 貴賓禮式場. 陰曆 3月 1日(土)〉
	12. 28	國家社會發展寄與 表彰 (大統領)
1999(58歲)	6. 1	慶尙北道 議會事務處 總務擔當官
	10. 1	3級(地方副理事官) 待遇公務員
	11. 3	孫女 在利 出生 (陰曆 己卯年 9月 26日〈水〉 大邱曉星病院)
2000(59歲)	2. 16	淸道郡 副郡守
	11. 25	長女 南珠 結婚 (新郎 金浚泳 〈陰曆 1972. 4.24日生, 查頓 김재우氏. 장정희 女史〉 貴賓禮式場. 陰曆 10月 30日〈土〉)
	12. 13	韓國行政學會 會員
2001(60歲)	7. 11	高位政策管理者課程 研修 (美國미시건 州立大學校. 〈Michigan State University〉).
2002(61歲)	5. 28	淸道郡守 權限代行 (第3回 地方同時選擧 選擧期間 →2002. 6. 13)
	8. 14	牟山餘錄 및 牟山論文集 出刊

	8. 15	고향집 新築 入宅 (淸道郡 華陽邑 松金里 434番地, 建坪 37.50㎡ One-Room)
	8. 23	陰曆起算(7月 15日)으로 回甲
2003(62歲)	9. 4	淸道公營事業公社 社長
	9. 30	孫子 在鴻 出生 (陰曆 癸未年 9月 5日〈火〉 대구시지 파티마산부인과의원)
	11. 30	次女 宥廷 結婚 (新郎 鄭載勳〈陽曆 1975. 7. 23日生. 查頓 정원철氏, 송문자女史〉 貴賓禮式場. 陰曆 11月 7日〈日〉)
	12. 31	停年退任(總勤務期間 : 35年 5個月. 軍經歷 加算-38年. 實際 退任式은 12. 26)
	12. 31	國家社會發展寄與 受勳(綠條勤政勳章, 대통령)
2004 (63歲)	3. 8	서라벌대학 兼任敎授 (警察福祉行政科)
2005 (64歲)	5. 29	外孫子 鄭圭元 出生 (陰曆 乙酉年 4月 22日〈日〉, 대구시지 파티마산부인과의원)
2006(65歲)	1. 3	慶尙北道 民防衛素養講士
	1. 20	大邱地方法院 淸道郡法院 民事調停委員
	7. 1	國際로타리3700地區 淸道로타리클럽 會長
2007(66歲)	2. 3	대구불교대학졸업(大韓佛敎曹溪宗 第9敎區 桐華寺 附設, 2년제)
	3. 8	수성도서관 論語講座 受講(강사:전해주, 임성식, 이경혜 → 2018. 11. 8)
	9. 24	南省峴初等學校 總同窓會 初代會長
2008(67歲)	7. 17	先考(金泰鉉)께서 韓國戰爭前後 淸道郡民間人 集團犧牲事件의 犧牲者로 진실화해를위한 과거사정리 위원회에서 진실을 규명하였음
2009(68歲)	6. 15	外孫女 鄭旦雅 出生(陰曆 己丑年 5月 23日〈月〉, 대구시지 파티마산부인과의원)
2010(69歲)	4. 17	靑瓦臺 訪問(慶北中高 42同期生 70名이 鄭正佶 大統

領室長 招請으로)

2011(70歲)	8. 14	陰曆起算(7月 15日)으로 七旬 生日
	8. 15	增補牟山餘錄 出刊
2012(71歲)	8. 31	대구사회문화대학 수강 등록(1212)
2013(72歲)	7. 31	용학도서관 정보화교육 수강
		(Power Point, 강사:김기연→9.27)
	9. 1	대구사회문화대학 학생회장
2014(73歲)	3. 11	大邱社會文化大學에서 特講함(地方自治制度)
	12. 9	妻(崔蓉姬) 七旬(陰曆 10.18)
	7. 25	가족12명이 미국을 다녀오다
		(미국& 캐나다 동부→8. 3)
2015(74歲)	3. 21	남성현7회 졸업60주년 기념동창회
		(모교강당, 맥반석가든)
2016(75歲)	11. 22	매일신문에 '갓바위 산신령 김동진씨'란 題號의 기사가 17면에 全面으로 揭載됨
2017(76歲)	3. 21	대구사회문화대학에서 특강함(車馬古道여행)
2018(77歲)	4. 20	사단법인 대구사회문화복지원 이사
	7. 5	범어도서관 中庸 大學수강(李敬惠→12/27)
2019(78歲)	1. 3	범어도서관 孟子수강(강사:李敬惠→210520)
	4. 23	대구사회문화대학에서 특강함(세계문화유산)
2020(79歲)	2. 4	COVID19로 문화대학 휴강(→10.19)
	10. 28	2 · 28민주운동유공자로 선정됨
	11. 10	대구사회문화대학에서 특강함(한국의 서원)
	11. 14	가족12명이 함께 갓바위에 오름(누계 973회)
2021(80歲)	5. 19	갓바위 1000회 등정 달성
	5. 30	회고록 "갓바위에서 세상을 보다" 출간
	8. 22	陰曆起算(7月 15日)으로 八旬 生日

해외연수여행록

순번	일자(기간)	연수여행목적	방문국
	주관	인원	특기사항
1	1910912~910919 (8일)	묘지제도 비교	⑤일본 ☆홍콩 ☆대만 ☆마카오 (4개국)
	보선사회부	시도공무원 15명	첫 해외연수
2	940417~940501 (15일)	유럽의회제도 비교시찰 및 연수	☆네덜란드 ☆벨기에 ②독일 ②스위스 ☆이탈리아 ☆프랑스 ☆영국 (7개국)
	경상북도의회	경북도의원8명 공무원2명등 10명	유럽선진국 의회제도비교
3	950630~950714 (15일)	지방자치제도 선진지연수	②③미국 ④캐나다 ☆멕시코 (3개국)
	내무부 지방행정연수원	고급간부양성과정연수생 16명	미주 연수
4	951022~951102 (12일)	지방제도 일본교류연수	일본 동경등 7개 도시(1국)
	내무부 연수원	고급간부반 연수생 38명	일본지방제도
5	000801~000806 (6일)	하계휴가 백두산관광	⑦중국 북경 연길 용정 도문(1국)
	하계휴가 관광여행	♡부부동반여행	박춘옥부부 동행
6	010705~010718 (14일)	고위정책관리자해외 연수	미국(미시간 주립대학) 캐나다(2개국)
	한국지방자치단체 국제화재단	기초단체 부단체장20명	Michigan State University

369

7	020825~020830 (6일)	호주관광여행	☆호주 시드니 브리스베인 (1국)
	하계휴가 관광여행	회갑기념 ♡부부동반여행	골드코스트
8	030730~030803 (5일)	하계휴가 장가계관광	중국 무한 장가계 원가계(1국)
	하계휴가 관광여행	♡부부동반여행	天下第一景
9	031215~031221 (7일)	정년퇴임기념 동남아여행	②홍콩 ☆태국 ☆싱가폴 ☆말레이시아 (4개국)
	청도군	공로연수 ♡부부동반여행	김봉현 부부 동행
10	040813~040817 (5일)	백두산 종주등산	중국 심양 연길 용정 도문(1국)
	계성학교 동문산악회	♡부부동반	김봉현 부부 동행
11	050904~050908 (5일)	평화대사 국제세미나	일본 福岡 (1국)
	세계평화초종교국가연합	청도군출신유지 행정동우회원	평화대사임명장
12	051123~051128 (6일)	앙코르왓 하롱베이 관광	☆캄보디아 ②베트남(2개국)
	영천 신사생동갑계	처 회갑기념 ♡부부동반여행	조준일부부동행
13	060217~060301 (13일)	민방위소양 강사 동유럽 연수	독일 ☆오스트리아 ☆헝가리☆슬로바키아 ☆폴란드 ☆체코 스위스 (7개국)
	경상북도 민방위과	♡민방위강사 10, 공무원3 가족3 등 19명	부부동반 스위스 융프라우
14	061018~061024 (7일)	캐나다 록키코치	캐나다 밴쿠버 록키(1국)
	캐나다 Skyline tours 김경배 사장 초청	청도군유지 53명 공무원 2명 등 53명	유천 출신 김경배 사장 현지 비용 부담

15	070929~071003 (5일)	일본본토 일주 여행	일본 오사카 교토 하코네 후지 나라 동경(1국)
	KAL 마일리지	♡부부동반여행	처 일본처음
16	091114~091115 (2일)	대마도 시라 다케白嶽 등산	일본 대마도 (1국)
	용지회(경북고42회 동기등산회)	용지회 17명	부산항 선박
17	140725~140803 (10일)	미국 캐나다 동부여행	미국 뉴욕 워싱턴 나이아가라 캐나다 토론토 몬트리올 퀘백(2개국)
	전가족동반 (12명)미주여행	♡부부2 아들딸내외6 손자손녀4 등 가족12 명	나이아가라 폭포 뉴욕-우드벨리 아울렛
18	150306~150309 (4일)	중국 소주 항주여행	중국 상해 항주 남심 (1국)
	처남처형동행	♡부부 처남 처수 처 형 처제등 7명	상해浦東 야경
19	151021~151028 (8일)	차마고도 배낭여행	중국운남성 곤명 여강호도협 차마 고도 (1국)
	경북중고 42회동기회	동기생8명	옥룡설산 4, 506m 茶馬客棧 침대열차
20	160908~160912 (5일)	서안여행	중국 서안 장안성 진시황릉 화산 (1국)
	중국 관광	♡부부동반여행	장한가 가무쇼
21	170401~170405 (5일)	베트남여행	베트남 다낭 호이안 후에(1국)
	처남처제 동행	♡부부 처남 처수 처 형 처제등 6명	靈應寺 해수관음상
22	180724~180728 (5일)	계림여행	중국 계림 마카오 (1국)
	처남처제 동행	♡부부 처남처수처 형처제동서등 7명	계림 경관 마카오카지노

명산록(산행기록)

(1974~2021)

산이름	山名	높이(m)	위치	初登日	주관팀	횟수
덕절산	德寺山		청도	051219	남성현7회	6
가산	架山	901	대구, 군위	860323	청도산악회	3
가야산	伽倻山	1,430	성주, 합천	871011	청도산악회	3
가지산	加智山	1,240	청도, 울주, 밀양	821017	청도산악회	9
갓바위	冠 峰	850	대구, 경산	811003	홀로산행	1,017
강천산	剛泉山	572	순창	171026	경고42산회	2
경주남산	南山	494	경주	060417	삼성현7회	4
계룡산	鷄龍山	845	대전, 공주	870717	홀로산행	9
계림요산	桂林堯山	909	중국 계림	180726	가족관광	2
관룡산	觀龍山	739	창녕	880501	홀로산행	1
관악산	冠岳山	632	서울, 안양	0880207	청도산악회	1
광교산	光教山	582	수원, 용인	951102	청도산악회	1
구병산	九屛山	876	상주, 보은	890903	청도산악회	2
궁산	弓山	251	대구, 달성	121209	경고42산회	4
금산	錦 山	681	남해	840714	청도산악회	1
금성산	金城山	531	의성	081207	경고용지회	7
금오산	金烏山	977	구미	790527	구미시청	1
금원산	金猿山	1,353	거창, 함양	970622	경고42산회	5
금정산	金井山	801	부산, 양산	890115	건강산악회	1
기백산	箕白山	1,331	거창, 함양	870627	청도산악회	1
남산	南 山	870	청도	820808	청도산악회	27
남한산성	南漢山城	514	광주, 성남, 하남	151113	문화대학	2

내연산	內延山	710	포항, 영덕	740811	경고동문회	7
내장산	內藏山	763	정읍, 순창, 장성	881030	일요산장	2
능동산	陵洞山	983	밀양, 울주	081117	남성현7회	1
단석산	斷石山	827	경주	150504	남성현7회	1
대둔산	大屯山	878	금산, 논산, 완주	861123	청도산악회	2
대야산	大耶山	930	문경, 괴산	870607	팔공산악회	2
덕유산	德裕山	1,614	함양, 장수, 무주	880803	단독산행	3
도락산	道樂山	968	단양	990627	경고42산회	1
도봉산	道峰山	740	서울	910425	단독산행	1
동대산	東大山		청도	020417	철도산악회	4
두류공원	頭流公園	산책	두류공원	130317	八問會	8
두륜산	頭輪山	703	해남	890415	청도산악회	2
두리봉		217	대구 수성	091231	단독산행	32
두타산	頭陀山	1,353	삼척	890610	청도산악회	1
롭슨산	Mt Robson	3,954	캐나다 록키	061020	왕자여행사	1
마니산	摩尼山	468	강화	850426	내무연수원	1
마분봉	馬糞峰	776	괴산	040725	경고42산회	1
마천산	馬川山	196	문양	090210	갓바위팀	14
만어산	萬魚山	670	밀양	060619	남칠산악회	1
매화산	梅花山	1,016	합천	870101	군청산악회	1
명곡산	明谷山		달성	040328	경고42산회	1
몰운대	沒雲臺	234	부산 다대포	110418	남성현7회	3
몽모렌시	Mt morency	폭포84m	캐나다 퀘백	140731	가족일동	1
무척산	無隻山	703	김해	060515	남칠산악회	2
미륵산	彌勒山	461	통영	040627	42산악회	2
민주지산	眠周之山	1,241	영동, 무주, 김천	060126	KJ산악회	1
바나산	Bana Hills	1,500	베트남 다낭해	170404	처가일종	1
백두산	白頭山	2,744	중국, 조선	040815	계성산악회	2

백아산	白鵝山	810	화순	060423	42산악회	1
백운산	白雲山	1,218	광양	901118	청도산악회	1
벽화산		526	의령	130522	문화대학	1
변산	邊山	509	부안	890801	하계휴가	1
보현산	普賢山	1,124	영천, 청송	120708	남칠산악회	2
북한산	北漢山	836	서울	090913	갓바위팀	3
블루로드	Blueroad		영덕	110514	경고42산회	1
비봉산	飛鳳山	671	의성	081207	경고용지회	1
비슬산	琵瑟山	1,083	청도, 달성	830327	청도산악회	10
산성산	山城山	387	밀양	131202	남성현7회	1
삼신산	三新山		청도	020417	철도산악회	1
서대산	西大山	904	금산	880313	청도산악회	1
서울남산	南山		서울	110221	남성현7회	1
선의산	仙義山	756	청도, 경산	990328	도청경청회	2
설악산	雪嶽山	1,708	속초, 인제, 양양	871007	일요산장	6
설흘산	雪屹山	490	남해	040307	청도산악회	1
성암산	聖巖山	469	경산	880314	남칠산악회	3
성인봉	聖人峰	984	울릉	911005	울릉군청팀	1
소백산	小白山	1,439	영주, 단양	870531	청도산악회	4
속리산	俗離山	1,058	상주, 보은	830626	청도산악회	3
송해공원	宋海公園		달성	161106	경고용지회	5
수도산	修道山	1,317	김천, 거창	050724	경고42산회	1
수락산	水落山	638	남양주, 의정부	770527	내무연수원	1
시라다케	白嶽山	519	일본 대마도	091114	경고용지회	1
신불산	神佛山	1,208	울주, 양산	871115	청도산악회	1
신선봉	神仙峰	968	충주, 괴산	870301	금호등산사	1
알프스	융프라우	3,571	스위스 인트라켄	060228	민방위강사	1
알프스	필라투스	2,123	스위스 루체른	940423	경북도의회	1

앞산	大德山	660	대구	870111	명절산행팀	203
억산	億 山	944	청도, 밀양	821212	청도산악회	2
영대솔밭	嶺大松田	산책	영남대 교정	140202	不問會	224
영취산	靈鷲山	1,059	양산	871115	청도산악회	1
오대산	五台山	1,563	평창, 홍천	871003	일요산장	3
오례산성	烏禮山城	626	청도	871013	군청산악회	2
옥룡설산	玉龍雪山	5,596	중국 운남성	151023	차마고도팀	1
와룡산	臥龍山	801	사천, 삼천포	930516	청도산악회	1
용각산	龍角山	692	청도, 경산	830116	송금동친구	19
용지봉	龍池峰	633	대구 진밭골	000702	경고용지회	13
우라산	四龍山	677	경주 산내	030105	절도산악회	1
욱수산	旭水山	280	대구 고산	051219	경고용지회	8
운문산	雲門山	1,188	청도, 밀양	051219	청도산악회	21
월악산	月嶽山	1,097	문경, 충주	051219	농민교육원	3
월출산	月出山	809	영남, 강진	051219	청도산악회	2
응봉산	應峰山	999	울진 봉화	051219	청도산악회	1
의상봉	義相峯	1,032	거창	980412	42산악회	1
이기대	二妓臺		부산 남구	090921	삼성현7회	2
일월산	日月山	1,219	영양	910310	청도산악회	1
적상산	赤裳山	1,034	무주	880225	유신산악회	1
조계산	曹溪山	877	순천	910511	청도산악회	1
주산	主 山	311	고령	990926	경고42산회	3
주왕산	周王山	721	청송	930521	경북도의회	4
주흘산	主屹山	1,108	문경	850310	건강등산사	5
중산리	中山里		청도	071119	남성현7회	3
지리망산	智異望山	398	통영 사량도	080509	KJ산악회	1
지리산	智異山	1,915	하동, 산청, 남원, 구례	841006	일요산장	16
청령산	天嶺山	775	포항	990813	삼친구회	1

천생산	天生山	407	구미	080611	남칠산악회	2
천을산	天乙山	156	대구 고산	130307	不問會	3
천자산	天子山	1,260	중국 장가계	030731	장가계팀	1
천태산	天台山	715	금산, 영동	070422	경고42산회	1
천황산	天皇山	1,189	밀양, 울주	840318	청도산악회	4
철마산	鐵馬山	627	청도, 밀양	990307	경고42산회	1
청량산	淸凉山	870	봉화	880612	동양등산사	4
청용산	靑龍山	793	달성	971221	42산악회	4
초례봉	醮禮峰	640	대구 동구	160313	不問會	2
최정산	最頂山	905	달성	970322	42산악회	1
치악산	雉嶽山	1,288	원주, 횡성	871018	설악산악회	2
칠갑산	七甲山	561	청양	900408	청도산악회	1
태백산	太白山	1,567	봉화 태백	881113	청도산악회	2
토함산	吐含山	745	경주	071104	경고용지회	2
롱고산	通古山	1,067	울진	131022	대구중13회	1
팔각산	八角山	628	영덕	970727	경고42산회	2
팔공산	八公山	1,192	경산 영천 등	811003	영천군청	22
팔영산	八影山	609	고흥	880703	일요산장	1
한라산	漢拏山	1,950	제주도	880724	일요산장	6
함백산	咸白山	1,573	태백, 정선	040208	청도산악회	1
함지산	咸池山	300	대구 구암	190407	경고용지회	1
형제봉	兄弟峯	196	대구 만촌	150630	서인우형	2
화산북봉	華山北峰	1,614	중국 서안	160911	하나투어	1
화악산	華岳山	931	청도, 밀양	820912	청도산악회	3
화왕산	火旺山	757	창녕	051219	홀로산행	2
황매산	黃梅山	1,108	합천, 산청	051219	대중13산회	1
황악산	黃岳山	1,111	김천, 영동	051219	청도산악회	5
※ 필자가 올라본 산과 산행기록임 (출처-본인의 산행일지)						

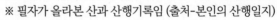

갓바위 산행기록

연도별	산행기록(특기사항)
1994	☆ 02/09 설.추석 (명절산행팀-이춘태 이종보 김동진)
2000	- 07/30 조준일씨 입회 - 매주일요일 コ.コ 앞산등산
2003	- 년간 앞산등산 38회
2004	- 01/01 정년퇴임후 매주목요일 갓바위등산 (갓바위등산팀) ◇ 년간 55회 갓바위산행 ◇ 회원- 5명 (이춘태 조준일 박진규 박순호 김동진)
2005	- 03/02 매주수요일로 날자변경 - 08/24 부산 유엔공원 - 12/21 포항 죽도시장 ◇ 갓바위산행 년간 55회 누계 110회 ◇ 회원 8명(이춘태 조준일 박진규박순호 남대현 서정조 　홍인식 김동진)
2006	- 10/11 지리산 (중산리-로타리산장1박 -천왕봉) ◇ 갓바위산행 년간 53회 연누계 163회
2007	- 01/24 대전 계룡산 (동학사-남매탑-금잔디고개-갑사) - 07/18 경북수목원 보경사 - 12/05 경주 토함산 (불국사-석굴암-토함산) ◇ 갓바위산행 년간 53회 누계 216회

2008	- 02/18 남성현초등 동창산악회 갓바위등산
	- 02/25 한라산(성판악-진달래밭-한라산-관음사 雪中산행)
	- 04/30 비슬산 (유가사-비슬산-용연사)
	- 08/06 이춘태씨 사망
	- 12/10 부산 금정산 (동문-북문-금정산-범어사) 대전행
	◇ 갓바위산행 년간 54회 누계 270회
	◇ 회원8명(남대현 조준일 박진규박순호서정조 홍인식
	정석락 김동진)
2009	- 01/31 경북농대 갓바위등산팀(경북대동창회보에 게재)
	- 02/16 남성현초등동창생 갓바위등산 (약사암 점심)
	- 02/25 마천산 (문양역-마천산 -부곡리 식당촌)
	- 09/13 서울 북한산 (정릉 -칼바위능선-백운대- 우이동)
	◇ 갓바위산행 년간 52회 누계 322회
2010	- 03/03 서정조씨 사망
	- 10/27 팔공산 등산 (수태골-비로봉-동봉 : 비로봉 입산통제
	해제후)
	◇ 갓바위산행 년간 54회 누계 376회
2011	- 0909 종골골절로 갓바위등산 중단
	◇ 갓바위산행 년간 36회 정년퇴임후8년 누계 412회
2012	- 0505 중단했던 갓바위등산 재개 (혼자 시험등산)
	- 12/05 부산 자갈치시장
	◇ 갓바위산행 년간 61회 정년퇴임후 9년간 누계 473회
2013	- 03/27 갓바위등산 누계 500회 기록
	- 12/10 갓바위등산 누계 600회 기록
	◇ 갓바위산행 년간 130회 정년퇴임후 10년간 누계 603회

2014	- 04/30 부산 기장 대변항 (일번지횟집) - 10/22 전갑동씨 입회 ◇ 갓바위산행 년간 52회 정년퇴임후 11년간 누계 655
2015	- 06/24 김천 직지사 - 10/07 갓바위등산 누계 700회 기록 - 12/30 정운돌씨 입회 ◇ 갓바위산행 년간 52회 정년퇴임후 12년간 누계 707회 ◇ 현재회원- 9명 (남대현 조준일 박진규 박순호 　　　　　　　　홍인식 정석락 전갑동 정운돌 김동진)
2016	- 11/22 매일신문에 '갓바위 산신령 김동신씨'란 세호의 　　　 기사가 17면에 전면으로 게재 됨 ◇ 갓바위산행 년간 53회 정년퇴임후 13년간 누계 760회
2017	- 09/27 갓바위등산 누계 800회 기록 ◇ 갓바위산행 년간 52회 정년퇴임후 14년간 누계 812회 ◇ 현재회원- 5명 (남대현 조준일 박순호 전갑동 김동진)
2018	◇ 갓바위산행 년간 58회 정년퇴임후 15년간 누계 870회 ◇ 현재회원- 5명 (남대현 조준일 전갑동 정운돌 김동진)
2019	- 04/17 갓바위등산 누계 888회 기록 ◇ 07/10 갓바위등산 누계 900회 기록 ◇ 갓바위산행 년간 56회 정년퇴임후 16년간 누계 926회
2020	◇ 11/14 가족12명이 함께 갓바위 기념등산 누계 973회 ◇ 갓바위산행 년간 53회 정년퇴임후 17년간 누계 979회
2021	◇ 05/19 년간 갓바위산행 21회 정년퇴임 후 18년간 　　　 누계 1,000회 달성

모산 공무원 이력서

일자	근무부서	상위직으로 모셨던 분들	비고
19680801	울진군 농촌지도소	농촌지도소장-신원섭 북면지소장-장주환	4급을류 농촌지도사보
19680801	월성군 농촌지도소	농촌지도소장-김대흥 서면지소장-박형득	
19690820	청도군 농촌지도소	농촌지도소장-김무영 화양지소장-이순봉	
19700319	영일군 산업과	영일군수-박준무 산업과장-노영봉 잠업계장-박찬국	4급을류 농림기사보
19701001	영일군 산업과	영일군수-박준무 산업과장-노영봉 이상우 농사계장-허외식	
19720601	영일군 내무과	영일군수-박돈양 산업과장-유덕호 김두식 행정계장-이상화 김실경	4급을류 행정주사보
19740315	포항시 총무과	포항시장-홍순호 부시장-이범환 총무과장-홍성흠	
19740501	포항시 상공계장	포항시장-홍순호 부시장-조갑희 산업과장-손종호	4급갑류 행정주사
19750120	포항시 구호계장	포항시장-이승희 부시장-조갑희 사회과장-박병구 윤택정	

19770228	경상북도 구미지구출장소 문화공보계장	경상북도지사-김수학 구미출장소장-백세현 부소장-조갑희 기획실장-배석재	
19771129	경상북도 구미지구출장소 상공계장	경상북도지사-김수학 구미출장소장-백세현 부소장-조갑희 산업과장-김삼득	
19780215	구미시 관리계장	구미시장-백세현 이규선 부시장-조갑희 개발담당관-이대식 관리과장-한희섭 남기원	
19790522	영천군 문화공보실장	영천군수-오헌덕 이정우 부군수-김학곤 백장현 정만진	3급을류 행정사무관
19820316	청도군 문화공보실장	청도군수-박희삼 박재찬 부군수-신윤식	5급을류 행정사무관 직급변경
19831022	청도군 새마을과장	청도군수-박재찬 백장현 부군수-박광	5급 행정사무관
19870424	청도군 사회과장	청도군수-백장현 남봉우 부군수-박광	
19880624	경상북도 지방공무원교육원 교무계장	경상북도지사-김상조 부지사-임경호 지방공무원교육원장- 　　　　　신동길 남봉우 교수부장-백상현 이남철 교육학장-윤용섭 박세규	
19900215	경상북도 가정복지과 노인복지계장	경상북도지사-김상조 김우현 부지사-정충검 황길태 가정복지국-김금주 가정복지과장-조성환	

19910916	경상북도 총무과 고시계장	경상북도지사-김우현 이판석 부지사-김광원 내무국장-김재권 총무과장-강채규	
19920729	경상북도의회 의회사무처 산업위원회 전문위원	경상북도지사-이판석 이의근 　　　　　우명규 심우영 부지사-김광원 이원식 의회사무처장-김의환 서상은 　　　　　박상홍 김재권	4급 서기관
19960217	경상북도 기획관리실 통계전산담당관	경상북도지사-이의근 행정부지사-김정규 기획관리실장-김재권	
19970214	경상북도 사회가정복지국 가정복지청소년과장	경상북도지사-이의근 행정부지사-김정규 박광희 사회가정복지국장-박윤정	
19991117	경상북도 문화체육관광국 문화예술과장	경상북도지사-이의근 행정부지사-박광희 문화체육관광국장-장경곤	
19990601	경상북도의회 의회사무처 총무담당관	경상북도지사-이의근 행정부지사-박광희 박명재 의회사무처장-엄이웅	3급 부이사관대우
20000216	청도군 부군수	경상북도지사-이의근 행정부지사-박명재 청도군수-김상순	20031231 정년퇴임

참고문헌

견일영, 산수화 뒤에서. 수필미학사, 2013,

경북고등학교, 경맥117년사 [1], 신흥인쇄(주), 2016.

김동진, 증보모산여록, 세진금박인쇄, 2011.

김수학, 이팝나무 꽃그늘, 나남출판사, 2008.

박영교, 한권으로 읽는 조선왕조실록, 도서출판 들녘, 1996.

변영로, 명정40년, 범우사, 2004.

성백효, 논어집주, 전통문화연구회, 2006.

성백효, 맹자집주, 전통문화연구회, 2018.

신동한, 문단주유기, 해돋이,1991.

신웅순, 시조는 역사를 말한다, 푸른사상, 2012.

양주동, 문주반생기, 범우사, 2017.

염남섭, 한국인의 족보, 일신각, 1985.

이기석, 신역 명심보감, 홍신문화사, 1988.

이종익, 한국 인명대사전, 신구문화사, 1980.

이현종, 동양년표, 탐구당, 1980.

정금용, 표준 만세력, 광문당, 1981.

정재서, 살아있는 신화-갓바위 부처님. 선본사, 2017.

조지훈, 사랑과 지조, 백양출판사, 1988.

청도군, 내고장전통문화. 한국출판사, 1982.

청도군, 청도군지. 구일출판사, 1991.

최덕교, 한국성씨대관, 서울창조사, 1978.

팔공산 갓바위
2020. 11. 14

할아버지, 1953

아버지, 1944

어머니, 1982

세 살 때 어머니와, 1944

할아버지와 가족들, 1953

외할아버지 회갑연, 1951

↑ 어머니 진갑, 1983

→ 어머니, 고모와 함께
  고향 도로, 1976

↓ 작은아버지 경북대학교
  정년퇴임, 1993

나이아가라 꽃시계

↑ 아세안게임 자원봉사, 1986
→ 갓바위에서, 2020
↓ 손자 재홍 자전거행진 경품타다,
   2015

1971년 결혼
우인 대표와 양가 가족

장남 결혼
장녀, 차녀 결혼

처가 가족-장인장모 이모 처남처형 동서들-이화령에서, 1988

처갓집 골목에서 처남 처수 처형 처제와 조카들 일동, 1977

장모 이모 처형 그리고 처, 1990

처남 처형 처제와 베트남 다낭 바나산, 2017

처남 처형 처제 동서와 중국 계림, 2018

서인우형 내외와, 아산현충사, 2005

설악산 대청봉 초등
1987

아산 현충사
050713

제주도용두암
20060504

고향 친구들 송금계원, 제주도, 2006

↑ 남칠 졸업 60주년
  기념, 2015

← 대전 현충원,
  남칠산회, 2015

↓ 광주아시아문화전당
  남성현7회산악회, 2019

← 부산 송도에서 작은아버지와, 1957년 대구중 때

↓ 대구중13회 동창, 부산 유엔공원, 2009.10.30

대구중13회 동창회, 그랜드호텔, 2003

청와대

↑ 경북고등 42회 동창생
 청와대 방문, 2010

← 경북고등 42회 동기생
 8명, 중국원남성

↓ 경북고 42 용지산악회,
 황악산 직지사, 2018

東國第一伽藍黃嶽山門

부산 임시수도기념관
20160521 농원회

＼ 경북대학교 원예학과 동기생,
　본관 앞에서, 1964
← 경북대 원예학과, 1962

경북대학교 농과대학 졸업, 1969

경북대학교 행정대학원 졸업, 1984. 2. 25

작은아버지와(경북대 교무처장)

독립기념관 건립 성금 모금,
청도문화공보실, 1982

청도군 새마을지도자회장,
1983

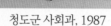

청도군 사회과, 1987

경산 · 청도군청 친선테니스대회, 1987

청도JC 경북도청 방문, 1998

경북도청 기획관리실, 1996

경상북도의회 사무처 직원 일동, 1994

청도 부군수
정년퇴임
2003. 12. 26

미국 뉴욕 여행, 2014

미국 워싱턴, 2014

캐나다, 2014

갓바위 정상에서, 20060118

서인우 형과, 2013.3.8

대구사회문화대학 현장학습, 영천제3사관학교, 2016.4.

不問會, 영남대학교 중앙도서관 앞에서, 2019

해외 연수 여행

스위스 루체른 축제, 2006. 2. 27

스위스 최고봉 융프라우, 2006. 2. 27

상해임시정부, 2015

하롱베이, 조준일 부부와, 2005

캄보디아 앙크로왓트-영천 신사생 모임, 2005